Le Livre de Poche Jeunesse

Titus Flaminius
La gladiatrice

Jean-François Nahmias

Parisien d'origine, habitant désormais sur la Côte d'Azur, Jean-François Nahmias est né en 1944. Il est l'auteur de romans historiques consacrés au Moyen Âge. Plus récemment, il a décidé de se consacrer exclusivement à l'Antiquité romaine, sa période de prédilection. Cette passion pour Rome, il a eu envie de la faire partager à de jeunes lecteurs avec les aventures de *Titus Flaminius*.

Du même auteur :

- Titus Flaminius - Tome 1 - La fontaine aux vestales
- Titus Flaminius - Tome 3 - Le mystère d'Éleusis
- Titus Flaminius - Tome 4 - La piste gauloise

Jean-François Nahmias

Titus Flaminius

La gladiatrice

Illustration :
Sylvain Bourrières

Les Gladiateurs

Rétiaire
Andabate
Secutor

Avant-propos :

Rome, orgueilleuse et cruelle

Rome, 58 avant J.-C. En Gaule, Jules César a commencé des opérations militaires de grande envergure et multiplie les succès. Il semble qu'il ait entrepris, bien qu'il n'en ait reçu mission de personne, la conquête du pays. S'il parvenait à ses fins, Rome serait la maîtresse du monde, à la seule exception de l'Égypte.

Le pays domine, en effet, toute l'Europe occidentale et le bassin méditerranéen. De partout, les richesses affluent vers sa capitale : esclaves, matières premières, productions agricoles et industrielles, qui arrivent par voie de terre ou de mer, mais aussi œuvres d'art et trésors fabuleux, qu'on exhibe en d'interminables cortèges lors du triomphe des généraux vainqueurs.

Il en résulte que la ville de Rome, que les contemporains appellent tout simplement « la Ville », constitue un ensemble prodigieux. Elle atteint un million d'habitants, qui logent soit dans les riches villas des patriciens, soit dans des immeubles populaires qui peuvent atteindre sept étages. Elle est équipée, du moins pour les privilégiés, de l'eau courante et du tout-à-l'égout. En contrepartie, elle subit les tracas de la vie moderne : embouteillages, bruit, pollution, insécurité. Pour y échapper, les riches possèdent des résidences secondaires, les plus prisées se trouvant en Campanie, au pied du Vésuve, dans les villes comme Herculanum ou Pompéi...

Oui, le pays est riche, trop même, alors il dépense, il gaspille. Des fortunes disparaissent, lors des innombrables jours fériés que compte l'année, dans les jeux du cirque, les jeux théâtraux et les jeux de l'amphithéâtre.

Les jeux du cirque, les courses de chars soulèvent une passion invraisemblable. Ils ont lieu dans le Circus Maximus, la plus grande enceinte sportive de tous les temps, qui peut accueillir 250 000 personnes. Les jeux théâtraux se déroulent dans des bâtiments provisoires, car à l'époque la ville n'a pas de théâtre en dur, mais quel provisoire ! Pour une durée d'une semaine environ, on construit des enceintes de plusieurs dizaines de milliers de places, avec des décors de vingt, trente mètres de haut, peints par les artistes les plus renommés, recouverts des matières les plus précieuses. Tout cela sera impitoyablement détruit à la fin de la dernière représentation, mais qu'importe, puisque Rome en a les moyens !

Enfin, il y a les derniers jeux, les plus connus, ceux qui ont le plus marqué les esprits : les jeux de l'amphithéâtre, qui voient arriver dans l'arène bêtes et gladiateurs.

Les bêtes ne servent pas toujours à dévorer les condamnés, même si chaque journée de spectacle comporte une de ces exécutions sanglantes. Elles sont aussi chassées par des professionnels, dans des mises en scène à grand spectacle. Parfois même, elles se battent entre elles ou sont simplement exhibées. L'important est qu'elles témoignent de la puissance de Rome. Les rhinocéros, hippopotames, léopards et autres girafes et autruches, qui viennent des contrées les plus reculées, manifestent avec éclat la mainmise du pays sur le monde.

Les gladiateurs jouent d'une certaine manière le même rôle que les animaux. Le mirmillon, avec son casque grillagé, le rétiaire, avec son trident et son filet, armes insolites, exotiques, barbares, figurent ces peuples étranges, habitant aux quatre coins de la terre, que Rome a soumis. Tous sont de condition servile et, s'il s'agit d'hommes libres qui s'engagent parce qu'ils sont ruinés ou pour toute autre raison, ils perdent du même coup leur liberté. Ils s'affrontent dans des combats où la mort les attend souvent, car c'est cela qui intéresse le public et non la qualité de l'escrime, dont il se moque. Il vient pour voir mourir et plus encore pour jouir du droit de vie et de mort, pour le pouce levé ou baissé.

Originaire de Campanie, la gladiature est une création romaine, elle fait partie du patrimoine national et nul ne songe à la remettre en cause, même les intellectuels, même les philosophes. Cicéron, le plus grand esprit de son temps, écrit : « Nous haïssons les gladiateurs faibles et suppliants qui, les mains tendues, nous adjurent de les laisser vivre. » Bien au contraire, le vaincu doit recevoir le coup de grâce, selon son expression, « de tout son corps »... Les gladiateurs ont bien tenté d'échapper à leur condition, treize ans auparavant, avec Spartacus. Mais leur révolte, même si elle a pris une ampleur inouïe et a manqué de l'emporter, a été réprimée avec férocité. À présent, ils sont définitivement matés, ils peuvent continuer de s'entre-tuer pour le plus grand plaisir du spectateur...

Telles sont les mentalités à Rome, au mitan du Ier siècle avant J.-C. Mais les jeux n'occupent pas tout le temps du citoyen romain. Quand il n'est pas au cirque, au théâtre ou à l'amphithéâtre, il suit passionnément la vie politique qui est pour le moins agitée...

Rome est une république où deux partis se disputent le pouvoir, les populaires, partisans de grandes réformes sociales, et les sénatoriaux, qui luttent pour le maintien des privilèges. César s'appuie sur les populaires, même s'il médite, en fait, l'établissement de son pouvoir personnel et la fin de la république. Tandis qu'il guerroie en Gaule, ses hommes de main tiennent la ville de Rome. Clodius, tribun de la plèbe, fait régner la terreur avec ses groupes armés et se débarrasse de ses ennemis politiques. Mais en face, la résistance s'organise, avec les bandes rivales de Milon, qui commencent à entrer en action.

On en est là en 58 avant J.-C. Si, en Gaule, les victoires succèdent aux victoires, l'avenir paraît menaçant. Rome a conquis le monde, mais le danger est plus grand que jamais. Pour tout esprit clairvoyant, le pays est au bord de la guerre civile. Bientôt, sans doute, Rome l'orgueilleuse, Rome la cruelle, devra affronter le seul ennemi qui puisse la menacer : elle-même.

1

Mirmilla

Amarinus, l'haruspice, transpirait sous sa lourde toge d'apparat. Il faut dire que la chaleur était écrasante en ce jour des ides de sextilis du consulat de Gabinus et de Pison[1]. Quelle idée de faire un sacrifice en plein midi, tout en haut du Capitole, là où il n'y a pas le moindre endroit pour s'abriter ! D'autant qu'il avait fallu monter sur la plus haute des collines de Rome en pleine canicule... Amarinus porta la main à sa poitrine. Il n'était plus si jeune et il avait du mal à retrouver son souffle.

Au-dessous de lui s'offrait le spectacle de la Ville, toujours aussi admirable, même si une brume de cha-

1. 15 août 58 av. J.-C.

leur troublait le paysage. En face, il avait la vision non moins remarquable du temple de Jupiter Capitolin, le plus luxueusement orné de tous les bâtiments romains, religieux ou profanes. Par ses portes de bronze ouvertes, il pouvait voir les trois divinités auxquelles il était consacré, car Jupiter accueillait en son temple sa femme Junon et sa fille Minerve. Lui-même présidait dans la nef centrale, assis sur son trône et brandissant la foudre ; de part et d'autre, dans les bas-côtés, les deux déesses étaient représentées debout. Au-dessus de la façade, le toit en tuiles dorées surmonté d'un quadrige en bronze envoyait des reflets si éblouissants qu'Amarinus dut détourner les yeux.

Il les reporta sur la cérémonie, qui se déroulait bien trop lentement à son goût. La victime, un bœuf de couleur blanche, comme il convient au roi des dieux, arrivait solennellement sous la conduite de jeunes gens et de jeunes filles. Ses cornes avaient été dorées à l'or fin et parées de bandelettes rituelles. Au son grêle d'un petit orchestre de flûtes, l'animal s'immobilisa enfin devant le prêtre. Ce dernier, la tête voilée par un pan de sa toge, répandit sur le front la mola, farine sacrée préparée par les vestales, puis l'arrosa de vin. C'était l'immolation, partie qui lui était dévolue dans le sacrifice, l'abattage de la bête étant laissé au victimaire.

Les yeux tournés vers le temple, le prêtre adressa

à Jupiter les prières traditionnelles, qu'il prononça à voix basse, puis il se tut. Alors le victimaire, une lourde hache sur l'épaule, vint vers lui, tandis que ses deux assistants s'étaient emparés de la bête. Il lui posa la question traditionnelle :

— Dois-je le faire ?

— Fais-le...

Un seul coup de hache fendit le crâne. Le bœuf tomba lourdement. Lorsqu'il fut à terre, le victimaire lui ouvrit le ventre avec une dextérité remarquable et se retira. Amarinus s'approcha avec soulagement. C'était enfin à son tour d'officier.

L'institution des haruspices remontait aux temps les plus anciens de Rome. Leur tâche consistait à lire dans les entrailles. Quelquefois, il s'agissait de dire l'avenir, lorsqu'un magistrat ou un simple particulier avait une question à poser aux dieux ; les autres fois, comme ce jour-là, il s'agissait simplement de voir si le sacrifice était accepté ou non. Le foie constituait l'élément principal de la divination. Siège de la vie, il était considéré comme un monde en réduction, dont les parties représentaient celles de l'univers.

Après quelques soubresauts, l'animal s'était immobilisé. Amarinus s'agenouilla et plongea les mains dans les entrailles, d'où s'échappaient des flots de sang. Avec un petit couteau, il coupa le foie, puis l'examina longuement. Enfin, il se leva et le brandit au-dessus de sa tête.

— Les dieux sont favorables !

La suite fut si stupéfiante qu'elle laissa tout le monde sans réaction. Un mirmillon apparut. Il s'agissait d'un de ces gladiateurs qui portent un casque grillagé, une protection de bras métallique recouvrant aussi l'épaule, et sont armés d'une épée. Il alla droit vers l'haruspice, qui tenait encore le foie. Ce dernier ouvrit des yeux épouvantés, recula et poussa un cri de tout son être :

— Mirmilla !...

L'arrivant ne lui en laissa pas dire davantage. En un bond, il fut sur lui et lui plongea son glaive dans la gorge. Amarinus tomba face contre terre. D'un coup de pied, le mirmillon le retourna sur le dos et lui ouvrit le ventre, avec autant de précision que le victimaire venait de le faire avec le bœuf. Toujours avec la même sûreté, il coupa le foie et le brandit à son tour. Alors, il retira son casque et l'assistance découvrit avec stupéfaction un visage de femme, ainsi qu'une flamboyante chevelure rousse. Après quoi, le meurtrier, ou plutôt la meurtrière, jeta le foie de l'haruspice assassiné et disparut.

Laïs n'en finissait pas de se contempler dans son grand miroir de bronze poli décoré de motifs d'argent et d'ivoire. Nue jusqu'à la ceinture, elle tournait lentement sur elle-même, examinant sa taille. Était-elle aussi mince que les hommes le désiraient ? Il lui sembla qu'elle s'était un peu empâtée. Elle se promit de mieux veiller à son régime, pourtant sévère.

Laïs approchait les trente ans, mais, grâce à son art du maquillage et au soin qu'elle prenait de son corps, elle ne les paraissait pas. Cela faisait dix ans que cette jeune Grecque avait quitté son Athènes natale pour tenter sa chance à Rome et elle avait admirablement réussi. Elle était une des prostituées de luxe les plus en vue de la Ville. Sa maison, sur la colline de l'Aventin, dépassait en richesse celle de bien des patriciens et l'importance de sa domesticité témoignait mieux que tout de sa réussite : femme de chambre, coiffeuse, maquilleuse, masseur, porteuse d'ombrelle, gardienne des bijoux, joueuse de flûte, messager, garde du corps...

Elle se concentra sur son visage. Il était blanchi à la céruse, avec les joues rehaussées de vermillon, les lèvres peintes au fucus d'un rouge plus sombre, les cils et les sourcils noircis à la poudre d'antimoine. Il lui sembla que ses joues étaient trop pâles : elle alla prendre un peu de vermillon dans une pyxide de cristal. Cette fois, c'était parfait ! Elle sourit, découvrant ses dents enduites de corne pilée, afin de les rendre plus éclatantes.

Il ne lui manquait que sa nouvelle perruque blonde pour compléter l'ensemble. Celle qu'elle portait jusque-là était fatiguée, terne, immettable. Elle en avait commandé une autre, faite comme la première en cheveux de Germaines, au perruquier du Champ de Mars dont c'était la spécialité, et elle avait envoyé Phryna, sa femme de chambre, la chercher. Malheureusement, cette idiote n'était toujours pas revenue ! Elle allait arriver en retard au dîner de Cneus Apicius, le fils du sénateur, qui l'avait payée une fortune... La porte s'ouvrit soudain et la femme de chambre parut dans l'encadrement.

— Ah, te voilà ! Tu en as mis du temps ! Je parie que tu t'es encore laissé raconter des boniments par les hommes...

Phryna ne répondit pas. Elle était blême. Entre ses mains, la perruque blonde tremblait comme un feuillage au vent. Laïs s'aperçut qu'un gladiateur, un mirmillon, se tenait derrière elle et la menaçait de son épée. Elle apostropha celui-ci avec indignation.

— Qui es-tu ? Comment mon garde du corps t'a-t-il laissé entrer ?

La voix du mirmillon s'éleva sous le casque grillagé. C'était une voix de femme :

— Ne critique pas ton garde du corps. Il a fait courageusement son devoir et il en est mort !

Laïs recula. Elle était devenue livide, mais sous son maquillage cela ne se vit pas. Elle était toujours aussi éclatante, parée pour la joie et pour l'amour.

— Que me veux-tu ?

La gladiatrice retira brutalement son casque, découvrant une magnifique chevelure rousse.

— Te tuer !

Le glaive s'abattit, fracassant la tête. Mais la meurtrière ne se retira pas. À l'aide de coups précis de son arme, elle découpa soigneusement les deux seins de l'hétaïre et, quand ce fut fait, les jeta plus loin dans la pièce. Phryna, qui avait assisté à toute la scène paralysée de terreur, s'évanouit dans un grand cri.

On n'était pas très loin de midi et, comme tous les jours à pareille heure, le Forum était noir de monde. C'était là, au cœur de Rome, dans l'étroit espace laissé libre entre les temples et les étals des marchands, que se concentraient toutes les activités de la ville, politiques, judiciaires, commerciales, religieuses. Et la foule était particulièrement compacte devant la tribune aux harangues où le jeune avocat Ortensius était en train de prononcer un discours.

La tribune aux harangues, qu'on appelait aussi les Rostres, dominait le Forum de neuf pieds environ. Elle devait ce nom aux éperons de navires, rapportés comme trophées après une victoire navale, qui la décoraient. Des statues de marbre d'hommes politiques l'ornaient également, ainsi qu'une en bronze représentant Hercule expirant, dont la présence était surprenante, mais la facture remarquable.

Debout devant la balustrade, Ortensius pouvait voir la foule qui se pressait au-dessous de lui. Les citoyens, comme il se doit le matin au Forum, portaient la toge. La plupart de celles-ci avaient la couleur naturelle de la laine, beige brun, mais certaines tranchaient par leur blancheur immaculée. Cet éclat s'obtenait à la craie. Elle distinguait les candidats, ceux qui briguaient un mandat quelconque et qui se signalaient ainsi aux regards de leurs concitoyens. Mais il y avait aussi les toges jaune safran des augures, celles des sénateurs et des magistrats supérieurs avec une bande pourpre, et puis les costumes de toutes les couleurs de ceux qui n'étaient pas citoyens, sans compter les mendiants en haillons...

Ortensius ne parlait pas en faveur d'un client, il faisait un discours politique. Issu d'une des meilleures familles patriciennes, il était passionné de culture et il essayait d'intéresser le peuple au grand projet qui lui tenait à cœur : la création à Rome d'un musée qui regrouperait les principales œuvres d'art, grecques pour la plupart... La réaction semblait plutôt intéressée. Ce fut alors que la rixe éclata.

Les abords de la tribune aux harangues étaient occupés, comme toujours depuis des mois, par les hommes du tribun de la plèbe Clodius, le chef du parti populaire, l'homme de confiance de Jules César. Or, ce dernier n'était plus à Rome. Au sortir de sa charge de consul, il avait demandé à être affecté en Gaule et, d'après les nouvelles qui parvenaient de là-bas, il avait commencé avec succès la conquête du pays.

En son absence, Clodius tenait la ville et poursuivait sa politique. Il avait réussi à faire exiler Cicéron, son adversaire, le chef du parti sénatorial, et avait fait raser sa maison. Depuis, grâce aux collèges, des groupements professionnels qu'il avait transformés en milices populaires, il quadrillait la capitale. À ces citoyens en armes s'ajoutaient des gladiateurs dont il avait acheté la liberté.

Personne, jusqu'à présent, n'avait osé s'opposer à Clodius, tant était grande la terreur qu'il faisait régner. C'est dire que la stupeur fut générale quand une clameur vint interrompre le discours d'Ortensius :

— À mort Clodius !

À ce signal, plusieurs dizaines de citoyens, en apparence inoffensifs, sortirent des gourdins de dessous leur toge et se lancèrent à l'assaut des hommes du tribun de la plèbe. Il s'ensuivit une mêlée furieuse, où ceux qui venaient d'engager la bataille braillaient un nom inconnu jusque-là :

— Milon !

Visiblement, le parti sénatorial venait de s'organiser à son tour et avait trouvé un champion capable de s'opposer à Clodius. Les rues de Rome allaient devenir, sans doute pour longtemps, le théâtre de sanglantes batailles... Comme plus personne ne pouvait l'entendre, Ortensius se résigna à interrompre son discours. Quittant la balustrade, il fit demi-tour en direction de l'escalier et, perdu dans ses pensées, se heurta de plein fouet à un mirmillon qui grimpait.

Celui-ci ne lui adressa pas une seule parole. Il lui enfonça seulement son épée de toutes ses forces dans la poitrine. Il le fit avec une telle vigueur qu'elle pénétra jusqu'à la garde et qu'il eut du mal à la retirer. Mais il n'en avait pas fini. Il retint le jeune orateur, qui s'était affaissé contre lui, lui ouvrit la bouche et, d'un coup sec, lui coupa la langue. Alors, il enleva son casque, exhibant un visage féminin à la lumineuse chevelure rousse.

En bas de la tribune, la bataille était si féroce que personne ou presque n'avait été témoin de la chose.

La rue des Toscans, qui partait du Forum et descendait vers le Tibre, regroupait à Rome la plupart des commerces de luxe. Comme toutes les autres artères de la ville, ce n'était pourtant qu'un étroit passage où deux charrettes avaient du mal à se croiser et où la foule était si dense qu'on avançait avec peine. De plus, c'était le lieu de prédilection des prostitués masculins et il fallait sans cesse, du moins pour les hommes, repousser leurs avances.

C'était ce à quoi était occupé un mirmillon qui se frayait un chemin, son casque sur la tête, l'air pressé et jouant des coudes. En temps normal, il aurait été impensable qu'un gladiateur puisse se promener ainsi dans les rues, mais depuis l'irruption dans la ville des groupes armés de Clodius et tout récemment de

Milon, on ne s'étonnait plus de rien. On pensait que c'était un des leurs et on s'écartait prudemment...

Il y avait tout ce qu'on pouvait trouver de mieux dans la rue des Toscans : des papyrus du Nil, des statuettes et des vases grecs importés de Tanagra, les tissus les plus fins et les plus rares, y compris de la soie provenant du mystérieux pays des Serres, tout à l'orient du monde, mais, curieusement, cet endroit était un des plus puants de Rome. Les marchands de pourpre étaient nombreux et, pour être confectionnée selon les règles, celle-ci devait macérer dans de l'urine. Aussi était-ce un soulagement lorsqu'on passait devant l'échoppe d'un parfumeur d'où se dégageait toujours une puissante odeur d'encens. C'était vers l'une d'elles que le mirmillon se dirigeait. En y entrant, il ôta son casque, se métamorphosant d'un coup en une jolie rousse.

La boutique d'Orchia n'était assurément pas la plus grande ni la plus riche de la rue des Toscans. Il faut dire qu'Orchia n'était qu'une affranchie. Maquilleuse de talent, elle avait reçu sa liberté à la mort de sa maîtresse et s'était établie dans une modeste échoppe. Mais son savoir était tel qu'elle commençait à être connue et que les clientes étaient nombreuses. En cet instant, elle était en grande conversation avec l'une d'elles. La boutique était fort sombre et on avait du mal à la distinguer au milieu des fioles de toutes sortes, d'autant qu'Orchia, une Nubienne, était noire comme l'ébène.

— Tu trouveras tout, ici : la cannelle, le cinnamome, la myrrhe, le galbanum, l'onyx, le nard. Ou bien, si tu préfères des essences de fleurs, j'ai du lis, du jasmin et de la rose...

La femme rousse bouscula la cliente et se trouva face à face avec Orchia. Sans un mot, elle leva son glaive... Lors de ses trois premières agressions, elle n'avait pas rencontré la moindre résistance, mais il n'en fut pas de même cette fois-ci. Le mari de la parfumeuse, qui était là et qu'elle n'avait pas vu, se jeta sur elle. Ce n'était pas un Nubien, mais un Gaulois, un esclave de la même maisonnée affranchi en même temps qu'Orchia. S'armant de la première chose qui lui tomba sous la main, un brûle-parfum d'où s'échappait de la fumée d'encens, il la frappa avec violence au visage, lui faisant éclater la pommette. En réplique, il reçut un coup prodigieux, porté avec le pommeau de l'épée, qui le laissa inanimé.

Tandis que la cliente était partie en hurlant, la gladiatrice se tourna vers Orchia, qui était restée immobile et la dévisageait avec terreur. Celle-ci articula :

— Pourquoi ?...

Ce fut sa dernière parole. Un coup d'épée lui fracassa la poitrine. Après avoir essuyé le sang qui lui coulait sur le visage, la meurtrière se pencha sur le corps sans vie de la parfumeuse, lui découpa proprement le nez et le déposa dans une coupelle remplie de pétales de rose, avant de remettre son casque et de disparaître.

2

La promesse de Titus

Lorsqu'on pénétrait dans le bois des Muses, sur le Caelius, on ne se croyait plus à Rome, tant le cadre était agreste. Et pourtant, on y était toujours : le Caelius, l'une des sept collines, se situait à l'intérieur des murailles. C'était là que se trouvait la villa Flaminia, qui n'était peut-être pas la plus riche de Rome, mais assurément l'une des plus élégantes et des plus raffinées. Selon la technique la plus recherchée, elle était construite en béton recouvert de marbre. Celui-ci était de l'espèce la plus précieuse et la plus rare, ce qui n'avait rien d'étonnant, les Flaminius en possédant une carrière dans la région de Luna, en Étrurie.

Le maître des lieux, Titus Flaminius, jeune avocat

de vingt-sept ans, avait sans conteste reçu tous les présents des dieux. Non seulement il appartenait à l'une des plus anciennes et des plus illustres familles romaines, non seulement il était riche, mais il était fort bien fait de sa personne et sa culture n'avait rien à envier aux meilleurs esprits de son temps. En cette chaude matinée de fin sextilis, il se trouvait dans sa chambre et, comme bien souvent, il n'était pas seul. Une jeune brune aux yeux bleus était assise sur le lit de bois doré, en train de remettre de l'ordre dans sa coiffure. Elle eut un soupir en regardant la fresque murale représentant Vénus entourée d'amours et de nymphes.

— Titus, je n'aurais pas dû !

— Delicia, comment peux-tu dire cela ? Jamais je n'avais connu une chose pareille auparavant.

— Je suis sûre que c'est ce que tu dis à toutes celles qui viennent ici. Tu as la pire réputation de Rome. Tu payes l'impôt sur les célibataires et tu t'en vantes !

— À te regarder, j'ai envie de faire cette économie.

— Je suis mariée, Titus...

Titus Flaminius sourit. Il savait que c'était là son meilleur argument. Il était beau, avec son visage viril aux cheveux très bruns, son corps athlétique, mais son sourire avait quelque chose d'innocent, de désarmant, auquel bien peu de femmes étaient capables de résister.

— Viens, allons dans le jardin...

Delicia se leva. Le jardin, qui donnait de plain-pied sur la chambre, était clos sur trois de ses côtés par la maison et, sur le quatrième, s'ouvrait en direction du bois des Muses. Il était de petites dimensions, mais entretenu avec soin : au milieu des arbustes taillés et des allées de sable, les dernières fleurs de l'année jetaient leur parfum et leurs couleurs. Titus Flaminius prit Delicia par la taille... Ce fut à ce moment-là que Palinure parut.

Palinure était l'homme à tout faire de la villa. Encore jeune, il occupait officiellement la fonction de messager, chargé de porter dans tout Rome les correspondances. Mais en fait, Flaminius se reposait sur lui pour beaucoup de choses. Palinure était au courant de tout et avait une solution pour tout. De plus, sa culture était étonnante et son esprit particulièrement avisé. Ancien esclave, il avait été affranchi il y a peu et il portait, comme tous les affranchis, le piléus, un bonnet phrygien de laine, symbole de la liberté qu'il avait acquise. Il évita de regarder la jeune femme, qui avait sursauté à son arrivée, et s'adressa au maître de maison :

— Quelqu'un te demande. Il est dans l'atrium.

— Que veut-il ?

— Je ne sais pas. Il dit que c'est urgent...

Flaminius se tourna vers Delicia.

— Veux-tu m'attendre ici ? Ce ne sera sans doute pas long.

— Non, je dois partir. Adieu, Titus !

Et Delicia s'enfuit par le côté du jardin qui donnait sur le bois des Muses...

Pas fâché, au fond de lui-même, de cette irruption qui lui permettait de se séparer en douceur de sa dernière conquête, Titus Flaminius s'engagea dans le couloir donnant sur l'atrium, la pièce qui servait de vestibule dans les maisons romaines.

L'atrium de la villa Flaminia ne ressemblait pas aux autres. Lorsqu'on y pénétrait, on avait l'impression qu'il était rempli de monde. Il abritait, en effet, les statues des neuf muses. Celles-ci, exécutées grandeur nature, avaient été réalisées en marbre blanc pour les vêtements, en marbre coloré pour les visages et les mains et, de loin, l'illusion était parfaite. Flaminius arrivait devant l'impluvium, le bassin central à ciel ouvert qui recueille l'eau de pluie, lorsqu'il vit un personnage jusqu'à présent caché surgir au milieu de ces neuf femmes immobiles.

— Qui es-tu ?

L'homme avait la quarantaine. Il était blond, avec une moustache tombante, et visiblement très impressionné par le cadre qui l'entourait et la personnalité de son interlocuteur.

— Je suis Orchius le Gaulois, le mari d'Orchia, la parfumeuse de la rue des Toscans.

— Sois le bienvenu, Orchius. Que puis-je pour toi ?

Le Gaulois le regarda d'un air douloureux.

— Ma femme est morte. On l'a assassinée. J'ai entendu le crieur public faire ton annonce. Alors, je suis venu. Moi, je ne pourrai jamais y arriver. Je ne suis qu'un affranchi, tu comprends...

Titus Flaminius ressentit une vive émotion. Malgré sa position sociale, il était de cœur du côté du peuple et il avait fait proclamer publiquement qu'il se mettait au service des plus démunis pour leur apporter la justice. À Rome, en effet, il n'existait pas de ministère public ni de police d'investigation. Si quelqu'un était victime d'un homicide, c'était à sa famille de rechercher le coupable par ses propres moyens. Dans ces conditions, seuls les plus favorisés avaient le temps et les ressources nécessaires pour mener à bien ces enquêtes. Telle était la raison de sa proposition et voilà qu'elle venait de trouver un écho ! Il prit l'homme par le bras.

— Viens, nous allons parler de cela dans le jardin...

Peu après, ils se faisaient face sur deux sièges, au pied d'un laurier-rose.

— Raconte-moi, Orchius.

— C'est la gladiatrice. Peut-être as-tu entendu parler d'elle...

Flaminius hocha la tête. Effectivement, des bruits couraient dans Rome au sujet d'un crime particulièrement spectaculaire commis par une gladiatrice : elle aurait assassiné un haruspice devant le temple de Jupiter Capitolin. Le devin aurait même crié son nom en la voyant : « Mirmilla ».

— Où cela s'est-il passé ?

— Chez nous, dans notre boutique.

Et Orchius fit un récit fidèle du drame. La gladiatrice rousse s'était jetée sur sa femme sans dire le moindre mot. Il avait tenté de s'interposer et l'avait blessée à la joue avec un brûle-parfum. Mais elle lui avait donné un coup avec une force prodigieuse, incroyable chez une femme. Il avait perdu connaissance et, quand il avait repris ses esprits, son épouse était morte. La gladiatrice lui avait coupé le nez et l'avait déposé au milieu des pétales de rose...

Titus Flaminius avait écouté, songeur, ce récit peu commun.

— As-tu une idée de la raison de ce crime ?

Le malheureux Gaulois eut une expression d'impuissance.

— Aucune. Nous n'avions pas d'ennemi et ce n'est pas pour voler qu'elle a fait cela. Elle n'a rien pris.

— Tu es sûr de l'avoir blessée ?

— Certain. J'ai vu le sang jaillir juste avant d'être touché moi-même...

— Comment était-elle ?

— Rousse, jolie, maquillée. C'est tout ce que je peux dire. Je l'ai vue très peu de temps.

— Tu es sûr qu'elle était maquillée ?

— Oui...

Titus Flaminius lui posa d'autres questions, mais il ne put en apprendre davantage. De toute manière, les faits étaient suffisamment précis et étonnants. Une femme rousse qui se maquille et qui s'habille en gladiateur, ce n'était pas ordinaire. Et qu'elle tue à deux reprises en mutilant ses victimes l'était moins encore. Pourquoi en voulait-elle à la parfumeuse ? C'était une autre énigme, et pourtant, c'était elle et elle seule qu'elle visait. Elle aurait très bien pu tuer son mari, mais elle ne l'avait pas fait. De plus, cette force prodigieuse était aussi un élément troublant... Il raccompagna son visiteur jusqu'à l'atrium.

— Tu as eu raison de venir, Orchius. Je vais me mettre immédiatement à la tâche. Je te promets que ta femme sera vengée.

Le Gaulois remercia avec effusion et Flaminius le vit disparaître dans le bois des Muses, tout courbé sous le poids de son malheur... Lui-même resta pensif. Il avait fait de belles promesses aux pauvres gens de la capitale, il fallait à présent les tenir, et il pressentait que ce serait loin d'être facile. De ce singulier assassin qu'il allait devoir traquer, il ne connaissait que le nom : Mirmilla, un nom que, il en était certain, il n'avait pas fini d'entendre !

3

À la caserne

— La pêche a été bonne, maître !...

Deux jours avaient passé et Palinure, que Flaminius avait chargé d'enquêter dans tout Rome sur la mystérieuse gladiatrice, revenait de ses investigations. Il avait l'air particulièrement réjoui.

— Tu as eu des précisions au sujet de l'haruspice ?

— Non. Mais j'ai mieux que cela. En dehors de l'haruspice et de la parfumeuse, Mirmilla a tué deux autres personnes, cela fait quatre en tout et en moins de quinze jours !

Et Palinure raconta... Par Cytheris, la maîtresse de Brutus, l'inséparable ami de Titus, il avait appris de quelle manière était morte Laïs, une prostituée de luxe comme elle. Il avait pu faire aussi la lumière sur l'assassinat de l'avocat Ortensius, qu'on avait retrouvé transpercé de part en part et la langue sectionnée sur les marches de la tribune aux harangues. Contrairement à ce qu'on aurait pu croire, il n'avait pas été tué dans l'affrontement qui avait eu lieu entre les bandes de Clodius et de Milon. En recoupant les témoignages, il apparaissait de manière certaine que c'était aussi l'œuvre de Mirmilla...

Palinure poursuivit son récit en rapportant à son maître l'émotion que ces meurtres commençaient à susciter dans la ville. La plupart des gens étaient naturellement superstitieux et prêtaient à la gladiatrice une personnalité surnaturelle : elle courait plus vite qu'un cheval, elle sautait plus haut qu'un cabri, elle était plus forte qu'un taureau, elle avait deux têtes et quatre seins...

Quand il eut terminé, il interrogea Flaminius :

— Est-ce ton avis, à toi aussi ? Avons-nous affaire à une déesse qui s'est mêlée aux hommes ?

Titus Flaminius avait écouté ce récit avec une attention soutenue. Il était chagriné d'apprendre la mort d'Ortensius. Il le connaissait : c'était un être charmant, passionné d'art et de belles choses. Il répondit à la question de Palinure par une autre question :

— Tu le crois, toi ?

— Vénus et Minerve se sont battues sous les murs de Troie.

Titus Flaminius apprécia la remarque. Il avait toujours admiré la culture de Palinure, qui était sans conteste l'égale de la sienne. Il parlait et lisait le grec, il avait lu les meilleurs auteurs. Cela tenait à ce que son père, disparu depuis, était précepteur et l'avait instruit en même temps que les autres enfants. À Rome, l'éducation était souvent confiée aux esclaves ou aux affranchis et il n'était pas rare que ceux-ci soient aussi savants que leurs maîtres, sinon plus... Flaminius en revint à leur conversation :

— C'est vrai. D'autant qu'il y a cette force prodigieuse dont a parlé Orchius. Ce qui dépasse les forces d'une femme, une déesse en est capable. Mais je n'y crois pas vraiment...

— Pourquoi ?

— Parce que je ne vois pas la raison de ces actes. Les dieux n'agissent pas n'importe comment. Minerve s'est battue à Troie parce que c'était la protectrice des Grecs, et Vénus défendait Pâris, qui lui avait donné la pomme. Ici, on dirait plutôt des actes de folie, et la folie, dit-on, décuple les forces.

— Tu as parfaitement raison ! Laisse les dieux en dehors de tout cela. Ils ne se mêlent pas des petites affaires des hommes...

Ce n'était pas Palinure qui avait prononcé ces mots, mais Brutus, qui venait de faire son entrée dans la villa. Titus Flaminius se leva pour aller l'accueillir. Brutus était plus que son ami, c'était presque un frère. D'ailleurs, ils étaient frères de lait ; nés à quelques jours de distance, ils avaient été confiés à la même nourrice.

Brutus frappait par son allure. Grand, mince, maigre même, il portait un collier de barbe, ce qui le désignait aux yeux de tous comme un philosophe, car ils étaient les seuls, à Rome, à ne pas se raser ; tous les autres, même les plus démunis, se rendaient quotidiennement chez le barbier. Précisément, Brutus était stoïcien, il suivait les cours de l'illustre maître Posidonius, récemment installé à Rome. À la différence de Flaminius, qui ne dédaignait pas la vie brillante de la capitale, c'était un intellectuel, toujours dans ses livres et les bibliothèques. En fait, les deux frères de lait se complétaient et c'était sans doute la raison de leur inaltérable entente.

Pour le reste, comme Flaminius, Brutus appartenait à une illustre famille romaine. C'était l'un de ses ancêtres qui avait assassiné le dernier roi de Rome, le tyran Tarquin le Superbe, et qui avait fondé la république. Brutus en était extrêmement fier et le démocrate convaincu qu'il était se disait prêt à éliminer tout nouveau tyran quel qu'il soit. Il s'adressa à son frère de lait d'un air intéressé et curieux :

— J'ai appris par Cytheris que tu enquêtais sur la gladiatrice...

Flaminius lui expliqua dans quelles circonstances il s'était mis à la disposition d'Orchius à la suite de la proclamation publique qu'il avait faite. Puis il le mit au courant des découvertes de Palinure. Brutus hocha la tête.

— Le plus logique, comme tu disais, c'est qu'il s'agit d'une folle. Mais pas n'importe laquelle. Toutes les folles ne sont pas championnes à l'épée et elles ne possèdent pas toutes un équipement de mirmillon.

— Je suis parfaitement d'accord. C'est pourquoi je compte débuter mon enquête à la caserne de gladiateurs.

De nouveau, Brutus approuva :

— C'est sans doute par là qu'il faut commencer... Mais il y a quelque chose de plus étonnant encore dans cette histoire. Nous avons affaire à une rousse, et cela, c'est très rare. On dit qu'il y en a en Germanie et en Bretagne, mais je n'en ai jamais vu.

— Tu penses à une affranchie bretonne ou germaine ou à une esclave qui s'est enfuie ?

— Peut-être... En tout cas, j'aimerais approfondir la question. Il me semble que j'ai lu quelque chose qui me fait penser à cela.

Titus Flaminius sourit. Dès qu'il était en face d'un problème, Brutus courait chercher la solution dans un livre. Mais Titus ne songeait nullement à se moquer de lui : il savait que son compagnon avait ainsi fait des découvertes remarquables. Il conclut :

— Ton aide me sera sûrement précieuse. Moi, je vais à la caserne. Nous ferons le point après...

La caserne des gladiateurs de Rome ne se situait pas dans la plus belle partie de la ville, loin de là ! Elle n'était d'ailleurs pas dans la ville, mais à l'extérieur, tout de suite après la porte Esquiline, dans un des endroits les plus sinistres de l'agglomération. La caserne elle-même n'était guère plus engageante : des baraquements tristes entourant un terrain d'entraînement boueux, car un gros orage venait d'éclater. L'ensemble comprenait aussi une ménagerie. Plusieurs cages abritaient des ours dressés. Ils dégageaient une puissante odeur de fauve qui contribuait à renforcer le côté inquiétant des lieux.

Les gladiateurs s'entraînaient dans la fange avec des épées de bois en poussant de grands cris. Titus Flaminius les évita, cherchant le maître des lieux, le laniste... Il n'allait pas dans cet endroit sans répugnance. Il lui avait même fallu un certain courage pour s'y rendre. Il détestait, en effet, les gladiateurs pour une raison personnelle. Son père Quintus était mort treize ans plus tôt durant la terrible révolte de Spartacus, dans des conditions particulièrement dramatiques. Ses hommes et lui avaient été faits prisonniers par le chef rebelle et sommés de se battre entre eux comme des gladiateurs. Seul de tous, Quintus Flaminius avait refusé et retourné son glaive contre lui.

La vision que Titus avait des pensionnaires de la caserne n'était guère de nature à modifier ses sentiments : des visages brutaux, des corps velus couverts de vilaines cicatrices, des regards féroces. Ces gens-là ressemblaient plus à des bêtes qu'à des hommes. Il eut le cœur serré en pensant que son père était mort entouré d'individus de cette espèce...

— Que puis-je pour ton service ?

Un personnage assez corpulent, vêtu avec une rare élégance, venait d'apparaître au milieu de ces hommes négligés. Titus le considéra avec répugnance.

— C'est toi, le laniste ?

L'homme s'inclina de manière servile.

— J'ai cet honneur...

Comme tous les Romains, Titus Flaminius éprouvait le plus profond mépris pour la profession de laniste, certainement la plus déconsidérée après celle de souteneur.

— Ne parle pas d'honneur, c'est une chose que tu ignores ! J'ai une question à te poser.

Le laniste continua de sourire. Il avait l'habitude d'être traité comme un chien par les uns et les autres, ce qui ne l'empêchait pas de gagner des fortunes avec sa peu reluisante profession.

— Je parie que tu veux m'acheter la liberté d'un de mes hommes...

— Tu te trompes. Je m'intéresse à une gladiatrice.

L'homme s'assombrit.

— Tu veux parler de cette démente qui se promène dans Rome ?

— Exactement.

— On m'a déjà posé la question avant toi, mais ce n'est pas ici que tu la trouveras, crois-moi.

— Tu as pourtant la seule caserne de gladiateurs de Rome.

— De gladiateurs, oui, de gladiatrices, non. Il n'y a jamais eu cela chez moi.

— Les gladiatrices n'existent pas ?

— Pas à Rome. Si tu veux en trouver, va en Campanie, à Capoue ou à Pompéi. Là-bas, il y en a quelques-unes. Ce sont les Campaniens qui ont inventé la gladiature et ils sont beaucoup plus avancés que nous. Les Romains ne sont pas prêts pour ce genre de spectacle. Ils sont beaucoup trop attachés à leurs habitudes, ils manquent d'imagination, de fantaisie...

Titus Flaminius coupa court à ces considérations :

— Tu m'as dit qu'on t'avait déjà posé la question. Qui cela ?

Le déplaisant personnage afficha un air de contrariété et d'inquiétude.

— Clodius, et Milon aussi. Mais je leur ai dit la

même chose qu'à toi : je n'y suis pour rien. Je me contente de leur vendre un de mes hommes s'ils me le demandent. C'est tout. Je ne me mêle pas de leurs affaires. Je ne fais pas de politique. Je veux seulement que le peuple de Rome ait les plus beaux spectacles. Je ne pense qu'au plaisir et à la joie.

Titus Flaminius estima qu'il en savait assez. Sans saluer son interlocuteur, il quitta ces lieux où il se sentait de plus en plus mal à l'aise.

En revenant de la caserne, il passa par le Forum et s'arrêta à l'extrémité de celui-ci, au temple de Castor. C'était là que Clodius avait établi son quartier général et il voulait s'entretenir avec lui. D'après ce que venait de dire le laniste, il était lui aussi sur les traces de la gladiatrice et peut-être avait-il fait quelque découverte importante.

Le temple de Castor et Pollux, que tout le monde à Rome appelait le temple de Castor tout court, présentait la particularité d'avoir une position dominante par rapport au reste de la ville. Perché sur un soubassement massif, il surplombait le Forum d'une hauteur de deux à trois étages environ et on y accédait par de petits escaliers placés aux extrémités. Cette situation en faisait un lieu privilégié pour s'adresser au peuple, tout comme les Rostres. Le tribun de la plèbe s'y était installé pour cette raison et aussi parce que c'était un excellent poste d'observation pour surveiller les allées et venues de ses adversaires...

Clodius n'était pas un étranger pour Titus Flaminius : ils étaient cousins, même s'ils ne s'entendaient guère. Flaminius avait toujours considéré Clodius comme un aventurier sans scrupules, un démagogue sans foi ni loi, et ce dernier, de son côté, n'avait pas davantage de sympathie pour lui. Mais sa parenté servit tout de même Titus. Lorsqu'il se présenta à l'un des deux escaliers, les colosses qui le gardaient s'écartèrent en reconnaissant le cousin de leur chef.

Titus Flaminius trouva Clodius dans le temple même, entre les statues des deux dieux. Il était en grande discussion avec un de ses lieutenants et s'interrompit en le voyant arriver. Son physique convenait parfaitement au chef populaire qu'il voulait être. Très brun, athlétique, les traits énergiques et les dents éclatantes, il avait quelque chose de conquérant qui plaisait aux foules. Il aborda Flaminius sans chaleur excessive :

— Qu'est-ce que tu viens faire ici ?

— J'enquête sur la gladiatrice pour le mari d'une des victimes. Je viens voir si tu sais quelque chose.

Clodius le toisa d'une manière méprisante et menaçante à la fois. Il avait toujours manifesté beaucoup d'assurance, mais, depuis qu'il était le maître de Rome, il était clair qu'il n'admettait pas qu'on le contrarie.

— Parce que tu crois sérieusement qu'elle fait partie de mes troupes ?

Titus Flaminius était entouré d'individus aux visages inquiétants, dont plusieurs venaient certainement de la caserne dont il sortait. Il garda pourtant son calme.

— J'y ai pensé, mais, à la réflexion, je ne crois pas. Elle n'a tué que des pauvres gens et le seul qui faisait de la politique, Ortensius, était plutôt de ton côté.

Cette réponse eut le don d'apaiser le tribun de la plèbe. Il frappa sur l'épaule de son cousin.

— Eh bien, figure-toi qu'il y en a d'autres qui le pensent. On m'impute ses crimes. C'est un coup de Milon, j'en suis sûr ! J'aurai sa peau, à celui-là. En attendant, je veux avoir celle de Mirmilla. J'ai mis mes hommes sur l'affaire et on verra si je n'arrive pas à la démasquer et à l'éliminer !

— J'enquête de mon côté. Nous serons donc deux...

Clodius retrouva son air agressif.

— Je te l'interdis ! Laisse-la tranquille si tu ne veux pas qu'il t'arrive la même chose qu'à elle.

Autour de lui, Titus Flaminius voyait briller les glaives. Il n'était pas en mesure de discuter. Il promit tout ce qu'on voulait et quitta le temple de Castor.

Il avait fait quelques pas sur le Forum et arrivait devant la tribune aux harangues où le malheureux Ortensius avait trouvé la mort, lorsqu'il se trouva empêché d'avancer. Au Forum, l'affluence était constante et il arrivait souvent qu'on soit obligé de piétiner sur place, mais cette fois ce n'était pas la même chose. Des gens, qui lui rappelaient ceux qu'il venait de quitter, l'entouraient. C'étaient les mêmes visages sinistres et brutaux. L'un d'eux lui lança avec un mauvais sourire :

— On dirait que tu sors du temple de Castor !... N'es-tu pas Flaminius, le cousin de Clodius ?

Titus eut le mérite de réagir avec rapidité. Il bouscula celui qui se trouvait devant lui et s'enfuit à toutes jambes. Les autres se mirent à le poursuivre en brandissant leurs armes. La foule, qui avait l'habitude de ce genre de scène, s'écarta devant eux. Par bonheur pour lui, Titus Flaminius était doué à la course et il parvint à leur échapper. Mais, tandis qu'il reprenait son souffle, beaucoup plus loin, presque arrivé chez lui, dans le bois des Muses, il se dit qu'avec la situation qui régnait à Rome, son enquête devenait terriblement dangereuse. Si cela continuait, la prochaine personne à laisser la vie dans l'aventure ne serait autre que lui-même...

Il n'eut pas davantage le loisir de méditer sur la question. Palinure, qui le guettait dans l'atrium, courut à sa rencontre et lui annonça, tout excité :

— Elle a recommencé !

Titus Flaminius questionna, encore essoufflé :

— Qui est-ce, cette fois ?

— Le sénateur Apicius.

Titus resta bouche bée. L'affaire prenait une tournure différente. Jusque-là, à part Ortensius, jeune homme de bonne famille, les victimes de Mirmilla étaient des gens comme tout le monde, mais, avec Apicius, il s'agissait d'une des personnalités de Rome. Flaminius le connaissait personnellement. Le vieux sénateur avait été un ami de son père. C'était un défenseur acharné de l'aristocratie et de ses privilèges, un homme d'une grande intégrité au demeurant, respecté même par ses adversaires. En tout cas, les relations d'amitié qui existaient entre les deux familles allaient le servir. Il avait, sous le prétexte de présenter ses condoléances, une excellente occasion d'obtenir des informations sur le meurtre.

Ce fut le fils du sénateur, Cneus Apicius, qui le reçut. Précisément, Cneus était son fils adoptif, il n'avait pas la trentaine et le défunt avait largement dépassé les quatre-vingts ans. Il sembla très touché que Titus Flaminius se soit déplacé si vite. Il était à la fois très éprouvé et en proie à une violente colère.

— Ce sont ces chiens de populaires ! Un ramassis de vauriens qui veulent la révolution et la mort des honnêtes gens !

— Tu es sûr que c'est cette gladiatrice la meurtrière ?

— Certain. Elle a forcé notre porte cette nuit. Je l'ai vue de mes propres yeux et plusieurs de mes esclaves l'ont vue aussi.

Titus Flaminius hocha la tête sans faire de commentaire. Il demanda, d'une voix de circonstance :

— Pourrais-je me recueillir devant le corps de ton père ?

— Bien sûr. Il est dans sa chambre. C'est là que ce monstre l'a tué.

Le sénateur Apicius reposait sur son lit, entouré de pleureuses qui gémissaient sourdement. Titus Flaminius contempla le défunt, figure presque caricaturale du vieux Romain avec son visage aquilin et sa bouche mince qui avait gardé, même dans la mort, une moue dédaigneuse. Il avait dû être frappé au corps, car son visage était intact ; sa blessure était invisible sous sa luxueuse toge bordée de pourpre. Ce fut alors que Flaminius fit une découverte étonnante : son pied droit avait été sectionné. On l'avait remis dans le prolongement de sa jambe, mais la coupure se voyait parfaitement. Il interrogea son fils adoptif, lui montrant le membre coupé :

— Qu'est-ce que c'est ?

— C'est elle ! Tu sais bien qu'elle mutile ses victimes. Non seulement le peuple veut notre mort, mais il nous manifeste ainsi sa haine !

— Oui, mais...

Titus Flaminius n'acheva pas sa phrase. Il sentait que Cneus Apicius n'était pas en état d'entendre une objection et, de toute manière, une chambre mortuaire n'était pas le lieu pour ce genre de discussion.

Il n'empêchait que cette mutilation ne ressemblait pas aux autres. Jusque-là, elles avaient un rapport avec la personnalité de la victime : le nez pour la parfumeuse, la langue pour l'avocat, le foie pour l'haruspice, etc. Mais le pied n'avait aucun sens. Quel rapport le sénateur Apicius avait-il avec son pied ? C'était absurde !... Alors, était-ce tout simplement une manifestation de folie, comme il l'avait pensé dès le début ? Peut-être, mais il n'empêche qu'il prit congé de Cneus Apicius songeur et même troublé.

4

Les ludions

Le lendemain, Flaminius décida d'assister à l'ouverture des jeux Romains. Il avait passé une partie de la nuit à réfléchir et il n'était guère optimiste. On était le cinquième jour avant les nones de septembre[1], Mirmilla s'était manifestée pour la première fois aux ides de sextilis, cela faisait cinq meurtres en trois semaines et rien ne disait, bien au contraire, qu'elle allait s'arrêter.

Devant le tour dramatique des événements, il n'était pas fâché de s'accorder un peu de détente, car l'ouverture des jeux Romains était un spectacle aussi étonnant que réjouissant. On approchait de la fin de

1. 4 septembre.

la période des combats, qui s'étendait de début mars à début octobre, et la guerre y était représentée sur le mode de la dérision. La chose était tout à fait étonnante de la part des Romains, qui étaient un peuple de soldats, mais ce jour-là, pour l'unique fois de l'année, ils se moquaient de la guerre, c'est-à-dire un peu d'eux-mêmes.

Titus Flaminius se rendit au Forum et prit place sur la tribune aux Rostres, lieu surélevé qui allait lui permettre de ne rien perdre de la procession. Celle-ci accomplissait un long trajet à travers les rues. Elle se formait sur le Champ de Mars, montait au Capitole, en redescendait et traversait le Forum, pour se rendre au Circus Maximus où elle se terminait.

La clameur de la foule lui annonça que le cortège approchait et, en effet, celui-ci ne tarda pas à arriver, tandis qu'éclataient les vivats. En tête, marchaient les deux consuls portant le grand manteau brodé des triomphateurs. Mais ils n'étaient pas suivis de soldats, comme les généraux vainqueurs, ou plutôt, ils étaient suivis d'étranges soldats : les fils en bas âge des citoyens mobilisables. Ils avaient un équipement à leur taille, des épées, une courte lance, un bouclier, un manteau rouge et, alignés comme leurs aînés, ils formaient une armée enfantine, avec ses cohortes, ses centuries, ses manipules. Leur jeune âge ne les empêchait pas de garder un ordre impeccable et d'aller martialement, comme s'ils venaient de remporter la victoire.

Derrière eux, venaient ceux qu'on appelait les ludions. Il s'agissait d'acteurs, également habillés en militaires, avec une cape rouge et un casque de bronze surmonté d'une aigrette et d'un plumet. Mais eux n'avaient pas d'armes et ne défilaient pas au pas cadencé. Ils exécutaient, au son de la flûte et de la lyre, une sorte de danse guerrière mimant les combats. Chaque groupe de ludions avait un chef de danse qui montrait les figures aux autres et ceux-ci les répétaient après lui. Le tout était à la fois endiablé et exécuté avec un ensemble parfait.

Mais c'était le troisième et dernier groupe qui suscitait le plus d'enthousiasme dans le public : les clowns. Eux n'avaient plus rien de militaire, c'était une bande désordonnée, une cohue informe. Non seulement ils n'avaient pas le moindre semblant d'uniforme, mais ils étaient habillés de la manière la plus extravagante. Ils portaient des manteaux à fleurettes ajustés à la taille par des ceintures en peau de bouc et, en guise de casques à aigrette, ils s'étaient fait des coiffures tout en hauteur, avec les cheveux dressés sur la tête. Comme les ludions, ils étaient accompagnés de musiciens et, comme eux, ils dansaient, mais ils étaient loin d'avoir leur technique. Ils exécutaient des pas grotesques et le plus souvent tombaient à terre au milieu des rires.

Enfin, clôturaient le cortège une cohorte de joueurs de flûte et de lyre, accompagnés de porteurs de cassolettes où brûlaient des parfums, puis les statues des dieux portées à bout de bras, seul passage sérieux de la cérémonie.

Tel était le défilé d'ouverture des jeux Romains. La guerre représentée par ceux qui ne pouvaient pas la faire perdait progressivement toute réalité pour sombrer dans la plus totale dérision. Les enfants copiaient leurs pères ; ils avaient encore l'apparence de soldats, mais n'en avaient ni la taille ni la force. Les ludions copiaient les enfants ; ils gardaient quelques oripeaux militaires, mais dansaient au lieu de marcher au pas. Les clowns copiaient les ludions et n'avaient plus rien de commun avec des soldats, ni la marche ni le costume. La guerre avait totalement disparu, elle était remplacée par une fête échevelée...

Flaminius avait suivi la procession avec le plus grand plaisir. Il adorait ce spectacle étrange qui lui faisait penser à ce qui se passe dans les rêves. Ce fut alors qu'une pensée le traversa. Pour la première fois depuis le début de son enquête, il venait d'avoir une idée et, contre toute attente, elle lui avait été inspirée par cette fête en apparence purement fantaisiste. Oui, il avait une idée et il comptait bien la vérifier dès qu'il le pourrait !

Comme toutes les familles patriciennes, les Apicius

possédaient ce qu'on appelle le « droit d'images ». Aux funérailles, elles faisaient porter les masques mortuaires de leurs ancêtres par des acteurs, qui assistaient, en compagnie des proches, à toute la cérémonie. En outre, le disparu était représenté par un autre acteur portant lui aussi un masque à son effigie, l'archimime. Contrairement aux premiers, qui restaient muets et immobiles, l'archimime parlait et se déplaçait. Il était chargé de faire revivre le défunt en imitant sa voix, en copiant son comportement et ses expressions familières.

Deux jours s'étaient écoulés depuis les jeux Romains et les funérailles du sénateur Apicius allaient bientôt commencer... Les masques avaient pris place devant le bûcher funèbre dressé face au luxueux tombeau de la famille, près de la via Appia. Les obsèques s'annonçaient grandioses. Tant en raison de l'importance des Apicius que du côté dramatique de cette disparition, une foule aussi nombreuse que prestigieuse s'était déplacée. Titus Flaminius était, bien entendu, présent.

L'archimime n'était pas encore arrivé, et il entendait les conversations aller bon train autour de lui. Ceux qui l'entouraient appartenaient tous au parti sénatorial et la violence de leurs propos le mettait mal à l'aise. Il n'était question que de vengeance, d'expéditions punitives, de lois à faire voter pour empêcher définitivement la plèbe de nuire.

Flaminius ne pouvait s'empêcher d'éprouver la plus vive inquiétude face à l'aveuglement de ces gens. Ils restaient accrochés à leurs privilèges, hostiles à la moindre concession, inconscients des bouleversements qui s'étaient produits dans la société. C'étaient eux, au fond, qui étaient responsables de la violence d'un Clodius. En voulant que se perpétue un ordre social d'un autre âge, ils conduisaient les deux partis à l'affrontement et Rome à la catastrophe.

Les conversations s'arrêtèrent soudain, car l'archimime venait enfin de faire son apparition. Portant la luxueuse toge bordée de pourpre des magistrats supérieurs, il avançait du pas majestueux qui avait été celui du disparu. Comme toute l'assistance, Flaminius ne put s'empêcher d'éprouver un instant d'émotion. L'arrivée de l'archimime était toujours un moment impressionnant. Alors que le corps du sénateur Apicius était allongé sur le bûcher de chêne, prêt à être brûlé, il semblait soudain revivre, comme s'il allait assister à son propre enterrement. Il avait l'air de se regarder lui-même, avec son visage austère, sa bouche pincée, sa morgue de grand aristocrate.

En le voyant arriver, Cneus Apicius, conformément au rôle qui était le sien dans la cérémonie, prit une torche allumée et s'approcha du bûcher de son père adoptif. L'archimime l'apostropha alors avec force :

— Arrête-toi !

L'interpellé se figea. Titus Flaminius était surpris,

non pas de cette intervention, l'archimime ayant l'habitude de perturber la cérémonie à sa guise, mais de la voix, une voix de fausset qui ne ressemblait nullement à celle du feu sénateur. Le comédien faisait bien mal son métier... Ce fut alors que, comme tous les autres, il poussa un cri. L'archimime venait d'arracher son masque, ainsi que sa perruque aux cheveux blancs, et le vieillard s'était métamorphosé en une jeune femme rousse. Toujours avec la même rapidité, celle-ci enleva sa toge et apparut équipée en mirmillon, avec une courte tunique et une protection métallique couvrant l'épaule et le bras droits. Elle marcha sur Cneus Apicius, l'épée brandie.

— C'est toi qui as tué ton père, assassin !

Abasourdi, Cneus Apicius se mit à reculer. Au moment où elle se jetait sur lui, dans un réflexe désespéré, il tenta de faire obstacle avec sa torche. Il parvint à la brûler à la main, mais il ne l'empêcha pas de lui plonger son épée dans le corps. Après un instant de stupeur, l'assistance, dans une grande clameur, s'élança pour s'emparer d'elle, mais la gladiatrice fut la plus prompte. Elle s'enfuit à toutes jambes et personne ne put la rattraper...

Titus Flaminius, lui, n'avait pas bougé. Il ne s'attendait certes pas à un dénouement aussi tragique, mais il n'était pas surpris de ce qu'il venait d'entendre. Mirmilla avait certainement dit la vérité : ce n'était pas elle la coupable du meurtre d'Apicius, mais bel et bien son fils adoptif. Cneus Apicius était un débauché notoire qui dépensait des fortunes avec les prostituées et, depuis longtemps, il devait attendre l'héritage de ce vieil homme qui ne se décidait pas à mourir. Alors, il avait profité de ces meurtres en série pour se débarrasser de lui.

C'était ce que Flaminius avait compris en voyant les ludions. Depuis qu'il avait découvert le pied coupé de la victime, il avait eu la sensation qu'il y avait quelque chose d'anormal dans ce meurtre. Et, au défilé, la lumière s'était faite. Cneus Apicius avait essayé de faire endosser son crime à la gladiatrice. Il s'était procuré une perruque rousse, un équipement de mirmillon et il était entré ainsi dans la villa. De nuit, il avait pu donner le change aux esclaves. Mais cette mutilation imbécile l'avait trahi. Il avait mal copié, comme les ludions copiaient mal les enfants, comme les clowns copiaient mal les ludions. La seule chose qu'il n'avait pas envisagée, c'était que Mirmilla ne le supporterait pas. Elle était venue elle-même punir de mort le plagiaire...

Titus Flaminius n'avait plus rien à faire en ces lieux. Il passa devant le corps de Cneus, qui était, et non son père comme il avait voulu le faire croire, la cinquième victime de la gladiatrice. Dire qu'il éprouvait de la compassion pour lui serait mentir, il l'aurait démasqué si Mirmilla ne l'avait fait à sa place. Un peu plus loin, il entendit des cris : on avait découvert le véritable archimime assommé. Il portait à la tête une blessure spectaculaire, mais sans gravité.

Flaminius ne put s'empêcher de rester songeur... Mirmilla aurait très bien pu le tuer pour s'emparer de son masque, mais elle ne l'avait pas fait, tout comme elle aurait pu tuer Orchius, alors qu'elle s'était contentée de l'assommer lui aussi. Elle ne tuait que ceux qu'elle était venue tuer, pas les autres. Qui était cette femme, à la fois sanguinaire et respectueuse de la vie d'autrui ? Sa personnalité devenait de plus en plus mystérieuse à mesure qu'il progressait dans son enquête. Elle commençait même à être fascinante...

Titus Flaminius éprouva l'envie de confronter ses impressions avec celles de Brutus, d'autant que ce dernier avait peut-être du nouveau dans ses recherches. Il savait où le trouver. Il n'était pas loin de midi et, à cette heure, son frère de lait avait l'habitude de se rendre chez le philosophe Posidonius pour s'entretenir avec lui. Flaminius décida de faire de même, d'autant qu'il lui serait agréable, à lui aussi, d'échanger quelques mots avec le grand homme. Sans être un de ses disciples, un stoïcien convaincu, comme Brutus, il admirait sa doctrine inflexible et grandiose, ce mépris des choses qui ne dépendent pas de nous : la perte des êtres chers, la maladie, la souffrance, la vieillesse, la mort...

Comme il est normal pour un sage, Posidonius

habitait un logement modeste. Son emplacement ne manquait pas de prestige : il se situait sur la via Sacra, une des artères les mieux fréquentées de Rome, mais les lieux eux-mêmes étaient exigus et obscurs. C'était une ancienne boutique transformée en logement ; d'après ce qu'on prétendait, son dernier occupant avait été un tripier.

Titus Flaminius ne tarda pas à arriver sur place. Ne voulant pas interrompre une éventuelle conversation du maître avec Brutus ou un autre de ses disciples, il se garda d'annoncer son arrivée et entra en silence. Il se figea aussitôt. Elle était là ! La gladiatrice était là ! Il la voyait de dos. Elle avait retiré son casque, sa chevelure rousse flamboyait dans la pénombre de la pièce et elle menaçait de son épée Posidonius, qui restait immobile.

Il y avait à portée de Flaminius une statuette représentant un homme barbu, peut-être un philosophe. Il s'en empara et il allait frapper, quand il arrêta son geste : la gladiatrice parlait. Il préféra la laisser s'exprimer, prêt à agir... Elle avait une voix tout à fait féminine, plutôt douce de timbre, pas du tout celle d'une folle ou d'une furie.

— Tu vas mourir, Posidonius ! C'est ce que tu mérites pour pervertir les esprits avec ta doctrine.

Mirmilla fit jouer son épée au bout de son bras couvert de métal, Flaminius leva la statuette, mais ne l'abaissa pas. Elle n'en avait pas fini... Elle haussa même le ton.

— Tu vas mourir comme les autres, ces produits de la décadence, ces dégénérés qui pervertissent les authentiques Romains : cette putain de luxe, cet avocaillon et son musée, cette parfumeuse de Nubie !

Posidonius était parfaitement fidèle à sa doctrine. Face à une mort qui semblait inévitable, il restait aussi froid que le marbre. Il eut un léger sourire.

— Qu'attends-tu de moi ? Que je tremble, que je te supplie ? Connais-tu *L'Hymne à Zeus* de Cléanthe ?

— Certainement pas.

Les yeux mi-clos, Posidonius se mit à réciter :

Conduisez-moi, Zeus, et toi aussi, Destin
À l'endroit que vous m'avez assigné,
Je vous suivrai sans retard. Car, si je refusais,
Je serais un méchant et n'en devrais pas moins vous suivre.

Pour toute réponse, Mirmilla ricana et lui lança une dernière apostrophe :

— Après t'avoir tué, je te couperai la tête et je la jetterai aux chiens de la rue. C'est ce qu'elle mérite !

Sur ces mots, elle leva son arme et Flaminius intervint. Levant à son tour la statuette, il la frappa sur la nuque, elle tomba comme une masse et resta inanimée. Il l'examina sans attendre. C'était bien une femme, mais ses cheveux n'étaient pas roux, ils étaient châtains, elle portait une perruque. Il poursuivit son examen : elle n'avait pas la moindre cicatrice sur le visage et pas la moindre trace de brûlure sur la main droite. Or Orchius avait affirmé de manière formelle l'avoir atteinte à la pommette et il l'avait vue, il y avait à peine une heure, touchée par la torche de Cneus Apicius. Qu'est-ce que cela voulait dire ? S'agissait-il vraiment d'une déesse qui avait pris l'aspect d'une mortelle ?

Mais il arrêta de se poser ses questions. Posidonius, toujours imperturbable, n'avait pas bougé de l'endroit où il se trouvait lors de l'agression. Titus alla vers lui pour lui demander si tout allait bien. Le philosophe lui répondit par l'affirmative. Flaminius commença à le féliciter du détachement dont il avait fait preuve, mais il se tut en entendant du bruit derrière lui. Il se retourna et n'eut que le temps de voir la gladiatrice qui s'enfuyait. Il se lança à sa poursuite, mais, une fois dans la rue, il eut beau regarder dans toutes les directions, elle avait disparu...

Il était en train de la chercher des yeux lorsqu'il tomba nez à nez avec Brutus. Mis au courant de l'agression, celui-ci se précipita chez Posidonius pour lui exprimer son émotion. Le philosophe le rassura avec le calme imperturbable dont il avait fait preuve jusque-là. Il lui proposa même de s'entretenir avec lui comme prévu, mais Brutus, plus ému que lui, déclina son offre.

Peu après, il se promenait sur la via Sacra avec Flaminius. Tous deux avaient beaucoup de choses à se dire. Brutus, d'abord, qui avait enfin trouvé, à la bibliothèque, ce qu'il cherchait :

— Je ne m'étais pas trompé. J'avais bien lu quelque chose à propos d'une femme rousse et j'ai de nouveau mis la main dessus ! Cela figure dans un recueil de traditions campaniennes.

Au mot de « campaniennes », Titus Flaminius sentit son intérêt redoubler. Le laniste, lui aussi, avait évoqué la Campanie à propos de la gladiatrice. Il eut la sensation que, comme à son habitude, Brutus avait fait une découverte de première importance. Ce dernier poursuivit son récit avec une visible satisfaction :

— Il s'agit d'une personnification de Bellone, la déesse de la guerre, la Bellone rouge. Elle est représentée par une femme rousse armée. C'est un très vieux culte qui se perd dans la nuit des temps. Peu de gens le connaissent et le pratiquent. D'après ce que j'ai lu, elle serait honorée une fois l'an, aux ides d'octobre, dans le cratère même du Vésuve.

— Dans le cratère, tu es sûr ?

— Ce n'est pas si étonnant que cela, le volcan est éteint depuis longtemps... Et ce n'est pas tout. J'ai lu quelque chose d'encore plus intéressant, qui concerne directement ce qui vient d'arriver : le retour de la Bellone rouge...

Cette fois, Titus Flaminius était littéralement suspendu aux lèvres de Brutus.

— Il est écrit que la Bellone rouge viendra parmi les hommes, sous la forme d'une femme rousse armée, lorsqu'il sera nécessaire d'exterminer les ennemis de Rome. Le texte dit : « Ce sera le début du grand combat. Bellone l'emportera et Rome renaîtra. »

Flaminius en resta sans voix.

— C'est extraordinaire ! Cela correspond exactement à ce qu'elle vient de dire. Car, avant de tenter de tuer Posidonius, elle a parlé. Écoute...

Et il lui rapporta fidèlement les propos de la gladiatrice. Il parla des constatations déroutantes qu'il avait faites au sujet de l'absence de blessure et de brûlure et il poursuivit :

— Tout concorde. L'hétaïre grecque, l'avocat ami des arts, la parfumeuse noire : pour la Bellone rouge, ce sont les ennemis de Rome et elle est venue sur terre les exterminer. Mais si c'est une déesse, qu'est-ce que tu veux que je fasse ?

— Tu dis n'importe quoi ! Ce sont des fables !

Comme tous les stoïciens, Brutus ne croyait pas aux dieux de la mythologie. Il concevait la divinité comme unique, immatérielle et sans le moindre contact avec les hommes. Titus Flaminius, lui, admettait l'existence des dieux traditionnels. Il insista :

— Pourtant, tout se tient. Elle a une force surhumaine, elle est invulnérable aux blessures et aux brûlures. Je l'assomme et, l'instant d'après, elle est debout et elle disparaît...

Mais Brutus secoua négativement sa tête de philosophe.

— Il n'y a pas besoin d'aller si loin. J'ai une explication plus simple et plus rationnelle : il n'y a pas une gladiatrice, il y en a plusieurs.

— Quel lien auraient-elles entre elles ? C'est absurde !

— C'est tout à fait plausible, au contraire. Cette façon de s'en prendre à la civilisation étrangère, grecque en particulier, me fait penser à une organisation fanatique, un genre de secte. Nous ne sommes pas en face d'une folle isolée, mais de tout un groupe de gens qui mènent une action cohérente...

Encore une fois, Titus Flaminius admira la façon de raisonner de Brutus, calme, méthodique, alors que lui-même avait trop tendance à se laisser emporter par ses premières impressions. Il poursuivit d'un ton pensif :

— C'est d'autant plus vraisemblable que celle que j'ai assommée n'était pas rousse, elle portait une perruque...

— Tu vois ! Qu'est-ce qu'il y a de plus facile que de mettre une perruque ou de se teindre ? Il n'est même pas certain qu'il s'agisse uniquement de femmes. Dans la précipitation ou de loin, un homme maquillé peut faire illusion.

— Maquillé : c'était le mot qu'avait prononcé Orchius à propos de l'assassin de sa femme, cet assassin qui possédait, avait-il dit, une force prodigieuse. Oui, cela concordait. Et c'était sans doute aussi un homme qui avait tué l'avocat Ortensius en le transperçant de part en part... Flaminius se revit aux jeux Romains, deux jours auparavant. Décidément, cette affaire leur ressemblait. Comme avec les ludions, tout n'y était que copie, illusion.

— Alors, Mirmilla n'existe pas ?

— Peut-être que si, puisque l'haruspice l'a reconnue. C'est la première de celles et ceux qui ont revêtu la tenue de gladiatrice. Celle qui n'existe pas, c'est la Bellone rouge. C'est une création collective, un symbole qu'ils font vivre.

— Et, d'après ce que tu as dit, l'arrivée de la Bellone rouge signifie le début du grand combat. Ce n'est guère rassurant !

— Je suis de ton avis. Nous ne nous battons pas contre une déesse, mais contre une organisation, ce qui est loin d'être plus facile.

Titus Flaminius resta songeur. Grâce à l'attentat contre Posidonius, ils avaient, d'un seul coup, considérablement avancé : ils connaissaient le mobile des assassinats et ils avaient une idée de leurs auteurs. Il ne s'agissait plus d'actes dus à la folie, comme on pouvait le croire d'abord, mais d'un plan méthodique conçu par une organisation de fanatiques. Les organisations, ce n'était pas cela qui manquait, à Rome, en cette période. Après les bandes de Clodius et de Milon, cela en faisait une troisième, mais plus extrémiste et plus violente. Restait à trouver laquelle...

Comme ils étaient arrivés devant le Circus Maximus, ils se séparèrent, Brutus prenant le chemin du Palatin où il habitait. Flaminius eut, à cet instant, une désagréable sensation. Parmi tous ces éléments, quelque chose leur avait échappé, qui aurait pu les faire progresser de manière décisive. Mais il ne s'inquiéta pas outre mesure : une fois rentré chez lui, il allait réfléchir méthodiquement et l'indice lui reviendrait bien d'une manière ou d'une autre.

5

Sur les pas de Vénus

Titus Flaminius ne mit pas longtemps à retrouver l'élément qu'il cherchait. Il franchissait le seuil et il entrait dans l'atrium, au milieu des statues des neuf muses, lorsqu'il s'exclama :

— L'haruspice !

Palinure apparut à ce moment et le questionna :

— Il y a quelque chose de nouveau avec l'haruspice assassiné ?

— Il y a beaucoup de nouveau. Écoute...

Flaminius lui raconta l'agression contre Posidonius, les invectives de la gladiatrice contre les différentes victimes, sa mise hors d'état de nuire, suivie de sa fuite, les découvertes de Brutus concernant la Bellone rouge et toutes les déductions qu'ils avaient faites ensemble. Il poursuivit :

— Et maintenant, je viens de découvrir ce que je cherchais. Cela concerne l'haruspice...

Palinure, qui avait suivi tout le récit avec une attention soutenue, hocha sa tête couverte du bonnet phrygien.

— Je crois que j'ai compris ce que tu veux dire : il ne va pas avec les autres.

Flaminius apprécia une fois de plus la vivacité d'esprit de son domestique. Il se félicita plus encore de l'avoir enrôlé à ses côtés dans cette enquête.

— Parfaitement. Tous les autres incarnent l'influence étrangère et particulièrement grecque, mais les haruspices sont une vieille institution romaine, une tradition nationale tout à fait à l'opposé de ce que veut combattre la mystérieuse organisation. D'ailleurs, l'agresseur féminin de Posidonius a cité toutes les victimes, sauf lui.

— Mais il a été assassiné aussi. On a même commencé par lui...

— C'est donc qu'il y avait une autre raison pour l'éliminer. Le plus logique est de penser qu'il faisait partie de l'organisation, mais que, pour une raison ou pour une autre, celle-ci a décidé de le supprimer. L'haruspice est le lien avec les meurtriers. En nous renseignant auprès de son entourage, nous avons de bonnes chances de remonter jusqu'à eux. Cela, je me propose de m'en charger. Car l'autre partie des recherches te revient tout naturellement.

— De quoi veux-tu parler ?

— De la Campanie. Elle semble au cœur de toute l'affaire. Et tu es originaire de Campanie...

Palinure acquiesça. Ses premiers maîtres avaient effectivement une exploitation agricole en Campanie, au pied du Vésuve. C'était là que son père était précepteur. Lors de la révolte de Spartacus, toute la maisonnée, famille, affranchis et esclaves, s'était réfugiée à Rome. Les maîtres de Palinure étaient morts peu après et les domestiques avaient été vendus à droite et à gauche. C'était ainsi que la famille Flaminius avait acquis Palinure... Ce dernier prit volontairement l'accent chantant qu'on a dans le sud de l'Italie :

— Tu as raison. Je suis un vrai fils du Vésuve, un vrai Campanien !

Titus Flaminius sourit.

— Et d'après toi, pour enquêter sur les milieux campaniens de Rome, où faut-il aller ?

— Il n'y a pas d'hésitation possible, à l'auberge Les Délices de Capoue, près du forum aux bœufs. C'est leur quartier général dans la ville. Si tu veux, je m'y rends tout de suite. Je joue le rôle d'un conservateur fanatique, je tiens des discours enflammés contre les Grecs et les étrangers, et on verra bien ce qui arrivera.

— C'est parfait. Moi, je vais du côté du collège des

haruspices et j'espère bien obtenir des résultats. Revoyons-nous ici lorsque nous aurons l'un et l'autre accompli notre mission...

Palinure alla préparer son bagage. Titus Flaminius lui donna une importante somme d'argent, qui pourrait éventuellement lui servir, et il le regarda disparaître dans le bois des Muses. Cette fois, l'enquête commençait vraiment !

Le collège des haruspices n'avait pas été, comme tant d'autres associations professionnelles, enrôlé par Clodius dans ses bandes armées : cette corporation religieuse n'avait pas vocation à se battre et restait à l'écart des soubresauts qui agitaient Rome. Titus Flaminius trouva leurs représentants dans le temple de Saturne.

Surélevé, comme celui de Castor, et presque aussi massif, ce temple lui faisait pendant de l'autre côté du Forum. Saturne, dieu ancien, y était honoré depuis les origines de Rome ou presque et sa statue, de facture archaïque, était en bois. Selon l'antique usage, des bandelettes votives lui entouraient les jambes. Ce fut au pied de cette étrange effigie qu'il engagea la conversation avec un membre du collège. Il se fit passer pour un parent éloigné de la victime qui venait d'apprendre le drame et voulait présenter ses condoléances à la famille. L'assassinat avait soulevé beaucoup d'émotion dans la corporation et son interlocuteur le renseigna aussitôt :

— Tu trouveras la veuve d'Amarinus dans la rue aux Jougs. Tu demanderas Amarina la sage-femme, et on te renseignera...

La rue aux Jougs, ainsi nommée tout simplement parce que les fabricants de jougs y étaient nombreux, se trouvait juste à côté. Titus Flaminius ne mit pas longtemps à y trouver Amarina, la veuve du défunt haruspice. Elle habitait dans un immeuble à quatre étages. Son appartement était petit, mais elle l'avait décoré de toutes sortes de fleurs en pots qui lui donnaient un aspect coloré et riant. Bien qu'exerçant le métier d'accoucheuse, elle n'avait pas l'aspect massif et le comportement bourru d'un grand nombre de ses consœurs. C'était une brunette piquante aux alentours des trente ans. Elle s'adressa à lui avec un sourire :

— Que puis-je pour toi ? Ta femme va bientôt accoucher ?

Elle parlait avec l'accent que Palinure avait imité par jeu peu auparavant, l'accent chantant de Campanie, qui, d'ailleurs, lui allait à ravir. Flaminius se dit qu'il était décidément sur la bonne piste, et qu'Amarina était charmante. Il lui rendit son sourire.

— Une pareille chose ne risque pas de m'arriver. Je suis célibataire. Si je suis venu te voir, c'est que j'étais un ami de ton mari....

— Qui es-tu ?

Il dit le premier nom qui lui vint à l'esprit :

— Je m'appelle Musidius.

— Il ne m'a jamais parlé de toi.

— C'est que je l'ai connu bien avant son mariage. Nous nous sommes perdus de vue ensuite. Je voulais te dire...

L'accoucheuse lui coupa la parole :

— C'est inutile de dire quoi que ce soit. Il est mort, il est mort.

Le moins qu'on puisse dire, c'est qu'Amarina ne semblait guère affectée par le drame qui venait de la frapper. En grand connaisseur des femmes qu'il était, Titus Flaminius devina qu'elle ne devait guère aimer son mari, qui s'occupait sans doute plus des entrailles de ses bêtes et de son organisation secrète que de son épouse. Peut-être même avait-elle ressenti cette mort comme une délivrance. Il lui sourit, en y mettant, cette fois, toute la séduction dont il était capable, ce qui n'était pas peu dire.

— Tu as raison. Parlons plutôt de toi. Tu es jeune, tu as la vie devant toi et quand on est jolie comme toi...

Titus se mit alors à faire à Amarina une cour, d'abord discrète, puis, lorsqu'il se rendit compte qu'elle était bien accueillie, de plus en plus pressante. Tout en l'embrassant tendrement, il la questionna aussi habilement qu'il put :

— Le pauvre Amarinus n'avait guère le temps de s'occuper de toi, j'imagine...

— Tais-toi ! Il était toujours avec ses amis, pour ses réunions.

— Ses réunions ?

— Il faisait partie d'une association. Mais pourquoi est-ce que tu me demandes cela ? Je croyais que nous ne devions plus parler de lui.

— Parce que c'était quand même mon ami. Raconte-moi. Je veux savoir...

Amarina poussa un soupir de contrariété, mais elle consentit quand même à parler... Amarinus faisait partie d'un groupement secret, les Vieux Campaniens. Il lui en avait dit très peu à ce sujet. Ils avaient des réunions dans une auberge de la ville, Les Délices de Capoue, sauf la dernière fois, où cela s'était passé ailleurs. Il n'avait pas voulu lui préciser où, mais elle avait remarqué que, quand il était rentré, il avait sur lui une odeur de mort. Étonné par cette expression, Titus insista pour avoir des précisions, mais elle se borna à répéter : « Une odeur de mort. » Elle ajouta seulement qu'il avait raconté quelque chose à propos de Vénus, mais elle ne se souvenait pas exactement quoi... Titus Flaminius lui posa une autre question :

— Tu crois que ce sont eux qui l'ont tué ?

— Je ne sais pas, mais, les derniers temps, il était soucieux et inquiet...

Amarina avait commencé à reprendre sa mine

méfiante et fermée. Flaminius n'insista pas davantage. Il prit congé, après un long baiser, lui promettant de revenir. Mais il se jura intérieurement de n'en rien faire, d'autant qu'il y avait un danger à se trouver en sa compagnie : elle était peut-être surveillée...

En se retrouvant dehors, dans la rue aux Jougs, Flaminius était euphorique. Il connaissait maintenant le nom de cet ennemi multiple contre lequel il se battait : il s'appelait les Vieux Campaniens et il se cachait quelque part dans Rome.

Sur les raisons du meurtre de l'haruspice, il était à peu près certain d'avoir découvert la vérité. Ce dernier, en raison d'une divergence quelconque, voulait quitter l'association, qui, de peur qu'il fasse des révélations, l'avait éliminé. Et, sur l'endroit où se réunissaient les Vieux Campaniens, il avait aussi son idée. Il sentait la mort et il avait un lien avec Vénus. Or, un tel lieu existait à Rome. Aussi étrange que cela paraisse, il y avait dans la ville un temple à Vénus Libitine, c'est-à-dire Vénus de la Mort, et il allait s'y rendre sans plus tarder !

Tout en prenant cette direction, Titus Flaminius ne pouvait s'empêcher de s'interroger sur les bizarreries de la religion romaine. Le temple de Vénus Libitine servait à la fois d'état civil mortuaire et de morgue. C'était là qu'il fallait déclarer les décès survenus en ville et c'était là aussi qu'on entreposait les corps des personnes mortes dans la rue. Si au bout de vingt-quatre heures personne ne venait les récupérer, ils étaient envoyés dans les fosses communes de l'Esquilin toutes proches. Pourquoi la déesse de la beauté, du plaisir et de l'amour était-elle associée à d'aussi lugubres réalités, c'était ce qu'il n'arrivait pas à comprendre. D'ailleurs, personne, à Rome, ne le comprenait plus que lui...

Le parcours pour s'y rendre était de plus en plus sinistre à mesure qu'on avançait. Parti du Forum, on traversait l'Argilète, le quartier des tanneurs. L'endroit était encore bien fréquenté, car on venait y acheter toutes sortes d'articles de luxe en cuir, mais l'odeur était épouvantable. De là, on passait à Subure, les bas-fonds de la ville, domaine des brigands et des prostitués des deux sexes, dont la rue principale était surnommée « la rue aux Putains », ce qui en disait plus long que tous les discours. Enfin, on arrivait sur l'Esquilin, et là, c'était encore bien pire !

L'Esquilin, l'une des sept collines de Rome, se situait hors de l'enceinte sacrée d'origine, ce qui le vouait à l'accueil des morts. La ville était, en effet, un espace consacré aux dieux où nul ne pouvait être enterré, et, dès qu'on la quittait, on tombait dans des cimetières. Au sud, c'était celui de la bonne société, le long de la via Appia, au nord, celui des pauvres, qui étaient jetés dans d'épouvantables fosses communes.

Le temple de Vénus Libitine était hors de vue des fosses, qui se situaient plus loin, mais pas hors de portée de leur odeur... Tandis qu'il pénétrait dans le bâtiment, Flaminius perçut ce terrible relent de charnier qui vous entrait dans les narines et il fut plus que jamais sûr que c'était bien là que le malheureux Amarinus s'était rendu pour sa dernière réunion avec les Vieux Campaniens...

Tout était vraiment déroutant dans cet endroit ! Au milieu du temple, mal éclairé par des vasistas haut perchés, se dressait une statue de Vénus sortant de l'eau. Les pieds sur un coquillage, la déesse s'offrait aux regards dans sa nudité désirable, tandis que, juste à côté, deux fonctionnaires à la mine sinistre étaient attablés à un bureau de marbre. Devant eux, deux files de visiteurs affligés patientaient, avec des soupirs et des larmes. Les premiers venaient déclarer un décès sur le registre, les seconds attendaient d'être conduits à la crypte pour retrouver un disparu parmi les morts ramassés la veille. Titus Flaminius prit place dans leur file...

Lorsque son tour arriva, il s'adressa à l'employé avec un ton de circonstance :

— Ma femme était allée rendre visite à une amie dans l'Argilète. L'amie ne l'a pas vue et elle n'est pas rentrée. J'ai peur qu'il lui soit arrivé malheur.

Son interlocuteur se leva et lui fit emprunter un

escalier qui descendait au sous-sol. Peu après, il se retrouva dans la morgue de Rome...

Les morts, de tous âges, étaient allongés sur des tables de pierre. La plupart étaient des pauvres gens, mais pas tous : quelques patriciens que la Parque avait choisi de faire mourir dans la rue partageaient leur compagnie. Flaminius feignit de rechercher sa femme, tout en examinant attentivement les lieux.

Pour une réunion à l'abri des regards, l'endroit était effectivement tout indiqué. Mais il fallait avoir le cœur bien accroché pour accepter de se rendre dans un lieu pareil... De jour, c'était évidemment impossible, cela ne pouvait avoir lieu que la nuit et, pour cela, les responsables du temple devaient faire partie de l'organisation. Il regarda attentivement son guide au royaume des morts : avec son visage maigre et dur, il lui inspirait une antipathie instinctive... Il décida de pousser plus loin ses investigations...

Après avoir déclaré qu'il ne voyait pas sa femme, il remonta en compagnie de l'employé, mais, dès que ce dernier se fut installé derrière son bureau, il redescendit et prit place dans un coin sombre de la crypte fort mal éclairée. Il allait se faire enfermer sur place et rester toute la nuit en espérant voir arriver les Vieux Campaniens. Tel était son plan.

Il ne fut découvert ni par les visiteurs suivants ni par les fonctionnaires, qui refermèrent les portes sur lui. Mais, pour le reste, ce plan fut un échec complet.

Personne ne fit son entrée dans le temple de Vénus Libitine. Flaminius avait beau être courageux, il passa une nuit affreuse au milieu de ces défunts allongés sur leur table de pierre. Bien sûr, il n'était pas dans la crypte, il était remonté et essayait de se redonner du courage en regardant Vénus sortant des flots, mais cela n'empêchait pas de sentir leur présence sous ses pieds.

Au matin, ce fut avec un soulagement sans nom qu'il vit la lourde porte s'ouvrir. Il parvint à sortir sans se faire repérer et se retrouva dehors. Il s'éloigna rapidement, presque en courant. Il savait qu'il aurait dû persévérer : la réunion était peut-être pour un autre jour. Mais il n'y retournerait pas, c'était au-dessus de ses forces. Tant pis pour son enquête, il n'allait pas passer toutes ses nuits avec les cadavres de Rome !

Au sortir d'un tel cauchemar, la traversée de Subure et de l'Argilète lui sembla une promenade enchantée et il retrouva tout à fait sa sérénité en arrivant sur le Forum. Il décida de s'y attarder... Rien ne lui était plus agréable que de sentir en ces lieux battre le cœur de Rome et du pays. Il espérait seulement ne pas tomber sur une nouvelle rixe entre bandes rivales.

Heureusement, tout était paisible. C'était l'animation traditionnelle qui régnait à cette heure de la journée. La chaussée était encombrée de comptoirs où les boutiquiers offraient leur marchandise. On y trouvait de tout, depuis des poteries ébréchées jusqu'à des papyrus de luxe. Dans un coin, un pédagogue faisait la classe à de jeunes enfants ; assis à même la rue, un peu plus loin, un barbier rasait son client en pleine foule ; plus loin encore, on pouvait apercevoir des saltimbanques faisant leur numéro : un dresseur de singes, un charmeur de vipères. Au milieu de tout cela, un chanteur des rues s'égosillait, tentant vainement de se faire entendre dans le vacarme...

Titus Flaminius s'arrêta soudain et se figea. Il était devant l'entrée principale du grand égout de Rome, la Cloaca Maxima. On y accédait par une large bouche s'ouvrant sur un escalier aux marches régulières. On pouvait en voir en bas le chemin d'entretien, le long du canal de l'égout. Il était tout aussi large, puisque, disait-on, une charrette de paille aurait pu y passer sans problème. À partir de là, la Cloaca Maxima, dans laquelle se jetaient tous les égouts secondaires de la ville, continuait son trajet souterrain, passait sous le forum aux bœufs et se jetait dans le Tibre.

Mais le subit intérêt de Titus Flaminius pour la Cloaca Maxima ne venait pas de ses qualités techniques. Il n'avait d'yeux que pour une statue qui trônait quelques pas plus loin, entre les colonnes d'un temple, la statue de Vénus. Oui, encore elle ! Cette fois, il ne s'agissait plus de la Vénus Libitine, mais de la Vénus Cloacine, autrement dit la Vénus de l'Égout.

Car la déesse de l'amour était non seulement associée aux morts de Rome, mais elle était aussi la protectrice de ses égouts !...

Le temple de Vénus Cloacine, de plus petites dimensions que celui de Vénus Libitine, ne renfermait rien d'autre que la statue. Il était beaucoup moins fréquenté, aussi. Seules, de maigres offrandes aux pieds de la déesse témoignaient de quelques traces de piété... Titus Flaminius en revint à l'ouverture qui descendait sous terre. C'était l'accès par lequel les égoutiers venaient faire leur travail. La nuit, les lieux devaient être déserts, l'entrée facile à surveiller : c'était l'endroit rêvé pour une réunion secrète.

Cette fois, tout concordait ! À l'intérieur régnait sûrement aussi une odeur de mort, certes moins pestilentielle que celle de l'Esquilin, mais suffisamment tenace pour imprégner quelqu'un jusqu'à son retour chez lui. En allant chez Vénus Libitine, il s'était trompé de déesse ; maintenant, il était en présence de la bonne.

Restait quand même à confirmer cette hypothèse... Une vision attira son attention. Il s'agissait d'un mendiant qui tenait à la main une maquette de bateau en bois peint. Il clamait à qui voulait l'entendre que c'était celui avec lequel il avait fait naufrage avec toute sa famille et tous ses biens. Depuis, il était seul au monde et totalement démuni. Mais ce n'était pas cette histoire, vraisemblablement inventée, qui intéressait Flaminius, c'était une sorte de réduit derrière lui, creusé dans le soubassement en brique du temple de Vénus Cloacine. Il y avait fort à parier que c'était le logement que s'était aménagé le mendiant. Il devait également passer la nuit sur les lieux et, dans ce cas, il avait peut-être été témoin de quelque chose...

En le voyant approcher, ce dernier se mit à lui brandir sous le nez son bateau miniature et entama sa complainte. Titus Flaminius l'arrêta d'un geste.

— Je ne m'intéresse pas au naufrage, mais il y a un sesterce pour toi si tu me donnes un renseignement. Est-ce qu'il ne s'est pas passé quelque chose de curieux ici, il y a quelque temps ?

Le mendiant n'hésita pas :

— Curieux, c'est le mot ! C'était la veille des ides de sextilis. Je dormais, quand j'ai été réveillé par toute une quantité de gens qui sont entrés dans l'égout. Je me demande où ils pouvaient bien aller et pour quoi faire.

— Et tu n'as pas essayé de les suivre ?

— Non. Ils me faisaient peur. Et, de toute manière, ils gardaient l'escalier...

Tout en s'éloignant des lieux, après lui avoir donné son sesterce, Flaminius réfléchit intensément... Il avait fait, certes, un progrès décisif, mais il n'était pas au bout de ses peines. Une chose était de savoir où s'était tenue la dernière réunion des Vieux Campaniens, mais une autre était d'assister à la prochaine. Car, comme venait de le dire le mendiant, les lieux étaient gardés. Et il n'y avait aucun autre accès. C'était l'unique moyen de pénétrer dans la Cloaca Maxima.

Flaminius médita longtemps au milieu de la foule, de ses cris, de ses couleurs et de ses odeurs. Immobile, les yeux mi-clos, il ne percevait plus rien, tant il était replié sur lui-même, et une idée finit par le traverser. Oui, il y avait un autre accès à la Cloaca Maxima, en obtenir l'ouverture ne serait pas facile, ce serait sans doute uniquement une question d'argent, mais ce n'était heureusement pas ce qui lui manquait... Il prit le chemin de la prison.

6

La chambre de la mort

La prison de Rome, qu'on appelait tantôt le Tullianum, tantôt la prison Mamertine, était distante de quelques centaines de pas seulement. Creusée sous le Capitole, dans les carrières des Latomies, elle était toute petite au regard des dimensions de la ville. Cela tenait au fait que la réclusion n'existait pas dans la loi romaine. Il y avait seulement, au niveau du sol, une dizaine de cellules pour les prévenus dont l'incarcération était jugée nécessaire par l'autorité. Mais ce n'était pas elles qui intéressaient Flaminius, c'était la cellule unique qui se trouvait en dessous, celle qu'on surnommait « la chambre de la mort ».

Celle-ci n'était pas destinée à garder les prisonniers, mais à les éliminer. Elle ne servait qu'en de très rares occasions, soit pour des condamnés dont l'exécution devait avoir lieu secrètement pour des raisons de sécurité, soit pour les chefs ennemis vaincus qui étaient liquidés ainsi à l'abri des regards. Afin d'évacuer les corps avec la plus grande discrétion possible, elle avait été construite au-dessus de la Cloaca Maxima et communiquait avec elle par une grille. C'était cette particularité à laquelle venait de penser Titus Flaminius. Restait à convaincre le geôlier...

Ce dernier manqua de s'étrangler lorsqu'il se vit demander l'accès à la chambre de la mort.

— Tu perds la raison ! Tu sais ce que je risque pour une chose pareille ? La mort, et certainement pas la plus douce : la croix, les bêtes, ou peut-être d'y aller moi-même, dans la chambre de la mort.

— Personne ne le saura. Et je ne te demande pas la clé, simplement de me conduire et de m'ouvrir la grille qui donne sur l'égout.

— Jamais ! Passe ton chemin, avant que je te dénonce !

— Réfléchis. Dis-moi ton prix et tu l'obtiendras.

Le geôlier haussa les épaules et énonça un chiffre qui lui paraissait fabuleux, mais, à sa grande surprise, son interlocuteur ne broncha pas. Il lui déclara calmement :

— Je viendrai avec la somme le moment venu.

Maintenant, peux-tu me montrer les lieux ? J'aimerais faire une reconnaissance.

Subjugué, l'homme alla prendre une torche et précéda Flaminius dans un escalier en colimaçon creusé dans la carrière. Il était aussi sinistre qu'on pouvait s'y attendre, obscur et suintant d'humidité. La descente fut interminable. Enfin, on arriva devant la chambre de la mort. Le geôlier introduisit la clé dans une porte massive, qui s'ouvrit avec un bruit de chariot qui roule...

La cellule était ronde et de grandes dimensions. Construite en béton et en forme de cloche, elle était à la fois très basse à son pourtour et très élevée en son centre, peut-être trois fois la taille d'un homme. Au centre, également, une grille à même le sol, fermée par plusieurs cadenas, surplombait l'égout. Le geôlier en approcha sa torche : on distinguait très bien la berge quelques pas en dessous. Avec une corde, il était facile de s'y glisser. Titus Flaminius hocha la tête avec satisfaction.

— C'est parfait. Je reviendrai sûrement de nuit. Je te ferai prévenir dans la journée pour que tu te tiennes prêt. Tu recevras la somme à ce moment-là...

Flaminius ne fut pas fâché de retrouver la lumière, au sortir de ce lieu sinistre où avaient péri un nombre inconnu de malheureux. Il était plus que satisfait, il était euphorique. En une journée, il avait mené à bien toute sa partie de l'enquête !

Lorsqu'il arriva dans la villa, il n'y trouva pas, bien sûr, Palinure. Pour lui, les choses seraient certainement plus longues. Il renonça à la tentation d'aller le rejoindre aux Délices de Capoue. Il n'était pas campanien et sa présence aurait pu paraître suspecte. Il décida donc d'attendre chez lui le retour de son domestique, en espérant qu'à l'auberge les choses se passeraient bien.

Au même moment, Palinure jouait aux dés dans l'arrière-salle des Délices de Capoue. Il s'était joint aux joueurs, qui pratiquaient leur activité de manière bruyante, pensant que c'était une excellente manière d'entrer en contact avec les clients de l'établissement...

Les auberges n'avaient pas bonne réputation à Rome. Les gens de qualité n'y descendaient jamais, préférant demander l'hospitalité à un ami. Offrant un hébergement et une table médiocres, elles n'étaient fréquentées que par le peuple. Dans le meilleur des cas, c'étaient des gargotes ; dans le pire, des lupanars ou des coupe-gorge.

Les Délices de Capoue échappaient pourtant à ce sombre tableau. L'établissement, précédé par une tonnelle couverte d'une vigne aux raisins mûrs, était bâti, non pas comme souvent de bric et de broc, mais en belle pierre blanche. Situé dans une partie écartée du forum aux bœufs, il bénéficiait d'un calme inhabituel dans le tumulte de Rome. Sur la façade, outre le nom de l'auberge, avait été peinte une représentation du Vésuve d'excellente facture.

L'intérieur était à l'avenant. L'établissement avait deux salles : la première servait à prendre les repas, la seconde était réservée aux dés, activité interdite par la loi, comme tous les jeux de hasard. En cas d'arrivée des représentants de l'ordre, les consommateurs de la première avaient le temps de prévenir les occupants de la seconde.

Les chambres se situaient à l'arrière de l'établissement, au premier étage, autour d'un jardin bien entretenu et orné d'une fontaine, le rez-de-chaussée étant occupé par les cuisines, les entrepôts et l'appartement de la patronne, Popinia. À son arrivée, Palinure avait tenu à cette dernière le petit discours qu'il avait mis au point. Il était un voyageur de commerce venu à Rome prendre des commandes de vin de Vesuvium pour le compte de ses patrons. Il pensait rester une semaine ou deux.

Popinia avait souhaité la bienvenue à son compatriote, avec l'accent chantant du Midi. Elle n'avait pas l'allure vulgaire des tenancières. Elle était encore jeune, entre trente et quarante ans, avec des cheveux châtains, un nez retroussé tout à fait charmant et un corps qu'on n'aurait pas hésité à qualifier de parfait. Elle avait expliqué qu'elle tenait seule l'établissement depuis la mort de son mari et qu'elle voulait qu'une parfaite moralité y règne. Il ne trouverait pas chez elle des servantes lascives ou des prostitués d'un sexe ou de l'autre. La seule entorse aux bonnes mœurs qu'elle tolérait était la pratique du jeu de dés...

Palinure était donc en train de s'adonner aux dés et, plus précisément, au jeu de Tali, le plus populaire de tous. Il se pratiquait avec quatre dés, dont seules quatre faces étaient chiffrées. Le coup vainqueur, dit « coup de Vénus », consistait à sortir en même temps les quatre chiffres différents. La valeur des autres coups allait en décroissant, jusqu'au « coup du Chien », qui consistait à faire quatre « 1 ».

Depuis le début de la partie, le jeu languissait, avec des hauts et des bas pour chacun des participants, les pièces alignées sur la table repassant de main en main. C'est alors que Palinure fut servi par la chance : ses dés s'immobilisèrent sur les faces 1, 2, 3 et 4. Il poussa un cri de joie, accompagné des exclamations de dépit de ses adversaires. Mais le désappointement de ces derniers ne dura pas. Après qu'il eut ramassé les mises, il appela la patronne et lui remit les pièces.

— Les gains du jeu sont faits pour être bus. J'offre une tournée générale. Avec du bon falerne de Campanie, bien sûr, pas une de ces cochonneries de vins grecs !

Popinia s'exécuta et Palinure leva sa coupe, imité par le reste de l'assistance.

— Je bois à la Campanie, la terre des vrais

Romains ! Et au départ de ces étrangers qui viennent nous envahir !

Il s'attendait à un concert d'approbation, mais tous se contentèrent de boire en silence. Au bout d'un moment, un des clients finit par prendre la parole :

— Alors, comme ça, tu es campanien ?

Palinure sourit de toutes ses dents.

— Cela ne s'entend pas ?

L'homme ignora la question et poursuivit :

— Et d'où ça, en Campanie ?

— D'Oplontis.

— Je ne connais pas Oplontis. Comment est-ce ?

Palinure eut la certitude que son interlocuteur mentait et qu'il le mettait à l'épreuve. Décidément, ces gens étaient méfiants, il allait falloir jouer beaucoup plus serré qu'il ne l'avait cru. Heureusement, il connaissait parfaitement Oplontis où il avait passé toute son enfance et il put répondre sans mal aux questions, ce qui eut le don de détendre l'atmosphère... À la fin, Popinia vint vers lui.

— Parle-moi de ton vin de Vesuvium. Cela pourrait m'intéresser si tes tarifs sont raisonnables....

Palinure fit l'article du mieux qu'il put et, en même temps, il observa attentivement l'aubergiste. Au bout d'un moment, il eut la nette sensation qu'il avait ses chances avec elle. Popinia n'avait pas l'air d'une femme facile, mais il lui plaisait, voilà tout. Il décida de ne pas gâcher cette opportunité. S'il savait se montrer habile, il obtiendrait peut-être de la patronne les renseignements qu'il avait vainement cherchés auprès des joueurs de dés.

Les jours passèrent... Pour justifier son activité de représentant en vins, Palinure s'absentait dès le matin et ne rentrait qu'en milieu d'après-midi. Il allait un peu partout dans Rome et, comme il y avait beaucoup de connaissances, il rendait visite aux uns et aux autres. Ainsi, au cas où il aurait été suivi, il donnait parfaitement le change : il avait l'air de placer sa marchandise à des clients. Au cours de ses déplacements, il s'abstint cependant d'aller à la villa Flaminia. Il était inutile de faire courir à son maître un risque, si minime soit-il. D'ailleurs, il n'avait, pour l'instant, rien à lui annoncer...

Chaque fois qu'il rentrait à l'auberge, en tout cas, il pouvait constater que Popinia semblait un peu plus éprise de lui. Il lui faisait une cour respectueuse, mais assidue, ramenant de ses visites dans Rome toutes sortes de cadeaux : parfums, friandises, foulards, oiseaux d'agrément, qu'elle paraissait apprécier infiniment. Un soir, il resta avec elle dans la salle à manger après le départ des autres clients. Elle but plus que de raison et, peu après, il abandonnait sa chambre au premier étage pour celle de son hôtesse, au rez-de-jardin...

Popinia, sous ses dehors sages, cachait un tempérament volcanique. Au sortir de leurs ébats, Palinure la compara même au Vésuve, ce qui la flatta et la fit rire. Après quoi, ils se parlèrent encore tendrement, mais, à la suite de tout le vin qu'elle avait bu, Popinia ne tarda pas à s'endormir profondément. Bientôt, elle se mit même à ronfler d'une manière sonore. Palinure, qui s'était bien gardé de céder au sommeil, se leva et commença une fouille minutieuse de la pièce. Il savait qu'il prenait un risque, mais cela valait la peine, car il avait fait une découverte qui en laissait présager une autre, de première importance.

Ce fut dans un coffre qu'il trouva ce qu'il cherchait : une perruque rousse. Il s'y attendait depuis que, enlaçant l'aubergiste, il avait senti une bosse sur sa nuque... Il n'avait rien oublié du récit de Titus Flaminius au sujet de cette gladiatrice châtain, portant perruque, qu'il avait assommée en la frappant par-derrière sur la tête. À présent, elle n'était plus une inconnue pour lui. Celle qui avait tenté de tuer Posidonius s'appelait Popinia et elle était depuis une heure sa maîtresse... Il remit la perruque à sa place, revint se coucher et prit l'aubergiste dans ses bras, lui murmurant des mots doux qui lui firent esquisser un sourire dans son sommeil. Il allait devenir pour elle le plus parfait et le plus attentionné des amants. Popinia était au cœur de l'énigme qu'ils essayaient de percer, Flaminius et lui. Elle était même peut-être – pourquoi pas ? – l'énigme elle-même...

Mais, contrairement à ses espérances, Palinure

n'apprit rien de plus par la suite. Bien qu'elle soit visiblement très éprise et qu'il continue à manifester auprès d'elle comme des autres clients des opinions farouchement conservatrices, Popinia ne lui disait rien concernant l'organisation. Il finit par en être troublé et même inquiet. Qu'est-ce que cela signifiait ? Il ne pouvait s'empêcher d'éprouver désormais, aux Délices de Capoue, une vague, mais constante sensation de danger.

Et puis, le dixième jour après son arrivée, au matin, alors qu'il prenait une collation dans la salle à manger avant de partir pour Rome, il vit entrer une étrange cliente. Elle était en tenue de grand deuil, avec des vêtements déchirés et de la cendre dans les cheveux. Il n'était pas exceptionnel, à Rome, de rencontrer ce genre de personnes manifestant leur douleur de façon démonstrative, mais il était beaucoup plus rare de les voir fréquenter les auberges... Popinia arriva dans la pièce à ce moment-là, eut un sursaut et s'empressa auprès de l'arrivante, la priant de se rendre dans son appartement. Palinure n'hésita pas. Il sentait qu'il était en train de se passer quelque chose. Il les suivit et, une fois qu'elles se furent enfermées, colla son oreille à la porte tout en surveillant l'arrivée éventuelle de quelqu'un...

Il n'eut pas d'effort à faire pour entendre leur conversation. La femme en deuil partit aussitôt dans une violente diatribe contre l'aubergiste. Elle la traita de tous les noms pour avoir échoué dans sa mission contre Posidonius. Popinia tenta de se défendre, disant qu'elle avait été attaquée par surprise. Elle mit même en avant qu'elle avait fait la connaissance d'une possible recrue, mais qu'elle avait, selon la règle, observé un complet silence envers lui. La visiteuse répliqua d'un ton rogue qu'on examinerait la chose à la prochaine réunion, fixée aux calendes d'octobre... Ce fut à ce moment-là que Palinure reçut dans le dos un coup si violent qu'il s'étala de tout son long sur le sol.

Tout à ce qu'il était en train d'entendre, il avait relâché son attention et s'était laissé surprendre. Son agresseur entreprit de le rouer de coups de pied, en hurlant pour donner l'alarme. Il reconnut le joueur de dés qui l'avait questionné sur Oplontis le premier jour.

— C'est un espion de Clodius ! J'en ai étais sûr. Arrivez tous !

D'autres clients et le personnel de l'auberge accoururent, tandis que la porte s'ouvrait, livrant le passage aux deux femmes. Popinia poussa un cri d'horreur en le découvrant et la femme en deuil un cri de rage... Palinure, sur qui les coups pleuvaient, savait qu'il allait mourir. Il se préparait à l'inévitable, lorsque le miracle se produisit.

D'autres cris éclatèrent, couvrant ceux de ses agresseurs, et d'autres hommes surgirent un peu partout. Ils étaient armés d'épées et porteurs de torches. Palinure reconnut pour les avoir vues à plusieurs reprises sur le Forum les bandes de Clodius. Le tribun de la plèbe avait plus d'une fois parlé de détruire Les Délices de Capoue, repaire de ses pires ennemis, et il s'était décidé à passer à l'action.

Dans la confusion qui suivit, au milieu des premières flammes qui s'élevaient, Palinure parvint à s'enfuir. Il se retrouva dehors. Tout son corps était douloureux, mais il était sauvé. Un peu plus loin, il put apercevoir Popinia, qui s'enfuyait en compagnie de sa visiteuse. La dernière chose qu'il vit fut la chevelure de cette dernière. La cendre qui la recouvrait avait disparu et elle était d'un roux flamboyant.

— Par ici...

Le geôlier du Tullianum, la prison de Rome, s'écarta pour laisser Flaminius et Palinure pénétrer dans la chambre de la mort. Le ton de déférence sur lequel il s'exprimait disait assez l'impression que lui avait causée la somme qu'il avait reçue. On était, en effet, aux calendes d'octobre et la réunion secrète des Vieux Campaniens allait avoir lieu.

Palinure, qui ne connaissait pas les lieux, contempla, très impressionné, la grande cellule en forme de cloche, tandis que Flaminius se dirigeait, en compagnie du geôlier, vers la grille centrale. Ce dernier l'ouvrit et fixa la corde qu'il avait emportée à un anneau dans le sol. Il s'adressa à lui :

— Veux-tu ma torche ?

— Non. Nous ne devons pas nous faire voir. Crois-tu qu'en longeant le mur nous pouvons avancer sans crainte ?

— Oui. Le chemin est bien entretenu. Il est sûr. Je reste ici pour vous attendre...

L'instant d'après, Flaminius et Palinure se laissaient glisser sur la corde et avançaient en silence dans la Cloaca Maxima. À part l'odeur, qui était loin d'être plaisante, leur progression ne présentait aucune difficulté. Le pavage était dans un état impeccable et son tracé rectiligne. À mesure qu'ils avançaient, ils voyaient une lueur croître devant eux. Bientôt, elle devint une lumière véritable. Les Vieux Campaniens étaient là, éclairés par plusieurs torches. Pour l'instant, ils étaient silencieux et il en arrivait d'autres, en provenance de l'entrée de Vénus Cloacine. La réunion n'était pas encore commencée...

Au milieu d'une cinquantaine de personnes, se tenait une femme rousse à la chevelure éclatante. Flaminius chuchota à son compagnon :

— C'est elle que tu as vue à l'auberge ?

— Il n'y a aucun doute.

Titus Flaminius la regarda intensément. Il voyait enfin la fameuse Mirmilla ! Tous les autres membres du groupe avaient les yeux fixés sur elle. Elle semblait être leur chef. Quelle femme était-elle donc, pour être à la tête d'un groupe d'assassins ? Un murmure de Palinure interrompit ses réflexions :

— La femme à côté, c'est Popinia...

Flaminius la regarda à son tour, mais reporta aussitôt son attention sur Mirmilla. Elle venait de prendre la parole. Elle s'exprimait sur un ton énergique, violent même :

— La Bellone rouge est venue parmi les hommes, la Bellone rouge a frappé les ennemis de Rome. C'est le début du grand combat. Bellone sera victorieuse, les impies périront et Rome renaîtra !

Une ovation unanime, mais lancée à mi-voix par prudence, salua cette déclaration. Mirmilla poursuivit :

— J'ai eu la satisfaction de punir moi-même le traître Amarinus et aussi ce jeune imbécile qui avait voulu nous faire endosser son crime. Mais je tiens à féliciter ceux et celles qui ont revêtu l'armure de Bellone : Mancus, Gorgius, Dolabella. Ils se sont montrés dignes des Vieux Campaniens !

De nouveau, une acclamation assourdie s'éleva. Dans l'obscurité, à quelques dizaines de pas de là, Titus Flaminius hocha la tête en silence. Il ne s'était pas trompé : deux hommes avaient tenu le rôle de la gladiatrice rousse... Mirmilla haussa le ton. Sa voix se fit plus violente encore :

— Mais toi, Popinia, tu n'es pas digne de nous !

Tu étais chargée de tuer ce philosophe impie et tu t'es fait surprendre comme une enfant.

— Mirmilla...

— Tais-toi ! Ce n'est pas tout. Après cet échec, tu as fait pire. Tu as pris pour amant un de nos adversaires et tu voulais le faire entrer chez nous !

Un grondement de colère se fit entendre chez les Vieux Campaniens. Malgré la distance et le peu de lumière, Flaminius pouvait voir distinctement Popinia trembler... Mirmilla poursuivit son discours, détachant ses mots de manière implacable :

— La maladresse est aussi coupable que la trahison et, pour les maladroits comme pour les traîtres, il n'y a qu'une seule punition : la mort ! Mancus, Gorgius, faites ce que vous avez à faire !

À ces mots, les deux hommes se saisirent de Popinia et, la tenant l'un par les pieds, l'autre par les bras, la jetèrent dans l'égout. La malheureuse se mit à pousser des cris horribles. Elle ne savait pas nager et frappait vainement de ses bras l'eau innommable, en proie à une terreur sans nom. Son agonie était si affreuse que Palinure ne put s'empêcher d'agripper le bras de Flaminius. Enfin, après avoir plusieurs fois coulé et refait surface, elle disparut définitivement dans les flots... Mirmilla reprit la parole d'une voix rassérénée :

— Comme vous le savez, ces actes de justice de Bellone n'étaient qu'un début, un avertissement pour les impies, mais l'action suprême est pour bientôt. Je vais la préparer avec le Grand Maître, chez les gladiateurs de Pompéi. Ce n'est pas moi qui viendrai pour vous donner le signal, mais le Grand Maître en personne, qui se déplacera jusqu'à Rome. D'ici là, tenez-vous prêts !

À ces mots, les Vieux Campaniens commencèrent à se disperser en silence. La réunion était terminée. Flaminius et Palinure pouvaient, certes, être satisfaits d'eux-mêmes : ils venaient de progresser de manière remarquable, mais ce qu'ils avaient vu et entendu était si terrible qu'ils firent tout le chemin du retour silencieux et tremblants.

7

Les oubliés du Vésuve

Flaminius et Palinure étaient presque au terme de leur voyage : le Vésuve. Telle était, en effet, la décision qu'ils avaient prise après la dramatique assemblée de la Cloaca Maxima. Il y avait deux endroits où ils pouvaient aller : la caserne de gladiateurs de Pompéi, où Mirmilla s'était elle-même rendue et où elle leur avait appris que se trouvait le Grand Maître, et le Vésuve ou, plus précisément, son cratère, où devait avoir lieu, aux ides d'octobre, la cérémonie de la Bellone rouge.

Plusieurs raisons les avaient fait opter pour cette dernière destination. D'abord, en se rendant à la caserne de Pompéi, ils couraient un grand risque, principalement Palinure, qui avait été démasqué aux Délices de Capoue et qui était connu de Mirmilla. Ensuite, ils n'avaient pas de plan d'action précis. Bien sûr, il leur fallait trouver le Grand Maître, mais de quelle manière ? Ils n'avaient aucun élément à leur disposition.

Ils avaient beaucoup plus de chances d'avancer dans leur enquête en assistant cachés à la cérémonie de Bellone, comme ils l'avaient fait pour la réunion secrète. Le Grand Maître y serait certainement. Sans doute s'exprimerait-il et peut-être révélerait-il la nature et la date de la si inquiétante action suprême. D'autant qu'ils avaient pour se rendre sur les lieux un atout majeur : Palinure connaissait un accès au cratère.

Bien qu'esclave, en tant que fils du précepteur de la maison, il avait bénéficié, dans son enfance à Oplontis, d'une situation privilégiée. Il assistait aux cours donnés à ses jeunes maîtres et il allait souvent se promener sur les pentes du volcan en leur compagnie, ainsi qu'avec d'autres enfants de naissance libre. Et Palinure, qui n'avait pas froid aux yeux, qui n'avait même peur de rien, s'aventurait toujours plus haut que les autres. Le Vésuve, comme tous les volcans, passait pour être une des bouches de l'enfer, mais il s'en moquait. C'est ainsi qu'il avait découvert un passage caché donnant directement sur le cratère et il était, malgré le temps écoulé, pratiquement certain de le retrouver...

— Regarde, elle est toujours là !

Alors qu'ils passaient sur leurs chevaux dans un petit bois de chênes et de pins, Palinure venait d'arrêter sa monture et lui désignait un des arbres.

Il était extraordinaire. Son tronc était sculpté en forme de corps féminin et cela avait été fait avec tant d'adresse qu'on aurait dit que l'arbre était véritablement une femme. L'endroit était visiblement vénéré par les habitants des environs, car un petit autel en pierre de lave avait été construit devant et il était couvert de modestes et touchantes offrandes... Titus Flaminius demanda à son compagnon :

— Qui est-ce ?

— La dryade d'Oplontis. J'allais la prier quand j'étais enfant. Elle m'exauçait toujours.

— Alors, demandons-lui la réussite de notre entreprise.

Flaminius mit pied à terre à son tour. Il alla prendre dans ses provisions sa gourde de vin et des gâteaux au miel, puis il cueillit une poignée de colchiques qui poussaient à l'endroit où il s'était arrêté. Il déposa les fleurs et les gâteaux sur l'autel et versa un peu de vin au pied moussu du chêne.

Ces gestes, il les accomplissait de tout son cœur, avec piété, avec ferveur. Contrairement à d'autres, à Brutus en particulier, il aimait la religion de ses pères.

Il aimait cette profusion de dieux et de déesses où chacun pouvait choisir celui ou celle qui lui convenait. Les soldats avaient Mars, les marchands Mercure, les marins Neptune, les malades invoquaient Esculape, les amoureux et les amoureuses Vénus.

Libre à d'autres d'adorer un dieu immatériel et inaccessible aux mortels, il laissait cela aux philosophes ! Il chérissait, au contraire, ce culte qui rendait la divinité partout présente autour de l'homme. Il y avait un dieu dans chaque fleuve, une déesse dans chaque arbre et dans chaque fontaine. Comment Brutus ne voyait-il pas que la nature était sacrée ? Comment n'éprouvait-il pas le besoin de puiser en elle la force et l'espérance ? Lui, en tout cas, préférerait toujours vénérer une source qu'un principe !

Palinure l'imita. Il ôta son bonnet phrygien de laine, ce qu'il ne faisait qu'en présence des dieux, et leurs prières jointes montèrent vers la dryade d'Oplontis. C'est remplis de confiance qu'ils se remirent en route pour leur but, maintenant tout proche...

Cet optimisme n'était pas inutile, car les spectacles qu'ils découvraient depuis qu'ils étaient en Campanie avaient tout pour les éprouver. Si le cadre était grandiose et luxuriant, les traces de la terrible guerre de Spartacus étaient toujours visibles, treize ans plus tard. Tout avait été détruit alors et tout n'était pas reconstruit, loin de là ! Ce fut la constatation tragique

que fit Palinure, lorsqu'il arriva sur l'ancien domaine de ses maîtres, au sortir d'Oplontis, juste avant les premières pentes du Vésuve.

Il avait sous les yeux une vision de désolation. La luxueuse villa n'était plus qu'un tas de pierres où poussaient les herbes folles, les vignes n'existaient plus, les oliviers plusieurs fois centenaires avaient disparu. Longtemps, il erra au milieu de ces ruines, Flaminius restant à l'écart et respectant sa douleur. L'enfance de Palinure s'en était allée à jamais, la fureur des hommes avait eu raison d'elle...

Ce fut sans un mot qu'ils quittèrent les lieux et qu'ils se mirent à gravir les pentes du volcan. Bientôt, le chemin devint plus raide et ils durent se séparer de leurs chevaux. Ils se contentèrent de les attacher à un arbre. Palinure assura à Flaminius qu'ils les retrouveraient à leur retour. À l'altitude où ils se trouvaient, ils étaient dans le domaine de Vulcain, qui avait sa forge infernale dans les entrailles du volcan, et personne n'osait s'y aventurer.

Ils reprirent leur ascension. La progression était seulement fatigante, elle ne demandait aucune disposition spéciale. Ils avançaient dans des prairies pentues, parfois couvertes de vignes sauvages.... Soudain, Palinure pointa le doigt vers un amoncellement de rochers, que rien ne distinguait vraiment du paysage alentour.

— C'est là !

Il s'était mis à presser le pas. Flaminius le suivit. Palinure contourna une sorte de pyramide de pierres derrière laquelle s'ouvrait un corridor naturel, qui s'enfonçait dans le flanc de la montagne. Ils s'y engagèrent tous deux... Le défilé était obscur, mais pas totalement, car, de temps à autre, une ouverture naturelle laissait passer un peu de lumière. Palinure était tout excité de se retrouver en ces lieux où il avait tant de souvenirs. Il commenta :

— Bientôt, nous allons nous retrouver dans un passage tout noir. Ce sera le seul moment difficile, mais cela ne durera pas longtemps et après nous déboucherons sur une grotte où on voit très bien. C'est de là qu'on accède au cratère...

Flaminius l'interrompit soudain :

— Tais-toi ! J'ai cru entendre quelque chose.

— Quoi donc ?

— On dirait un grognement...

Les deux hommes cessèrent leur progression et s'immobilisèrent, tendant l'oreille... Un grognement, dans ces lieux, cela ne pouvait qu'indiquer la présence d'un ours. C'était une rencontre fâcheuse à laquelle ils n'avaient pensé ni l'un ni l'autre. Et pourtant, ils pouvaient s'y attendre. Les ours ne craignent ni Vulcain ni les enfers, ils ont, au contraire, l'habitude d'installer leur tanière dans ce genre d'endroit isolé...

Flaminius poussa un cri de surprise et de douleur.

Sortie des ténèbres, la bête venait de se jeter sur lui et avait agrippé sa jambe entre ses mâchoires. L'ours, peut-être une femelle qui défendait ses petits, allait punir de mort l'intrus qui avait osé violer son territoire. Il était perdu !

Mais, d'une manière étonnante, l'ours cessa tout aussitôt de bouger. Il se contentait de le maintenir prisonnier entre ses crocs sans le mordre... Un ours ? Était-ce certain ? L'animal semblait de plus petite taille... Et, ses yeux s'habituant mieux à l'obscurité, Titus Flaminius découvrit la vérité : c'était un chien ! Il était énorme, tout noir et il portait un collier... Une voix retentit dans l'ombre :

— C'est bien, Cerbère !

Aussitôt, Titus Flaminius fut assailli par un groupe de gladiateurs. Oui, des gladiateurs portant les armes étranges qu'ils exhibaient dans l'arène : des mirmillons avec leur casque grillagé, des rétiaires avec leur filet et leur trident, des Thraces avec leur épée courbe, des secutors lourdement armés. Un rétiaire jeta son filet sur lui et, tandis que le chien lâchait sa prise, il se retrouva ligoté et poussé en avant sans ménagement... Qui étaient ces gens ? Que faisaient-ils là ? Sans doute ne le saurait-il jamais, car, tandis qu'on l'emmenait, il entendit ces propos sinistres, échangés par ses assaillants :

— Pourquoi est-ce qu'on ne les a pas tués tout de suite ?

— On va les interroger d'abord...

Palinure n'avait pas menti. Au bout d'un court moment, ils arrivèrent à un passage totalement noir. Les gladiateurs n'avaient pas de flambeaux, mais ils connaissaient si bien les lieux qu'ils continuèrent sans ralentir le pas et, peu après, ils débouchèrent dans la grotte.

Elle était immense et effectivement assez claire, de nombreuses ouvertures en son sommet diffusant assez de lumière pour que l'on y voie correctement. Les gladiateurs se mirent à les examiner et l'un d'eux, un mirmillon, poussa un cri en découvrant Palinure :

— Ce n'est pas possible !

C'était une voix de femme qui venait de sortir du casque grillagé et, l'instant d'après, lorsqu'elle le retira, ce fut bien un visage de femme qui apparut. Elle était encore jeune, mais présentait la particularité extraordinaire d'avoir les cheveux tout blancs... Titus Flaminius n'était pas plus rassuré qu'auparavant sur le sort qui l'attendait, mais il ne pouvait s'empêcher d'être fasciné par cette vision : après la gladiatrice rousse, il avait sous les yeux une gladiatrice blanche. Il avait un peu l'impression de vivre un rêve... Palinure s'écria à son tour en découvrant la jeune femme :

— Selena, c'est toi ?

L'interpellée ne répondit pas à sa question, mais à

celles de ses compagnons, qui lui demandaient qui elle avait reconnu :

— Palinure. C'était mon compagnon de jeux, quand nous étions enfants. Je vous demande de ne rien faire contre les prisonniers. Attendons que Spartaca décide.

Après s'être concertés, les autres finirent par donner leur accord et tout le monde se mit à attendre celle qui se nommait Spartaca et qui était visiblement leur chef.

Celle-ci, une femme d'une quarantaine d'années, ne tarda pas à faire son apparition. Elle était vêtue d'une robe de couleur sombre et portait à chaque bras un bracelet d'or en forme de serpent. Elle avait de longs cheveux bruns semés de fils blancs, un visage maigre, un regard pénétrant. Tout en elle donnait l'impression d'un pouvoir étrange et quelque peu inquiétant. Elle considéra les deux prisonniers.

— Qui êtes-vous ?

Elle avait une voix rauque que les dimensions de la grotte rendaient plus impressionnante encore. Ils se nommèrent.

— Pourquoi êtes-vous ici ? Que cherchez-vous ?

En leur nom à tous deux, Titus Flaminius fit un récit aussi complet que possible des circonstances qui les avaient mis sur les traces des Vieux Campaniens. Pendant tout son discours, Spartaca l'avait fixé avec intensité tout en conservant une expression impassible. Elle s'adressa aux siens :

— Qu'on m'apporte le vin sacré !

Peu après, l'un des hommes lui tendit une coupe d'argile remplie d'un liquide rouge sombre. Spartaca but lentement, prononçant à mi-voix, entre chaque gorgée, des prières mystérieuses, puis elle reposa le récipient et garda longuement le silence, les yeux clos, comme si elle se concentrait sur quelque chose qu'elle était en train d'entendre. Enfin, elle reprit la parole de sa voix rauque :

— Dionysos m'a parlé : ces hommes ne sont pas nos ennemis. Libérez-les !

— Dionysos... Tandis qu'on lui enlevait ses liens, Titus Flaminius contemplait celle qu'il avait en face de lui. Le doute n'était pas permis : il était devant la femme de Spartacus !

Son rôle dans la révolte était bien connu de lui, comme de la plupart des Romains. Originaire de Thrace comme Spartacus, elle était prêtresse de Dionysos. Elle avait épousé le chef rebelle et n'avait pas tardé à occuper une place de premier plan. Devineresse inspirée, elle avait pris part au commandement du mouvement : Spartacus en était le chef militaire et politique, elle en était le chef religieux et moral. Après la bataille décisive où son mari avait péri, on n'avait pas retrouvé son corps. On s'était imaginé qu'elle était morte, mais il s'avérait qu'il n'en était rien... Il s'adressa à elle avec respect :

— Je te remercie de ta générosité, Spartaca. C'est donc toi, la femme de Spartacus ?

— C'est moi.

Elle lui désigna ses compagnons d'un geste de la main.

— Avec tous ceux qui sont ici, nous avons pu échapper au massacre et nous réfugier dans cette grotte. Nous avions découvert son entrée quand nos troupes ont occupé le Vésuve, au début du mouvement. Cela fait treize ans que nous sommes ici et tout le monde nous a oubliés. D'ailleurs, nous nous nommons nous-mêmes « les Oubliés du Vésuve ».

— Les troupes de Crassus ne vous ont pas donné la chasse ?

— Elles avaient bien trop peur de l'enfer ! Personne n'ose s'aventurer si haut sur le volcan. Sauf les Vieux Campaniens, une fois par an, pour le culte de Bellone.

— Et ils ne vous ont jamais vus ?

— Ils empruntent un autre chemin, plus long et plus compliqué. Ils ignorent l'existence du passage que vous avez pris.

— Comment avez-vous pu survivre sans ressources et loin de tout ?

— Nous ne sommes pas sans ressources. Nous sommes très bien organisés, au contraire. Tu verras...

Spartaca s'exprimait sur un ton courtois ; elle eut même, en prononçant cette dernière phrase, un léger sourire. Flaminius se crut autorisé à lui demander une faveur :

— Comme je te l'ai dit, nous sommes venus pour assister à la cérémonie de la Bellone rouge, aux ides d'octobre. Nous donnes-tu la permission de rester chez vous jusque-là ?

La prêtresse de Dionysos et veuve de Spartacus hocha la tête.

— Non seulement je te l'accorde, mais je vais t'en dire plus sur les Vieux Campaniens...

Effectivement, les Oubliés du Vésuve avaient affronté les Vieux Campaniens du temps où ils étaient des soldats de Spartacus et ils avaient appris à bien les connaître...

Au départ, les Vieux Campaniens n'avaient rien que de pacifique. Il s'agissait d'une association de paysans, comme il en existe tant d'autres en Italie, destinée à célébrer le culte de dieux locaux, dont la fameuse Bellone. Avec l'insurrection de Spartacus, la nature du groupement avait changé. Il était devenu une brigade d'autodéfense contre les esclaves révoltés. C'était à ce moment-là que les Oubliés du Vésuve s'étaient opposés à eux.

Par des prisonniers qu'ils avaient interrogés, ils avaient découvert que se trouvait à leur tête une femme, plus précisément une jeune fille rousse, qui portait un équipement de mirmillon, avait appris à combattre comme un gladiateur et se faisait appeler Mirmilla. Elle devait cette dignité à la couleur de ses cheveux. Elle était née naturellement rousse, phénomène rarissime en Campanie, voilà pourquoi les autres l'avaient désignée comme l'incarnation vivante de la Bellone rouge. Il existait pourtant, au-dessus d'elle, un Grand Maître, mais ils n'avaient rien pu apprendre à son sujet...

Depuis qu'ils s'étaient réfugiés dans le volcan et qu'ils vivaient repliés sur eux-mêmes, les Oubliés du Vésuve avaient, bien sûr, perdu de vue les Vieux Campaniens, mais Spartaca n'était pas surprise qu'ils se soient transformés en une société secrète à la fois violente et ultraconservatrice. Ces gens-là avaient toujours été des fanatiques et elle les croyait capables de tout. Une chose était certaine, en tout cas : en entreprenant de lutter contre eux, Flaminius devait s'attendre à affronter les pires dangers...

La voix rauque se tut et le silence se rétablit dans l'immense grotte. Palinure s'adressa alors à la prêtresse de Dionysos :

— Êtes-vous tous d'anciens soldats de Spartacus, des esclaves révoltés ?

Spartaca hocha la tête.

— C'est bien cela.

— Mais Selena est de naissance libre et citoyenne romaine.

— C'est vrai. C'est la seule ici.

— Alors, pourquoi est-elle avec vous ?

— Ce n'est pas à moi de te le dire. Elle parlera si elle le désire...

Palinure regarda la gladiatrice aux cheveux blancs, mais celle-ci détourna la tête et se tut.

À partir de ce moment-là, Flaminius et Palinure s'installèrent dans la grotte des Oubliés du Vésuve, dont ils allaient partager l'existence. Leur séjour serait d'ailleurs de courte durée : on était le deuxième jour avant les nones d'octobre, il n'en restait que huit avant les calendes[1].

Mais tous deux eurent le temps de faire des découvertes qui les remplirent d'admiration. Dans cet endroit dont le reste des hommes s'interdisait l'accès, Spartaca et ses compagnons avaient su recréer tout ce qui était nécessaire à leur subsistance, un peu comme des naufragés ayant échoué sur une île déserte. Ils étaient au nombre d'une centaine et ce qu'ils possédaient suffisait largement à leurs besoins.

Tout poussait dans cette terre volcanique extraordinairement fertile. Ils avaient plusieurs dizaines d'arpents de vigne qui donnaient un vin excellent. Pour le fabriquer, ils avaient construit eux-mêmes le pressoir et les autres installations viticoles, qui occupaient

1. * Les nones sont le 9 du mois, les calendes le 15.

une partie de leur habitation souterraine. Des céréales et des légumes, dont ils avaient récupéré les graines et les semences dans les exploitations agricoles abandonnées, fournissaient une production plus que nécessaire à leur alimentation.

Il en était de même pour le bétail. Des chèvres et des moutons leur procuraient du lait et de la viande ainsi que de la laine pour leurs vêtements. Les Oubliés du Vésuve avaient même des chevaux ! Ils étaient nombreux à vivre à l'état sauvage sur les flancs du Vésuve et ils en avaient dressé plusieurs au cas où ils devraient fuir précipitamment. En leur compagnie, Flaminius et Palinure allèrent détacher les leurs et les firent rejoindre la horde. Ils iraient les reprendre quand ils auraient de nouveau besoin d'eux...

Si Palinure s'était tout de suite intégré à ses nouveaux compagnons, d'anciens esclaves pour la plupart originaires de Campanie, comme lui, il n'en était pas de même pour Flaminius. Bien qu'il reconnaisse toute l'aide que leur avaient apportée les Oubliés du Vésuve, il ne pouvait s'empêcher d'éprouver le plus vif malaise en leur compagnie. Quoi qu'il fasse, ils lui rappelaient les meurtriers de son père. Un jour, il décida de s'en expliquer avec Spartaca, pour qui il éprouvait malgré tout une incontestable considération.

Il était tard. Elle était seule, à l'écart, dans la grotte. La nuit était tombée, mais la chaleur restait la même.

Elle ne venait pas du ciel, mais des profondeurs de la terre. Quelque part, très loin, le Vésuve continuait son activité en secret. Contrairement aux apparences, Vulcain n'avait pas quitté les lieux, il n'était qu'assoupi... Spartaca était assise sur une longue pierre de lave, qui formait un banc naturel. Il prit place à ses côtés.

— Pourquoi avez-vous fait cela, Spartacus et toi ? Peux-tu me répondre ?

Spartaca ne tourna pas la tête dans sa direction, elle continua à regarder devant elle.

— Parce qu'il vaut mieux mourir libre que vivre dans les fers. As-tu idée de ce qu'est la vie d'un gladiateur ?

— C'est un sort cruel, mais c'est la destinée.

— La cruauté se combat, Flaminius, la destinée se change...

La prêtresse de Dionysos se leva et alla prendre un glaive un peu plus loin, dans un coin de la grotte où on entassait les armes. Il était d'une facture plutôt maladroite, mais massif et tranchant. Elle le montra à son interlocuteur.

— Regarde-la bien. C'est l'épée de Spartacus. Depuis treize ans, je ne passe pas un jour sans venir la regarder. Il me l'a donnée au moment où nous nous sommes séparés, avant la bataille. Elle a été faite avec des chaînes, comme celle de tous ses soldats, car il faisait forger les armes de ses hommes avec les chaînes des esclaves qu'il délivrait. Comprends-tu ce que cela signifie ?

Titus Flaminius comprenait à peu près, mais son opposition avec Spartaca se situait sur un plan plus affectif, plus instinctif. Il décida de tout lui dire :

— Tu ne sais pas comment est mort mon père. Il a été fait prisonnier par les tiens et ils lui ont ordonné de se battre comme un gladiateur avec les autres Romains.

Cette fois, Spartaca le regarda droit dans les yeux.

— J'y étais !

Flaminius soutint son regard.

— Mais tu ne sais pas comment il est mort. Il a refusé d'obéir à cet ordre odieux et il a préféré se tuer de ses propres mains !

Spartaca se leva vivement. À sa grande surprise, il vit son visage se marquer d'une soudaine émotion. Elle alla de nouveau vers la remise aux armes et revint avec une autre épée. Cette fois, il s'agissait d'un glaive réglementaire de l'armée romaine. Elle reprit la parole d'une voix différente, qui n'avait plus rien de dur. Elle était, au contraire, grave, recueillie.

— Spartacus admirait le courage de cet homme, le seul qui ait refusé de se battre contre les siens, et il gardait toujours son arme avec lui. Avant la bataille, il me l'a donnée aussi. Je l'ai emportée...

Titus Flaminius prit en main, bouleversé, l'épée avec laquelle son père s'était donné la mort. Il eut le plus grand mal à retenir ses larmes. Il dut attendre longtemps avant de pouvoir émettre un son.

— Vends-la-moi. Je suis prêt à donner une fortune pour elle ! Je vous fournirai assez d'argent à tous pour que vous puissiez vous établir où vous voudrez et vivre jusqu'à la fin de vos jours.

Pour la première fois, Spartaca eut un vrai sourire.

— Il n'en est pas question. Cette épée revient de droit au fils de celui qui la portait. Garde-la.

Flaminius prit les mains de la prêtresse aux doigts longs et fins entre les siennes et lui adressa un regard de gratitude infinie.

— Merci, Spartaca ! Mais cela ne change rien. Je mets ma fortune à votre disposition.

Il appela d'une voix forte dans la grotte :

— Venez tous ! Écoutez ce que j'ai à vous dire...

Les Oubliés du Vésuve s'attroupèrent autour de lui et écoutèrent avec stupeur ses propositions. Une discussion animée s'ensuivit. Deux clans se formèrent. La plupart étaient d'avis d'accepter une offre aussi inattendue que généreuse, mais une minorité, autour de Spartaca, préférait rester sur place et finir ses jours dans les flancs du volcan.

Les Oubliés du Vésuve s'entraînaient quotidiennement aux armes, au cas où ils auraient eu à combattre. Parmi eux, Selena se distinguait par son assiduité et son ardeur. Quelques jours plus tard, comme Palinure la regardait faire, elle alla prendre une épée de bois semblable à la sienne et la lui tendit.

— Tu devrais t'entraîner, toi aussi. Si tu as décidé d'affronter les Vieux Campaniens, tu risques d'avoir à te battre...

Palinure en convint et il prit avec elle sa première leçon. Tout en s'appliquant de son mieux, il considérait avec une attention soutenue son ancienne compagne d'enfance. Que faisait-elle ici ? Puisqu'elle ne semblait pas vouloir parler, il ne lui avait posé aucune question, mais il était dévoré de curiosité.

Il avait beaucoup aimé Selena autrefois, peut-être l'avait-il même aimée tout court. Elle était la fille de petits paysans des environs et elle partageait ses jeux sur les pentes du Vésuve. C'était elle sa préférée parce qu'elle était la plus hardie. Elle n'avait peur de rien, un vrai garçon manqué. C'était la seule à le suivre en haut du volcan, dans le domaine de Vulcain. Un jour, il avait décidé de lui faire connaître le passage vers le cratère qu'il avait découvert. Ils y étaient allés plusieurs fois ensemble et ils y avaient ressenti un trouble étrange. C'était très peu de temps avant son départ pour Rome. Que se serait-il passé s'il était resté ? Palinure ne pouvait se poser cette question sans émotion...

Tout en s'efforçant de parer les coups d'épée qu'elle lui lançait, il la revoyait brunette, quinze ans plus tôt. Pourquoi ces cheveux blancs ? Qu'est-ce qui avait pu provoquer un aussi extraordinaire changement de la nature ? Il imaginait quelque chose de terrible, car il n'y avait pas que la couleur de sa chevelure qui n'était plus la même, sa physionomie et son comportement avaient changé aussi. Autrefois, elle était rieuse, espiègle, maintenant, tout cela avait fait place à une humeur sombre, à des manières brusques.

Le débutant qu'il était aux armes ne pouvait longtemps rivaliser avec elle. Sur un coup rapide de sa part, sa garde se trouva transpercée et l'épée de Selena lui frappa violemment la poitrine. Palinure était déjà hors d'haleine. Il abaissa son arme.

— Ne voudrais-tu pas t'arrêter un instant ?

Selena y consentit. Ils allèrent s'asseoir côte à côte sur une longue pierre et gardèrent le silence, mais c'était comme s'ils se parlaient. La complicité, l'intimité qui avait été la leur autrefois se recréait d'elle-même. Elle finit par dire d'une voix émue :

— Les dieux ont été généreux en nous faisant nous retrouver...

— Et ils m'ont sauvé la vie. Si tu n'avais pas été là, tes compagnons m'auraient tué.

— Toi aussi, tu m'as sauvé la vie. Sans toi, je n'aurais pas connu le chemin pour venir ici et je serais morte.

— Comment cela ?

— C'est toute mon histoire...

— Je ne te demande rien.

— Je parlerai quand même. J'en ai besoin. Cela me fera du bien.

Et, assis à ses côtés, Palinure entendit le tragique secret de Selena...

C'était treize ans plus tôt. Cela faisait deux ans qu'ils s'étaient quittés, deux ans aussi que durait la guerre de Spartacus, qui arrivait à son terme. Elle était mariée depuis peu et elle n'était pas heureuse. Son mari, Aufidius, un paysan ami de sa famille, lui avait plu au début, parce qu'il était beau garçon et beau parleur, mais il s'était vite révélé grossier, tyrannique, et il la battait ; elle avait appris aussi qu'il faisait partie des Vieux Campaniens. Alors, elle avait pris un amant, Naevius, leur voisin. Il était doux, gentil, elle l'aimait et lui aussi l'aimait. Mais il était trop tard. On divorce comme on veut à Rome, mais à la campagne, surtout en Campanie, ce sont des choses qui ne se font pas. De toute façon, Aufidius ne l'aurait pas accepté...

Un jour, alors que les derniers combats faisaient rage et qu'ils se déroulaient tout près de la maison, elle avait pris peur. Un peu partout, des incendies éclataient. Dans les champs, dans les vignes, dans les bois, jusque dans les cours des habitations, les légionnaires romains donnaient la chasse aux esclaves en déroute. Son mari n'était pas là, elle avait couru dans la maison voisine se réfugier auprès de Naevius. Elle s'était jetée dans ses bras et ils avaient décidé, pour la première fois, qu'ils vivraient ensemble. Ils braveraient Aufidius et les mœurs campaniennes.

La fatalité avait voulu qu'Aufidius arrive juste à ce moment-là. Il n'avait pas dit un mot en les découvrant en train de faire l'amour. Il s'était précipité sur elle, il avait levé le poing et elle avait perdu connaissance. Quand elle avait retrouvé ses esprits, elle était seule, attachée sur le lit. Elle s'était préparée à un sort terrible et elle avait eu le temps d'imaginer mille choses toutes plus affreuses les unes que les autres, car elle était restée ainsi pendant des heures, mais rien de ce qui lui était venu à l'esprit ne devait égaler la réalité.

Aufidius était revenu un peu avant le crépuscule, il l'avait détachée et habillée, toujours sans un mot, avant de la faire monter dans leur charrette. Ils avaient cheminé pendant quelque temps et ils étaient arrivés en haut d'une montée d'où on dominait la baie de Neapolis.

Selena agrippa le bras de Palinure.

— Tout le long de la route, il y avait un alignement de croix. Cela commençait après les faubourgs de Capoue et se perdait avec l'horizon. C'était un spectacle hallucinant dans le crépuscule. Aufidius a eu un grand rire. Il m'a dit : « Il y en a comme cela jusqu'à Rome. Mais je vais te montrer quelque chose qui va t'intéresser particulièrement ! » Nous avons encore fait route quelque temps et il m'a désigné un supplicié. C'était Naevius. Il était attaché à une croix en train d'expirer. Il m'a lancé un regard très doux pour me dire une dernière fois son amour et il est mort...

Selena revivait la scène affreuse intensément. Sa voix était lointaine, ses yeux perdus.

— Aufidius m'a expliqué qu'il l'avait conduit aux soldats de Crassus en disant que c'était un fuyard de l'armée de Spartacus qui avait tenté de trouver refuge chez nous. On n'a pas écouté ses protestations et il a été crucifié avec les autres prisonniers... Aufidius m'a dit alors : « Maintenant, c'est à toi ! » Je ne sais pas ce qu'il voulait faire, mais le désespoir et la haine m'ont donné une énergie dont je ne me croyais pas capable. Je me suis jetée sur lui et je l'ai mordu si cruellement au visage que je lui ai arraché le nez. Ensuite, tandis qu'il hurlait de douleur, j'ai sauté dans la charrette et je me suis enfuie. Au début, je ne savais pas où aller, et puis j'ai pensé au Vésuve et au passage que tu m'avais montré. Quand je suis arrivée, mes compagnons étaient déjà là. Ils m'ont adoptée.

Et la jeune femme termina sa tragique confession :

— Quelque temps après, mes cheveux sont devenus blancs d'un coup et je n'ai plus vécu que pour la vengeance. J'ai juré de retrouver mon mari et de le tuer. Je ne m'entraîne aux armes que pour cela. Malheureusement, Spartaca refuse que je parte à sa recherche. Elle a peur que j'attire l'attention sur les Oubliés du Vésuve et que je cause leur perte. Mais je continue à m'entraîner. Je garde espoir, je suis sûre que le jour tant attendu arrivera.

Elle le regarda d'un air implorant.

— Et toi, le crois-tu, Palinure ?

— Je le crois, Selena. J'ai prié la dryade d'Oplontis en venant ici. Je la prierai pour toi en repartant. Elle t'exaucera.

Et, comme il l'avait fait quinze ans auparavant quand ils étaient ensemble sur ces lieux mêmes, il lui prit la taille et lui sourit.

8

Les vieux campaniens

Le jour des ides d'octobre était arrivé. Flaminius et Palinure étaient, bien entendu, dévorés d'impatience à la perspective de ce qu'ils allaient découvrir. Ils ne seraient d'ailleurs pas les seuls à assister à la cérémonie des Vieux Campaniens en l'honneur de la Bellone rouge. Un petit groupe d'Oubliés du Vésuve, dont Selena, les accompagnait.

Le chemin par lequel on passait de la grotte au cratère était relativement aisé. Seul un court boyau dans lequel on devait ramper présentait quelque difficulté. Il fallut le dégager, car il avait été obstrué par les Oubliés du Vésuve, afin que personne ne puisse venir de ce côté, le seul accès à leur cachette restant l'autre passage, sur lequel Cerbère veillait.

Une fois le boyau passé, ils débouchèrent sur le cratère. L'endroit était véritablement impressionnant. La bouche du volcan s'étendait, large et régulière, toute noire sous un ciel uniformément bleu. En bas, la lave sombre descendait en pente rapide vers les profondeurs. On ne voyait s'échapper aucune fumée, briller aucun feu, mais une chaleur forte et constante s'en dégageait. Progresser dans ce lieu escarpé n'aurait pas été aisé, si la nature n'avait bien fait les choses. Un chemin étroit mais relativement plat en faisait le tour. Le groupe l'emprunta jusqu'à un renfoncement dans la paroi, où il s'arrêta. De là, il était totalement masqué aux regards. L'un des Oubliés du Vésuve désigna à Flaminius un espace dégagé formant plateforme, presque à l'opposé du cratère.

— C'est là qu'ils vont venir.

— C'est trop loin. Nous ne verrons rien !

L'endroit était, en effet, à environ deux cents pas à vol d'oiseau. Le compagnon de Flaminius secoua la tête.

— Nous verrons mal, mais nous entendrons tout. Dans le cratère, il y a une résonance extraordinaire. De toute manière, nous devons être invisibles nous-mêmes et il n'y a que là que c'est possible.

— À quelle heure commence la cérémonie ?

— Vers midi.

On était au milieu de la matinée. L'attente commença donc... Selena et Palinure s'assirent côte à côte et échangèrent un regard ému. Ils étaient venus plus d'une fois en cet endroit précis. Ils ne s'y parlaient pas ou presque. Ils s'y sentaient dans un autre monde, interdit aux hommes, et, quand ils en revenaient, ils avaient l'impression d'avoir partagé un incommunicable secret. À l'époque, Palinure tenait la main de sa compagne, mais cette fois, il n'osa pas...

Le soleil était déjà haut dans le ciel, lorsqu'ils virent arriver les Vieux Campaniens. Ils descendaient sur la plate-forme où allait avoir lieu la cérémonie en faisant glisser des échelles à partir du sommet. L'opération était délicate et leur prit un long moment. Mirmilla était là. Même de loin, il était impossible de se tromper. Elle était la seule qui ne soit pas en habits civils ; son équipement de mirmillon lançait des éclairs dans le soleil. Elle ne portait pas de casque et sa chevelure rousse était, elle aussi, bien visible malgré la distance.

Bientôt, l'assistance fut au complet et la cérémonie commença. Titus Flaminius s'attendait à ce qu'ils aient apporté une statue de Bellone, mais il découvrit que c'était Mirmilla elle-même qui tenait ce rôle. Debout sur une pierre qui formait comme un socle de statue, le glaive dressé, immobile, elle écoutait le reste des Vieux Campaniens, au nombre d'une centaine, lui adresser leurs prières. Plusieurs avaient des instruments de musique : flûtes, lyres, sistres, tambourins, et les autres chantaient… Flaminius put constater que son interlocuteur avait raison : il entendait parfaitement les paroles, même si elles étaient déformées par un fort écho. Malheureusement, il ne les comprenait pas. Peut-être était-ce du vieux latin, peut-être un dialecte campanien, mais il n'en saisissait pas un traître mot. Il eut soudain peur que toute la cérémonie se déroule dans ce langage et qu'il reparte sans rien avoir appris.

Il n'allait pas tarder à être fixé, car l'un des Vieux Campaniens s'était détaché du groupe et avait pris place devant la gladiatrice. Il présentait la particularité d'être en noir, alors que tous les autres étaient en blanc. Il portait également, au lieu d'une tunique, une sorte de manteau avec un capuchon. Ce dernier était rabattu et, comme il se tenait de profil, pas la moindre partie de sa personne n'était visible.

Il prit la parole et Flaminius fut tout de suite rassuré. Il s'exprimait bien en latin courant, mais la résonance et l'écho déformaient totalement sa voix. Elle avait quelque chose de métallique, on aurait dit qu'elle sortait d'un instrument :

— Mes frères, comme vous le savez, la Bellone rouge, que nous célébrons aujourd'hui, est déjà venue parmi les hommes. Elle a donné le signal du grand combat en éliminant les impies et les traîtres. Rome a commencé à trembler, mais ce n'est rien à côté de ce qui l'attend !

Une courte interruption suivit ces terribles propos, tandis que les derniers mots se répercutaient sinistrement dans l'immensité du cratère... Le Grand Maître reprit la parole d'une voix encore plus forte. Il aurait été totalement impossible de dire à qui elle appartenait. Cela aurait pu être aussi bien celle d'un homme que d'une femme.

— Rome n'est plus qu'un endroit fangeux, une ville cosmopolite, un endroit de perdition ! Mais, rassurez-vous, mes frères, elle va bientôt redevenir ce qu'elle n'aurait jamais dû cesser d'être : la cité de Romulus, qui n'abritait que de véritables Romains à la vie austère et aux mœurs irréprochables. Et pour cela, il n'y a qu'un seul moyen : qu'elle brûle ! Oui, mes frères, Rome va brûler et, comme le Phénix, elle renaîtra de ses cendres !

Une interminable ovation salua ses propos. Titus Flaminius fut pris d'un frisson. En raison de l'acoustique, on aurait dit qu'ils étaient des milliers à crier ainsi et qu'ils étaient partout autour d'eux, non seulement là-bas en face, mais sur les côtés et même derrière. Il se retourna involontairement... Le Grand Maître fit taire l'assistance.

— À part ceux à qui j'ai demandé de rester avec moi à la caserne de Pompéi, vous allez maintenant rejoindre nos frères de Rome. Ainsi que Mirmilla l'a déjà annoncé, j'irai moi-même à Rome donner le signal du grand embrasement. Tenez-vous prêts. Je ne peux vous en dire plus pour le moment. Sachez seulement que je viendrai quand la dépravation atteindra son comble et sachez aussi que le premier édifice à brûler sera le temple de la perversité...

Le personnage en noir continua à parler. Il tint de longs discours sur le règne béni de Saturne, premier roi légendaire de Rome, et sur l'âge d'or, qui allait revenir grâce à Bellone et aux Vieux Campaniens... Flaminius en était glacé de terreur. Jamais il ne s'était trouvé en présence d'un tel fanatisme, d'une telle monstruosité, de convictions exprimées avec une telle certitude. Le Grand Maître semblait totalement indifférent à la vie des autres, aux souffrances et aux malheurs qu'il allait provoquer. Enfin, après de nouvelles prières à Bellone dans le même langage mystérieux qu'au début, il se tut et les Vieux Campaniens repartirent de la même manière qu'ils étaient venus.

Un peu plus tard, alors qu'ils étaient rentrés dans la grotte des Oubliés du Vésuve, une dramatique discussion eut lieu entre Palinure et Flaminius. Ce dernier résuma les conclusions auxquelles il avait abouti :

— Il n'y a qu'une chose à faire : surveiller le Grand Maître et, le jour où il quittera la caserne de Pompéi, partir pour Rome. Là, je préviendrai les autorités et, avec l'aide de Clodius, nous aurons toutes les chances d'empêcher la catastrophe.

— Mais comment le surveiller ? Il faudrait être à la caserne nuit et jour. C'est impossible.

— C'est très possible, mais à une seule condition : se faire engager comme gladiateur !

Palinure réfléchit à son tour et convint que son maître avait raison :

— C'est sans doute vrai, mais qui va se faire engager ?

— Moi.

— Tu es fou ?

— Il n'y a pas d'autre possibilité. Crois-tu que je vais laisser Rome brûler ?

— Bien sûr qu'il y a une autre possibilité. C'est moi qui vais me faire gladiateur.

— C'est impossible et tu le sais bien. Tu as été démasqué aux Délices de Capoue, Mirmilla t'a vu de ses propres yeux. On te prendrait tout de suite et tu n'en sortirais pas vivant.

— Tu n'iras pas !

— J'irai. Il arrive que des hommes libres ruinés acceptent de se faire gladiateurs, je me ferai passer pour l'un d'entre eux.

— Tu ne sais pas te battre...

— J'apprendrai avec les autres.

— Pense au nom que tu portes. Tu es un Flaminius...

— Justement. Sauver Rome, crois-tu qu'il y ait une

tâche plus glorieuse ? D'ailleurs, j'emporte l'épée de mon père à la caserne. Je ne combattrai qu'avec elle.

— Au nom de tous les dieux !...

— N'insiste pas. Ma décision est irrévocable. Et je pars tout de suite. Il n'y a pas de temps à perdre.

Palinure tenta de discuter encore, mais tous les arguments qu'il put trouver, toutes les supplications qu'il adressa ne rencontrèrent aucun écho. À la fin, il dut se résoudre à écouter les dispositions pratiques que son maître avait déjà imaginées :

— Il va nous falloir un moyen de communiquer, car il n'est pas question que tu viennes à Pompéi, tu risquerais de te faire reconnaître. Je t'enverrai quelqu'un.

— Qui ?

— Stilicia, la veuve d'un haut magistrat de la ville. C'est une vieille amie de la famille. Elle acceptera certainement de m'aider.

— Et tu crois qu'elle acceptera aussi de venir jusqu'ici ?

— Si elle ne vient pas, elle choisira un messager. De toute manière, attends tous les jours à midi devant l'entrée du passage. C'est là et à ce moment que tu recevras le signal.

— Qu'est-ce que je devrai faire ?

— Partir pour Rome avec ceux des Oubliés du Vésuve qui le souhaiteront.

— Et toi, comment comptes-tu quitter la caserne, si toutefois tu es encore en vie ?

— Je me débrouillerai.

Palinure poussa un profond soupir et leur conversation s'arrêta là. Après quoi, Titus Flaminius alla annoncer ses intentions aux Oubliés du Vésuve et prendre congé d'eux, de Spartaca en particulier. Il la remercia encore pour l'épée de son père. Celle-ci ne put cacher sa stupeur et son émotion en apprenant qu'il allait bientôt devenir gladiateur et lui souhaita bonne chance du fond du cœur. Tous les Oubliés du Vésuve en firent autant et ceux qui s'étaient déjà prononcés pour quitter la grotte en sa compagnie lui promirent qu'ils iraient combattre à Rome le moment venu.

Palinure le raccompagna jusqu'à l'entrée du passage caché. Flaminius lui adressa un dernier conseil :

— Il serait bon que tu t'entraînes aux armes. Fais-le avec Selena. Elle m'a l'air d'un excellent professeur.

Trop ému pour articuler un seul mot, Palinure se contenta d'approuver de la tête. Et, tandis que Titus Flaminius s'éloignait sur les pentes du Vésuve, il ôta pour le saluer son bonnet phrygien de laine, symbole de la liberté qu'il avait acquise et que son maître allait perdre.

— Ave !... Ave !...

Les deux syllabes de bienvenue accompagnaient

Titus Flaminius, tandis qu'il traversait le luxueux atrium de la villa Stilicia derrière le majordome venu l'accueillir. Elles étaient prononcées par un corbeau dressé, attaché par une chaîne à un perchoir doré. Leur intonation métallique lui rappela la voix du Grand Maître dans le cratère du Vésuve, quelques heures plus tôt.

Stilicia était dans son jardin. À Pompéi, où l'espace était moins compté qu'à Rome et où le climat plus chaud incitait à vivre davantage dehors, les jardins occupaient, dans les riches demeures, une surface considérable. Flaminius, qui venait d'y pénétrer, n'en voyait pas la fin. Il se trouvait au milieu de lauriers-roses, rouges et blancs, avec, de place en place, des massifs d'acanthes, de myrte, de fougères et d'armoises. Quelques rosiers, qui portaient leurs dernières fleurs en cette mi-octobre, dégageaient un parfum suave. De temps à autre, une statue ou une fontaine émergeait de cet îlot de grâce.

Stilicia était allongée dans la salle à manger d'extérieur : trois lits de marbre qui entouraient une table ornée de mosaïque, sous une pergola supportant une vigne aux raisins mûrs. En voyant arriver Flaminius, elle poussa un cri de surprise et s'empressa pour l'accueillir :

— Flaminius ! Quel bon vent t'amène ?

Mais elle se rendit compte aussitôt que le vent n'avait rien de bon ; il était, au contraire, de ceux qui apportent les tempêtes et les drames. Flaminius avait une mine sombre et il déposa un glaive sur la table de mosaïque, avant de prendre ses mains dans les siennes.

— Tu pars pour la guerre ?

— C'est un peu cela. Mais parle-moi d'abord de toi. Comment te portes-tu ?

Stilicia lui répondit que tout allait bien. Veuve du duumvir Stilicius, un des deux plus hauts personnages de la cité, et sans enfants, elle avait, à quarante ans, une vie paisible. Elle s'occupait en faisant de la peinture et en rendant visite à ses nombreux amis et connaissances. Mais elle termina bien vite sur ce sujet et s'empressa de demander à Flaminius ce qui l'amenait.

Ce dernier lui fit alors un récit fidèle et détaillé de tout ce qui s'était passé, jusqu'à la dramatique cérémonie à la Bellone rouge. Lorsqu'elle entendit parler de faire brûler Rome, elle poussa un cri :

— Ils sont fous !

— Je le crains, en effet...

— Mais il faut empêcher cette horreur !

— C'est ce que je compte faire. J'ai mon plan. Écoute...

Et Flaminius lui fit part du projet qu'il avait imaginé. En apprenant son intention de devenir gladiateur, elle poussa de nouveau un cri d'effroi et, tout comme Palinure, tenta de l'en dissuader. À la fin, tout comme lui encore, elle finit par capituler... Titus Flaminius poursuivit :

— Si je suis venu te voir, c'est que tu peux m'aider.

Stilicia eut un élan de tout son être :

— De quelle manière ? Dis-le-moi vite !

— En me permettant de communiquer avec mes compagnons du Vésuve. Le jour où je t'aurai annoncé que le Grand Maître a quitté la caserne, il faudra que tu ailles le leur dire. Mais, pour cela, tu devras aller haut sur le volcan.

Stilicia écarta la difficulté d'un revers de la main.

— Ce n'est pas cela qui me fait peur. Ce que je ne vois pas, c'est sous quel prétexte j'irais te retrouver à la caserne.

Pour la première fois, Flaminius perdit son assurance. Il manifesta même une gêne visible.

— Je me suis posé la question et je n'ai trouvé qu'une solution. Il est fréquent que de riches matrones prennent des gladiateurs pour amants et, pour cela, elles n'hésitent pas à les retrouver à la caserne. Nous ferons semblant d'avoir une liaison, ce sera le moyen le plus sûr et le plus discret pour communiquer.

Stilicia fit un bond sur son lit de marbre.

— Tu n'y penses pas !

— Ne crois pas que je te propose cela de gaieté de cœur, mais je ne vois rien d'autre.

— J'ai juré d'être fidèle à la mémoire de mon mari. Ma réputation est sans tache. Et tu voudrais que je me déshonore aux yeux de tout Pompéi ?

— Rome risque de brûler, Stilicia...

— Je refuse de devenir une femme perdue !

— Crois-tu qu'il soit plus facile pour moi de devenir gladiateur ?

Il y eut un long silence dans le jardin, troublé seulement par le clapotis des fontaines et le chant des oiseaux. Stilicia finit par pousser un douloureux soupir.

— Stilicius, en son temps, a combattu les Vieux Campaniens. Il me disait à quel point ils étaient dangereux. Je suis sûre que c'est ce qu'il aurait exigé de moi...

— Alors, le feras-tu ?

— Je le ferais si c'était vraisemblable. Tu es si jeune. Personne ne pourrait y croire...

Flaminius considéra son interlocutrice. Stilicia avait l'air austère, parce qu'elle ne se souciait pas de plaire, mais, avec ses beaux cheveux bruns coiffés en bandeau et ses traits réguliers, elle était incontestablement jolie femme. Pour la première fois, il eut un léger sourire.

— Je t'assure que s'il y a un point qui paraîtra naturel à tout le monde, c'est bien celui-là.

Stilicia rougit légèrement et quitta le lit de marbre de sa salle à manger de jardin.

— Je vais au temple d'Isis. J'ai besoin de prier la déesse pour trouver les forces nécessaires.

— Je t'accompagne. De là, j'irai à la caserne. C'est loin ?

— C'est en face...

Titus Flaminius était arrivé à Pompéi perdu dans ses pensées et entièrement préoccupé du projet qu'il avait en tête. En sortant de la luxueuse villa, il eut l'impression de voir la ville pour la première fois. À l'inverse de Rome, Pompéi était bâtie à la grecque, c'est-à-dire avec des rues droites et se coupant à angle droit. Elles étaient remarquablement dégagées, aussi. La rue de l'Abondance, dans laquelle ils se trouvaient, était plus large que la via Sacra, pourtant la plus grande de Rome.

Ce fut à ce moment-là que Flaminius, portant les yeux vers les murs d'une maison, vit une inscription en grandes lettres rouges, bien formées et régulières : « La compagnie de gladiateurs d'Aulus Nigidius combattra à Pompéi sans aucun ajournement aux calendes de juillet. On chassera les fauves. Le vélum sera tendu. » Le rédacteur de la proclamation publique avait signé : « Effectué par Aemilius Celer au clair de lune. » Sur cette affiche, qui remontait à trois mois et que le soleil avait déjà décolorée, des passionnés avaient tracé des graffitis à la gloire de leurs champions. Ils étaient de bien moins bonne qualité que le graphisme officiel et il n'en restait que des bribes. Seules deux inscriptions étaient complètes : « On t'aime, Scylax ! », et : « Sois vainqueur, Messor ! »

Pour Titus Flaminius, ce fut comme un terrible rappel. C'était ce monde-là qui allait devenir son seul univers. Lui qui portait un des plus grands noms du pays, qui avait connu la vie brillante de Rome, aurait désormais pour seuls compagnons Messor, Scylax et leurs semblables, il lui faudrait vivre au milieu de ces hommes qui lui avaient toujours fait horreur. Pour combien de temps ? Il ne le savait pas. Pour toujours, peut-être, s'il mourait dans l'arène, ce qu'il ne pouvait exclure. Son cœur se serra en regardant la ville autour de lui. Brusquement, tout ce qu'il voyait lui inspirait un regret infini. Il était au milieu de la vie qu'il allait devoir quitter. D'autant que cette vie avait plus d'intensité encore dans ce Midi qu'il découvrait. Les gens parlaient plus fort, riaient plus fort, faisaient de grands gestes de la main.

À chaque carrefour, s'ouvrait un thermopolium, restaurant sommaire où, derrière un comptoir en équerre, le patron ou la patronne servait des plats chauds accompagnés d'un gobelet de vin. Les conversations y étaient plus animées et les plaisanteries plus vives encore qu'ailleurs. Il aurait aimé s'y arrêter, boire une dernière fois en compagnie de ces gens, trinquer avec eux... Mais ce n'était pas possible, bien sûr. Il jeta un regard envieux aux joueurs de dés qui satisfaisaient à leur passion sur le comptoir, preuve qu'on était plus accommodant vis-à-vis de la loi à Pompéi qu'à Rome, et il poursuivit son chemin.

D'autres inscriptions, politiques celles-là, avaient remplacé les annonces pour les jeux de l'arène. Elles étaient visiblement dues au même scripteur professionnel. Il n'avait pas signé, mais la forme des lettres était la même. Seule différence : pour qu'elles ne soient pas recouvertes par les inscriptions des adversaires, il les avait peintes en hauteur, au niveau du premier étage des maisons. Parmi les promesses électorales, il découvrit une profession de foi signée Stilicius. Or le défunt duumvir était mort depuis cinq ans déjà. Le fait que son affiche ait été épargnée témoignait de l'estime dans laquelle on le tenait toujours à Pompéi. Il s'apprêtait à le dire à Stilicia, lorsque celle-ci lui adressa pour la première fois la parole :

— Nous sommes sur le forum triangulaire. C'est ici.

Le forum triangulaire n'était pas un forum à proprement parler, lieu de commerce et d'échanges, mais une simple place publique. Il devait son nom à sa forme et c'était là, entre autres, que se trouvait le temple d'Isis. Bâti sur un podium, il dominait tout le reste. On le voyait assez mal, un mur d'enceinte le dissimulant en partie. Isis, à la différence des autres dieux, demandait un culte sinon secret, du moins à l'abri des regards. Stilicia le regarda.

— Viendras-tu avec moi au temple ?

Titus Flaminius avait peu de goût pour ce genre de divinité exotique. Il s'en tenait à la religion romaine, sans mépriser ou détester les dieux venus de l'étranger, comme le faisaient les Vieux Campaniens. Il s'excusa auprès d'elle.

— J'aimerais, si tu le permets, gagner la caserne. Peux-tu me dire où elle se trouve ?

La veuve du duumvir lui désigna un endroit derrière lui. Il s'agissait d'un vaste bâtiment aux murs de brique entièrement nus.

— C'est là.

— Cela ne ressemble pas à une caserne.

— Au départ, ce n'en était pas une. C'étaient des bâtiments dépendant du théâtre. Mais ils ont été affectés à la gladiature...

Ils étaient là tous les deux, au milieu du forum triangulaire, ne sachant que se dire devant les épreuves qui les attendaient... Titus Flaminius lui dit brièvement :

— Isis t'attend, Stilicia. Prie-la pour moi, s'il te plaît.

— Je le ferai. Et j'aurai la force d'accomplir ce que tu m'as demandé. Que les dieux soient avec toi, Flaminius !

Et elle disparut en courant vers le temple de la

déesse égyptienne. Titus Flaminius, quant à lui, partit d'un pas lent vers la caserne. C'était là que l'attendaient le Grand Maître des Vieux Campaniens, Mirmilla, si elle faisait partie de ceux qui étaient restés avec lui, Scylax, Messor, les autres gladiateurs, dont il ne connaissait pas encore le nom, et son destin.

9

Ceux qui vont mourir

La caserne de gladiateurs de Pompéi, la plus importante du pays avec celle de Capoue, était un bâtiment pour le moins curieux. Comme l'avait dit Stilicia, elle résultait de la transformation de locaux initialement prévus pour le théâtre. Un vaste portique, qui devait servir de promenoir aux spectateurs, avait vu sa destination changer. On en avait fait la cour d'entraînement de la caserne et, tout autour, avait été construit un édifice à deux niveaux pour abriter les logements et les différents équipements collectifs. C'était d'ailleurs son mari, Stilicius, qui avait été l'initiateur de ce changement, suivant en cela le vœu unanime de la population. Les Pompéiens se souciaient assez peu de théâtre, mais ils étaient les plus fervents amateurs de gladiature qui soient...

Titus Flaminius franchit le porche qui donnait accès aux lieux et s'immobilisa. Lorsqu'on entrait dans la caserne, on pénétrait dans un autre monde. Ici, les bruits de la ville ne parvenaient pas, pas plus que les bruits de la caserne ne parvenaient dans la ville. Dans le très vaste quadrilatère délimité par la colonnade du portique, des dizaines de combattants s'entraînaient dans un concert de cris. L'animation plaisante des rues avait soudain fait place à une atmosphère de camp militaire.

Des badauds étaient pourtant présents au milieu de cette agitation guerrière : des hommes et même des femmes, qui regardaient les champions s'entraîner. Stilicia, quand le moment viendrait, n'attirerait pas l'attention... L'un des gladiateurs venait de s'écarter des autres pour reprendre haleine. Il était déjà âgé, quarante ans environ. Il avait quelques fils blancs dans ses cheveux et sa barbe et des rides au front, ce qui ne l'empêchait pas d'exhiber une musculature impressionnante, avec des pectoraux particulièrement développés. Une large cicatrice lui barrait la poitrine. Titus Flaminius décida de s'adresser à lui :

— Peux-tu me conduire au laniste ?

— Certainement. Qu'est-ce que tu lui veux ?

— M'engager parmi vous.

L'homme le regarda avec surprise et, après un

moment d'hésitation, lui sourit et lui tendit la main, lui déclarant simplement :

— Je m'appelle Messor.

Le laniste, prévenu par lui, ne tarda pas à arriver. Il avait, lui aussi, la quarantaine, le teint mat, les cheveux très bruns coupés court. Toute sa personnalité dégageait quelque chose de méprisant et de brutal. Il s'adressa à Flaminius d'un ton rogue :

— Qu'est-ce que tu veux ?

— Devenir gladiateur.

Il lui jeta un regard rapide et haussa les épaules.

— Tu as bien trop bonne mine pour cela ! Tu as trop bu ou alors tu as fait un pari avec des amis. Je ne veux pas d'ennuis. Rentre chez toi !

— Je n'ai pas bu. Je suis ruiné, pourchassé par les créanciers. Je n'ai pas d'autre choix.

— Je ne veux pas d'ennuis, je te dis. Laisse-moi. J'ai à faire.

L'homme tourna le dos et commença à s'éloigner... Flaminius se souvint avec quel mépris il avait traité, il n'y avait pas si longtemps, le laniste de Rome. Maintenant, s'il voulait réussir, c'était à lui de s'humilier. Il courut sur ses talons.

— Je t'en prie. Je viens de Rome. J'ai choisi ta caserne parce que c'est la plus renommée de tout le pays. Je veux combattre avec toi !

Le laniste se retourna. Il eut un léger sourire. Il était visiblement flatté.

— Ainsi, on parle de moi à Rome ? On connaît le nom de Ciriacus ?

— Il est sur toutes les lèvres...

Ciriacus se mit à détailler Flaminius.

— Il est vrai que tu n'as pas mauvaise allure. D'autre part, je préfère les engagés volontaires, leur motivation est plus grande et ils se battent mieux. Cela dit, il faut que mon médecin t'examine.

Il lança d'une voix forte :

— Hermogène !

L'interpellé, qui était en train de poser un emplâtre sur la jambe d'un combattant blessé, s'empressa d'accourir. Il avait un physique grec prononcé, les cheveux bouclés et le profil droit. Il tranchait également par sa petite taille avec les hommes qui s'entraînaient tout autour. Il regarda les dents de Flaminius, le pria de retirer sa tunique et, lorsqu'il fut en sous-vêtements, lui palpa les muscles des bras et des jambes. Après quoi, il hocha la tête.

— C'est un homme de la ville, cela se voit. Mais il est sain et vigoureux.

Ciriacus approuva à son tour.

— J'accepte de te prendre. Tu recevras deux cents sesterces pour ton engagement. Quel est ton nom ou, si ce n'est pas le tien, lequel as-tu choisi ?

Titus Flaminius avait déjà réfléchi à la question. Il répondit sans hésitation :

— Flamma.

— C'est un beau nom pour la gladiature. Espérons qu'on l'entendra dans le camp des vainqueurs.

Flaminius lui montra l'épée de son père.

— Attends ! J'ai une condition à poser. Je désire combattre avec cette arme.

Le laniste la prit en main et l'examina un moment.

— Cela peut se faire... Mais il faut t'en séparer. Ici, toutes les armes sont confiées à l'armurier et mises sous clé. On ne les sort que le jour du combat. En attendant, on s'entraîne avec des épées de bois.

Il cria de nouveau un nom et un homme s'empressa d'accourir. Il était noiraud, contrefait et chétif. Tout comme le médecin, il tremblait devant lui. Flaminius remarqua à quel point le laniste était redouté de son personnel.

— Babrius, va mettre cette arme avec les autres. Au passage, tu diras à Charon et à Mercure de venir immédiatement. Et avec leur équipement.

Babrius s'empara de l'épée et disparut. Ciriacus reprit la parole :

— Maintenant, Flamma, écoute-moi bien. En devenant gladiateur, tu vas perdre ta condition d'homme libre. Tu deviendras un esclave et tu le resteras tant que tu seras ici. Tu peux encore renoncer. Réfléchis.

— J'ai réfléchi. Je suis prêt.

Ciriacus lui montra les hommes torse nu, couverts

de sueur, qui s'escrimaient au milieu du grand quadrilatère formé par le portique.

— Regarde-les. Il n'y en a pas un sur dix qui terminera vivant sa carrière. C'est d'ailleurs ainsi qu'ils s'appellent eux-mêmes : « Ceux qui vont mourir ». Mais eux n'ont pas le choix. Ce sont des prisonniers de guerre, ou des esclaves achetés au marché ou encore des esclaves envoyés ici par leurs maîtres pour les punir. Tandis que toi, tu es libre, citoyen romain.

— J'ai réfléchi, je te dis...

— Alors, qu'il en soit fait selon ta volonté... Charon et Mercure, approchez !

Flaminius sursauta. Deux personnages extraordinaires venaient de faire leur apparition. Ils étaient tous les deux masqués. Le premier portait un masque de tête de mort en bois, le second un masque de cuivre souriant sous un casque orné de deux ailes. Le mort avait un fouet à la main, l'homme au sourire, une longue tige de fer. Derrière eux, deux esclaves portaient un brasero. Ils le posèrent sur le sol et l'un des acolytes y plongea immédiatement sa tige de fer.

— Je te présente Charon et Mercure. Tu connais leur rôle dans l'arène, bien sûr.

— Non. Je n'ai jamais assisté à un combat de gladiateurs.

— Alors, apprends qu'ils sont chargés de stimuler les combattants défaillants pendant le combat et, après, de s'assurer que les morts sont bien morts.

Mercure les brûle au fer et, s'ils ont une réaction, Charon leur fracasse le crâne avec un maillet... Maintenant, tu vas prêter serment. Lève la main, répète après moi et dis : « Je le jure. »

Flaminius obéit, tandis que Charon et Mercure prenaient place à ses côtés, l'encadrant étroitement. Le laniste prononça, détachant bien les syllabes :

— « Je consens à devenir gladiateur. J'accepte d'être brûlé par le feu, entravé par les chaînes, frappé par les verges et tué par le fer. »

Titus Flaminius répéta et jura. Ciriacus eut un sourire féroce.

— C'est bien, Flamma ! À présent, nous allons mettre tout cela en application. Allez, vous autres !

Avec un parfait ensemble, Charon abattit son fouet sur la poitrine du nouveau gladiateur, tandis que Mercure, qui avait retiré sa tige rougie du brasero, l'appliquait à plusieurs reprises dans son dos. Titus se mordit violemment les lèvres pour ne pas crier. C'était très douloureux et plus humiliant encore. Il découvrait concrètement, dans sa chair, sa nouvelle condition d'esclave... Cela dura longtemps. Mercure était particulièrement impressionnant. À cause de son masque, il avait l'air de torturer en souriant, il était l'image même du mal. Enfin, sur un signe du laniste, les deux hommes cessèrent leur manège. Ciriacus s'approcha de sa nouvelle recrue.

— À partir de maintenant, tu devras m'appeler « maître ». Tu as compris ?

Flaminius fit oui de la tête, mais il pensait à autre chose. Le mot « maître » venait de lui rappeler la cérémonie de la Bellone rouge et le mystérieux personnage qui parlait. Pourtant, malgré tous ses efforts, il fut incapable de dire si la voix qu'il avait entendue alors était celle du laniste. Elle était trop déformée...

Il sursauta. Charon et Mercure venaient de retirer leurs masques. C'étaient des frères jumeaux. On aurait dit la copie du même personnage : même visage long et maigre, mêmes dents proéminentes. Mais il y avait entre eux une différence de taille : Charon n'avait plus de nez. Il avait été sectionné à la base et à la place ne subsistaient que deux trous béants. Il pensa à la terrible histoire de Selena. Serait-il possible qu'il se trouve en face de son mari ?... Il cessa de se poser la question. Ciriacus avait repris la parole :

— Je te présente Ancus et Marcus Aufidius. Mais tout le monde les appelle Charon et Mercure. Tu sauras que leur travail ne se limite pas à l'arène. Ce sont mes hommes de confiance dans la caserne. Ils surveillent tout et me rapportent tout. Tâche de ne pas l'oublier !

Mercure s'approcha de Flaminius. Il avait le même sourire que son masque. Sans doute s'appliquait-il à le reproduire par jeu.

— Ne l'oublie pas, Flamma !

Charon approcha à son tour sa face sans nez.

— Surtout, ne l'oublie pas...

Ils avaient la même voix de fausset. Encore une fois, Titus Flaminius se demanda si l'un des deux pouvait être celui qu'il avait entendu dans le cratère du Vésuve, mais, encore une fois, il fut incapable de répondre. Ciriacus s'adressa de nouveau à lui :

— Maintenant, parlons de ce que tu vas faire. Le prochain combat aura lieu en avril prochain. Cela ne fait que six mois d'entraînement et c'est trop peu pour faire un gladiateur véritable. Tu seras donc andabate, ce qui ne nécessite pas de technique particulière. D'autre part, il n'y en a qu'un à la caserne et il en manquait un autre pour faire la paire... Je pense que tu sais ce qu'est un andabate.

— Non. Je ne connais rien à la gladiature.

— Eh bien, tu vas l'apprendre tout de suite. Mets cela.

Ciriacus s'était approché d'une étagère contenant toutes sortes de casques et lui en tendit un. Flaminius s'en saisit et poussa un cri de surprise. Il ne voyait absolument plus rien ! Le casque était à peu près semblable à celui d'un mirmillon, à la différence qu'au lieu d'être grillagé, le devant métallique était plein. Il s'écria d'une voix devenue caverneuse :

— Mais, c'est impossible ! On ne peut pas combattre comme cela !

— Non seulement c'est possible, mais c'est ainsi

que combattent les andabates : en aveugles. Car, rassure-toi, ton adversaire aura le même casque que toi.

Titus Flaminius entendit les rires aigus de Charon et de Mercure et, l'instant d'après, il était fouetté à la poitrine et brûlé dans le dos. Ils continuèrent et continuèrent encore... Ces coups étaient infiniment plus terribles que ceux qu'il avait reçus auparavant, car il ne les voyait pas venir. Ils arrivaient par surprise, sans le moindre avertissement. Dans ce noir où il se trouvait, le danger, la mort pouvaient survenir à tout moment et de partout sans qu'il puisse faire quoi que ce soit. Il se sentait impuissant, désemparé. Il pensait ne pas manquer de courage, mais combattre dans ces conditions était atroce !... Ce fut avec soulagement qu'il entendit Ciriacus lui ordonner de retirer son casque.

La lumière revint en même temps que le grand air. Il eut l'impression de revivre... Le laniste hocha la tête.

— Maintenant, je vais te donner ma première et ma seule leçon. Tu m'as dit tout à l'heure que les gladiateurs de Ciriacus étaient renommés dans tout Rome. Sais-tu pourquoi ?

— Parce ce qu'ils sont victorieux...

— Ils sont souvent victorieux, c'est vrai. Mais ce n'est pas cela qui fait leur excellence. Ce sont les meilleurs, car ce sont eux qui savent le mieux mourir !

— Je ne comprends pas.

— Tu ne connais décidément rien à la gladiature ! Pourquoi crois-tu que le public vient dans l'amphithéâtre ? Pour voir un combat disputé, de la belle escrime ? Balivernes ! Ce qui l'intéresse, c'est la mort. Il vient pour voir mourir, un point c'est tout !

Ciriacus s'anima. Visiblement, il était ravi de traiter de ce sujet qui lui tenait plus que tout autre à cœur.

— Se battre est à la portée de tout le monde, c'est une question d'entraînement, même vaincre est facile. Mais mourir, bien mourir, voilà ce qui est difficile ! Je vais t'apprendre à mourir...

Le laniste eut un geste de la main, comme pour écarter une objection qu'on lui aurait faite.

— Je ne te parle pas de la mort reçue pendant le combat, le coup qui te fend le crâne ou qui te défonce la poitrine. Cela, tu n'y peux rien. Je te parle de la mort donnée quand la grâce est refusée... Imagine que tu sois trop fatigué ou que tu aies reçu une blessure qui t'empêche de continuer le combat. Tu jettes ton arme et tu lèves la main pour demander ta grâce. Mais le public baisse le pouce et la refuse. C'est là que tout commence.

Titus Flaminius suivait avec stupeur le cours du laniste. Il découvrait un autre monde, une autre existence...

— Tu retires ton casque, tu t'accroupis ou tu t'agenouilles – mais il vaut mieux être à genoux, la position est plus stable – et tu tends le cou, car c'est là que ton adversaire va te frapper. Répète.

— Je tends le cou...

— Et maintenant, fais bien attention. Tu ne dois pas bouger, pas trembler, tu dois recevoir le coup franchement, posément... Il se peut que ton adversaire soit lui-même fatigué ou blessé ou encore ému, parce que vous étiez amis. Dans ce cas, tu dois l'aider, guider sa main, l'encourager d'un mot. Tu as compris ?

— Je crois...

— Mais ce n'était que la première partie. Maintenant, voici la seconde, la plus belle : la mort elle-même.

Il appela :

— Cycnus !

À ce nom, un gladiateur accourut. C'était un rétiaire. Il était tout jeune, il ne devait pas avoir plus de seize ans. Il était frêle, gracieux et tout blanc, comme le cygne, ce qui lui avait valu de toute évidence son surnom. Le laniste commenta pour Flaminius :

— C'est un esclave de la ville que son maître m'a envoyé pour le punir. Au combat, il n'arrivera à rien et il le sait très bien. C'est pourquoi il ne s'entraîne qu'à mourir. Montre-nous, Cycnus !

Docilement, le jeune homme s'agenouilla et

accomplit les gestes qu'il ferait vraisemblablement dans six mois. Il leva le cou et attendit... Ciriacus alla prendre un glaive de bois et le donna à Flaminius.

— À toi de frapper. Attention, le coup doit être mortel, mais pas immédiatement. Il faut que le public ait le temps de voir le vaincu mourir.

Titus Flaminius avait posé l'épée de bois sur la gorge de Cycnus, mais, désorienté, ne savait que faire. Le jeune homme lui prit alors la main et frappa à sa place. Après quoi, il s'assit, posa la main droite à plat sur le sol et se pencha légèrement de côté... Le laniste exulta :

— Regarde, Flamma ! Il meurt dans la position du voyageur épuisé qui s'est assis dans l'herbe et qu'une trop grande fatigue empêche de se relever. Apprends cette phrase par cœur. C'est la mort véritable du gladiateur. Il n'y a que chez moi qu'on sait la réussir à la perfection !

Le rétiaire resta encore quelques instants dans cette posture, puis se laissa glisser doucement sur le sol. Ciriacus lui demanda de se relever.

— C'est bien, Cycnus ! Tu fais honneur à la caserne.

Puis il se tourna vers Flaminius.

— Maintenant, Flamma, tu sais le plus important. Le reste, tu l'apprendras tout seul.

Et il s'en alla sur ces mots...

Titus Flaminius ne se retrouva pourtant pas seul.

Messor, le gladiateur qui l'avait accueilli, avait assisté à toute la scène et vint vers lui.

— Si tu veux, Flamma, je peux te faire visiter la caserne.

— Je ne demande pas mieux...

Messor l'entraîna sous le portique. Du côté opposé au terrain d'entraînement, il donnait sur les habitations des gladiateurs : des cellules de taille moyenne conçues pour deux personnes. Elles comprenaient deux lits de pierre recouverts d'un matelas et étaient faiblement éclairées par une lucarne haut perchée garnie de barreaux. L'ensemble évoquait davantage une prison qu'une chambre... Messor commenta :

— Ce n'est pas très gai, mais on s'y habitue, tu verras. Et puis, le soir, on est tellement fatigué par l'entraînement qu'on n'y fait pas attention...

Il lui désigna le fond du portique.

— Là-bas, tu as les parties communes : la salle à manger, la cuisine, les bains, les latrines. De l'autre côté, il y a l'armurerie et la prison.

— La prison ?

— Pour ceux qui sont coupables de rébellion et aussi pour les condamnés aux bêtes. Mais ceux-là n'arrivent que la veille du spectacle. Pour l'instant, elle est vide...

— Et à l'étage ?

— C'est la même chose. Il y a d'autres cellules et

l'appartement du laniste. Maintenant, je vais te montrer les camarades...

Messor entraîna de nouveau Flaminius vers le terrain central. Au passage, il fit un commentaire sur les hommes au masque :

— Tu as déjà rencontré Charon et Mercure. Méfie-toi d'eux. Ce sont des mauvais, des vicieux. Ils ne cherchent qu'une chose : nous faire punir.

Flaminius décida de satisfaire sa curiosité :

— Charon n'a plus son nez. Cela lui est arrivé dans un combat ?

— Penses-tu ! C'est ce qu'il dit, mais c'est sa femme qui le lui a arraché. Tout le monde le sait.

Flaminius resta songeur... Ainsi, il avait découvert le mari de Selena ! Mais il décida de ne pas le faire savoir à cette dernière. Elle aurait été capable de venir à la caserne pour assouvir sa vengeance, ce qui aurait sacrément compliqué les choses et risqué de compromettre sa propre mission...

Ils étaient arrivés au milieu des combattants. Messor eut un geste large du bras pour les désigner tous.

— Ici, chacun s'entraîne au sein de son arme, sous l'autorité de son propre instructeur. Ceux que tu vois là-bas, ce sont les rétiaires. Ils ont besoin de presque autant de place que tous les autres réunis, car ce sont les seuls qui ont le droit de fuir.

Titus Flaminius les observa avec admiration. Ils compensaient la faiblesse de leur équipement par une agilité remarquable. Certains lançaient le filet avec une adresse stupéfiante, d'autres couraient, le trident à la main, en hurlant pour impressionner l'adversaire, d'autres encore roulaient au sol sur eux-mêmes tout en tirant le poignard qu'ils portaient à la ceinture... Mais Messor l'avait entraîné un peu plus loin et continuait ses commentaires :

— Ici, tu as les mirmillons. Les trois plus grands, que tu vois en train de s'entraîner ensemble, s'appellent Leo, Tigris et Ursus. Ils sont gaulois tous les trois et inséparables. Charon et Mercure les ont à l'œil. Ils sont sûrs qu'ils manigancent quelque chose, mais, pour l'instant, ils n'ont rien trouvé.

Flaminius enregistra cette information. Dans sa recherche du Grand Maître des Vieux Campaniens qui venait de commencer, tous les détails pouvaient avoir leur importance... À présent, Messor lui désignait un autre groupe de gladiateurs.

— Voici les secutors. Ce sont ceux qu'on craint le plus, car ils sont les plus lourdement armés, mais cela ne veut pas dire qu'ils gagnent plus souvent...

Effectivement, leur aspect était impressionnant. Comme tous les autres, ils portaient une brassière articulée au bras d'attaque. Ils étaient armés d'une courte épée et remarquablement protégés par un bouclier du type de celui des légionnaires, en forme de tuile, avec une boule centrale, plus, du même côté, une jambière métallique allant du haut de la cuisse jusqu'au pied. Flaminius remarqua parmi eux un Noir, un véritable géant qui les dépassait tous de plus d'une tête.

— Qui est-ce ?

— Scylax. Un champion. S'il gagne son prochain combat, il aura sa baguette de bois, qui donne droit à la liberté, et il pourra se retirer.

Flaminius se souvint d'avoir vu ce nom griffonné sur l'affiche, à côté de celui de Messor. Il lui en fit la remarque :

— Toi aussi, tu es un champion. J'ai vu une inscription à ta gloire.

Messor prit un air modeste.

— Il est vrai que le public m'apprécie. On dit que je m'appelle Messor, « le Moissonneur », tantôt parce que je moissonne les succès, tantôt parce que j'abats mes adversaires comme avec une faux. Et tu sais, je l'ai eue aussi, moi, ma baguette de bois.

— Pourquoi restes-tu, alors ?

— Pour l'argent, pardi ! Je suis devenu une vedette et Ciriacus me paye très cher. Bientôt, j'aurai assez d'argent pour m'acheter une maison en Campanie. Je me marierai et j'aurai des enfants... Tiens, voici les miens, les Thraces !

Messor lui désignait un dernier groupe de gladiateurs. Ils avaient un casque avec une mentonnière, un bouclier rond, et combattaient avec une épée recourbée... Flaminius, après les avoir observés lutter avec le même professionnalisme que les autres, questionna :

— Et les andabates ?

— Oh, ceux-là, ils sont à part. Ils s'entraînent comme ils veulent. Cela n'a pas d'importance.

Messor sourit.

— Je suis content que tu sois andabate.

— Pourquoi cela ?

— Parce que tu m'es sympathique... Vous, les andabates, vous ne pouvez vous battre qu'entre vous et cela me soulage : je ne risque pas de te rencontrer un jour.

Messor fixa sur lui son visage buriné qui était, tout comme sa poitrine, barré d'une large cicatrice.

— Tu sais, Flamma, il y a vingt ans que je fais ce métier et le plus dur, ce n'est pas l'idée qu'on va mourir, mais les sentiments qui existent entre nous. Le gladiateur, c'est ton frère d'armes, mais c'est peut-être aussi ton futur meurtrier. Tu l'aimes, mais tu ne peux pas t'empêcher de le haïr. Et si c'est toi qui gagnes, tu souffres encore plus. Tu enfonces ton épée dans sa gorge en pleurant. Cela m'est arrivé plus d'une fois...

Titus Flaminius sentit un vif malaise le gagner. Mais il refusa de se laisser aller. Il avait une mission à remplir, il n'y avait que cela qui devait compter pour lui. Il était là pour sauver Rome de l'incendie, c'était tout !

Une vision le ramena à cette réalité. Là-bas, il

venait de reconnaître une silhouette familière : Mirmilla ! Elle était dans un endroit écarté du quadrilatère d'entraînement, entourée de quatre femmes, deux en tenue de mirmillon, deux en tenue de rétiaire. Il feignit la surprise :

— Il y a des gladiatrices ?

— Oui. Nous sommes deux cents gladiateurs et elles sont quatre : Achilia, Amazon, Dira et Lachesis, plus Mirmilla, leur instructrice.

Flaminius voulut aller dans cette direction, mais Messor le retint.

— Il est défendu d'approcher d'elles. Mirmilla l'interdit, c'est sa propriété privée. Et si tu as la moindre idée, abandonne-la : elles sont toutes lesbiennes.

Titus Flaminius s'apprêtait à poser des questions sur Mirmilla. Mais Charon et Mercure surgirent à ce moment-là. Leurs voix aiguës retentirent désagréablement :

— Messor, tu devrais être à l'entraînement avec les autres !

— Je mettais Flamma au courant...

— Il apprendra tout cela lui-même. Ne perds pas de temps !

Messor eut un geste d'excuse et alla rejoindre le groupe des Thraces... Resté seul, Flaminius regarda les quatre gladiatrices s'exercer aussi durement que les hommes, sous les ordres de Mirmilla. Il était en train de se demander si l'une d'elles avait participé aux meurtres de Rome, quand son regard tomba sur un beau jeune homme aux longs cheveux bruns et aux grands yeux marron. Il était plus jeune que lui : la vingtaine d'années un peu dépassée. Il s'entraînait seul, frappant de toutes ses forces contre un poteau avec son glaive en bois. Ce qui était étonnant, c'est que la violence de ses gestes ne l'empêchait pas de conserver un air de grande douceur.

Flaminius décida d'aller vers lui et de se présenter :

— Bonjour, je viens d'arriver. Je m'appelle Flamma. Je suis andabate.

Le jeune homme arrêta de frapper contre son poteau et s'exclama :

— Ah ! C'est toi...

— Pourquoi me dis-tu cela ?

— Parce que je suis Faventinus, l'autre andabate.

Un silence gêné s'ensuivit. Titus Flaminius demanda, pour dire quelque chose :

— Comment se fait-il que tu sois tout seul ?

La gêne de Faventinus s'accrut encore. Il eut un sourire embarrassé.

— Avant, nous étions deux. Mais depuis le dernier combat, il ne reste plus que moi...

Flaminius enchaîna immédiatement, pour dissiper le malaise qui était en train de s'établir entre eux :

— Parle-moi du combat, justement. J'ai mis le

casque et je trouve cela affreux ! Comment peut-on se battre dans le noir ? Je n'y arriverai jamais.

— C'est ce que j'ai cru, moi aussi, au début, mais ce n'est pas vrai. En fait, un combat d'andabates dure très peu. Tu fais de grands moulinets dans toutes les directions et c'est tout. C'est comme aux dés, c'est une question de chance. Si tu touches, c'est le coup de Vénus, si tu es touché, c'est le coup du chien.

— Tu ne mets pas ton casque pour t'entraîner ?

— Surtout pas ! Ce serait le meilleur moyen de faire des cauchemars. Je ne l'ai mis que deux fois : quand Ciriacus me l'a ordonné, le jour de mon arrivée, et pour le combat. Fais comme moi, entraîne-toi en force et prie Mars et Hercule.

Faventinus alla chercher une épée de bois sur un râtelier et la lui tendit.

— Tiens. Elle est de la bonne taille. Il y a un autre poteau, là...

Titus Flaminius prit l'arme et se mit à imiter son camarade. Tout le reste de la journée se passa ainsi et, après le repas du soir, qui se prenait tôt, en milieu d'après-midi, il rejoignit Faventinus dans la cellule qu'il partageait avec lui. Il se fit la remarque que Messor avait raison : il était tellement épuisé qu'il n'était pas dérangé par le côté peu avenant de son logement. Il ne put s'empêcher, en revanche, de vouloir en savoir plus sur celui qui allait partager son existence pendant de longs mois.

— Pourquoi es-tu là ?

Faventinus soupira.

— Mon maître m'a envoyé à la caserne pour me punir.

— Tu es esclave ?

— Ici, on est tous esclaves. J'étais jardinier... Il m'a surpris dans les bras de sa fille. Elle s'appelle Aurelia, si elle est toujours vivante.

— Pourquoi ne le serait-elle pas ?

— Quand son père a décidé de m'envoyer à la caserne, elle a dit qu'elle allait se tuer.

— Elle t'aimait donc ?

— Nous nous aimons depuis toujours. Nous avons le même âge, nous avons grandi ensemble, partagé les mêmes jeux. À sept ans, nous avons échangé notre premier baiser...

Faventinus se tut. Il demanda, après un silence :

— Et toi, pourquoi es-tu là ?

— Je suis venu de ma propre volonté. Hier, j'étais libre, aujourd'hui, je ne le suis plus.

— Alors, c'est une histoire triste. Je ne veux pas la connaître.

— La tienne aussi est triste...

— Mais j'ai aimé et j'aime toujours. As-tu aimé, Flamma ?

— Oui, une fois. Elle est morte.

— Morte ou vivante, cela ne change rien : tu ne la

reverras jamais. Pense à elle quand même, cela t'aidera.

Le silence s'installa de nouveau dans la chambre. Titus Flaminius était beaucoup plus ému qu'il ne l'aurait voulu. Faventinus avait la voix douce. Il s'exprimait d'une manière calme, résignée. Ce jardinier n'était vraiment pas fait pour être gladiateur. Il l'imaginait cueillant ses fleurs, taillant ses arbustes. Il imaginait Aurelia, aussi. Elle devait lui ressembler. Ils auraient vécu l'un pour l'autre s'il n'y avait eu ces barrières entre les hommes...

Il se dressa sur son lit. Faventinus, ce n'était pas seulement cela. Il le revit frappant de toutes ses forces contre le poteau. Il pouvait pratiquer cet exercice très longtemps sans être essoufflé. Il avait remarqué également combien ses muscles des bras étaient développés. Il l'imagina marchant contre son adversaire avec de grands moulinets de son épée et l'abattant net dans le sable de l'arène... Et le prochain adversaire de Faventinus, ce serait lui, Flamma ! Celui qui partageait cette chambre avec lui était son futur meurtrier ou sa future victime, il n'y avait pas d'autre alternative !

Il comprenait maintenant ce qu'avait dit Messor à propos des sentiments entre gladiateurs. S'il avait rencontré pour la première fois Faventinus au moment du combat, il n'aurait pas plus compté pour lui qu'un soldat ennemi qu'on affronte sur le champ de bataille. Mais il allait partager six mois de sa vie, ils allaient connaître les mêmes peines, les mêmes épreuves... La voix de Faventinus s'éleva en provenance du lit voisin :

— Le vaincu sera gracié...

— Comment ?

— Je sais à quoi tu penses. Tu dois te dire que celui de nous deux qui sera vaincu sera gracié par le public. C'est la seule manière de supporter notre existence en commun. Bonne nuit, Flamma.

— Tu as raison. Bonne nuit, Faventinus.

Les jours qui suivirent, Titus Flaminius s'habitua peu à peu à sa nouvelle vie. Il s'habitua à devenir Flamma...

Il y avait d'abord l'entraînement, qui occupait le plus clair de son temps. Il avait décidé de faire comme son futur adversaire. Il pratiquait l'escrime en force, maniant son épée à deux mains et frappant frénétiquement le poteau jusqu'à épuisement. À ce moment-là, il s'arrêtait, le temps de reprendre des forces, puis il recommençait. Il ne savait pas si c'était la bonne tactique pour l'emporter, mais il constatait que cet exercice lui donnait une excellente forme physique. Ses bras se musclaient, ses épaules se développaient, sa puissance et sa résistance s'accroissaient.

Les deux andabates se parlaient peu. Faventinus n'était pas bavard. Il vivait replié sur lui-même, sur son histoire d'amour et sur son chagrin. Il n'avait pas menti, il l'aimait, son Aurelia : plus d'une fois, Flaminius put l'entendre prononcer son nom durant son sommeil.

Il en était évidemment ému et il aurait spontanément eu la plus grande sympathie pour lui, s'il n'y avait eu la nature si particulière de leur relation. Chaque jour qui passait les rapprochait du moment où ils allaient s'affronter les armes à la main. Lorsqu'ils s'entraînaient côte à côte, leur rivalité, qu'ils n'exprimaient jamais par des mots, s'étalait au grand jour. C'était à qui frapperait le plus fort et le plus longtemps. Comme l'avait dit Messor, ils étaient à la fois frères d'armes et ennemis et ils vivaient cette relation avec intensité. Pour faire baisser la tension, ils continuaient à se dire que l'un allait gagner et que l'autre serait gracié. Malheureusement, Flaminius avait appris, toujours par Messor, que le public n'aimait pas les andabates et qu'il ne les graciait jamais. Faventinus le savait certainement aussi, mais l'un et l'autre entretenaient cette fiction. Ils faisaient semblant...

Titus Flaminius ne tarda pas à tout connaître de ce monde à part, de ce village dans la ville qu'était la caserne de gladiateurs. L'ensemble abritait plus de deux cent cinquante personnes. Outre les combattants, Ciriacus et son équipe, on y trouvait un personnel nombreux : le cuisinier et ses aides, des domestiques de toutes sortes.

Contrairement à ce qu'avait imaginé Flaminius, la caserne n'était pas un lieu clos. Il n'y avait pas de garde à la porte, les gladiateurs pouvaient sortir après avoir demandé la permission au laniste, mais il leur était interdit de quitter Pompéi. Et, de même qu'on pouvait sortir de la caserne, on pouvait tout aussi facilement y entrer. Flaminius fut surpris du nombre de civils qu'on y rencontrait : outre les matrones couvertes de bijoux qui avaient une liaison avec un des hommes, on y croisait des amateurs venus voir s'entraîner leurs idoles et même des enfants, qui maniaient par jeu les épées de bois...

Titus Flaminius espérait faire plus ample connaissance avec ses compagnons gladiateurs, éventuellement pour apprendre d'eux des informations intéressantes, mais il dut déchanter. Les Italiens y étaient en nette minorité. La plupart étaient des étrangers ne parlant que la langue de leur pays : Espagnols, Gaulois, Germains, Grecs, Égyptiens, Nubiens. Il découvrit que ce n'était pas un hasard. La révolte de Spartacus avait réussi en partie parce que la grande majorité des gladiateurs de sa caserne étaient thraces, comme lui. Depuis, les lanistes veillaient à mélanger les nationalités, pour éviter les ententes et les complots.

Au milieu de tous les champions qui s'entraînaient

ferme, Cycnus continuait à répéter sa mort dans l'arène. On le voyait s'asseoir, placer sa main droite sur le sol et prendre la pose du voyageur épuisé, qui s'est assis dans l'herbe et qu'une trop grande fatigue empêche de se relever... À la caserne, tout le monde l'aimait un peu comme un fils ou un jeune frère, et il était choyé de tous. Il était convoité aussi. Chacun rêvait d'être son adversaire, ce qui serait la promesse d'une victoire assurée. Ciriacus se servait de lui pour renforcer l'émulation. Il avait annoncé que celui qui s'entraînerait avec le plus de fougue aurait le droit de combattre contre Cycnus et cela avait eu un effet certain sur l'ardeur des hommes.

Dans le quadrilatère du portique, un seul endroit restait obstinément inaccessible à Flaminius : le côté des femmes. Messor avait raison : il était absolument impossible d'en approcher. Mirmilla défendait son territoire comme une tigresse. Quiconque avançait trop près recevait une volée de son épée de bois et, comme elle était la protégée du laniste, personne n'insistait.

Flaminius se contentait donc d'observer de loin les combattantes. À la différence des hommes, qui étaient torse nu, elles portaient une courte jaquette qui dissimulait leur poitrine. Leur vision le mettait mal à l'aise, le choquait même. Quel plaisir pouvait-on trouver à ce genre d'exhibition ? L'une d'elles était défigurée par une vilaine cicatrice qui lui barrait la joue et toutes avaient, en raison de l'exercice quotidien auquel elles étaient soumises, des épaules et des bras de lutteur. Seule, il est vrai, Mirmilla avait gardé une silhouette féminine. Avec son extraordinaire chevelure, elle avait même un charme certain. Titus Flaminius, grand amateur de femmes, ne pouvait s'empêcher de s'avouer que, s'il n'avait pas su qui elle était, il aurait été vivement attiré par elle...

Parmi les plus extraordinaires personnages qu'il rencontra à la caserne, figurait Longius, le masseur. De petite taille, très brun, musclé, il présentait la particularité d'être aveugle. Il connaissait admirablement son art et, lorsqu'on sortait de ses mains, on se sentait revivre.

Le massage chez Longius était un moment privilégié attendu par tous, car celui-ci ne se contentait pas de s'occuper des corps. Comme il le disait lui-même, il était aussi le masseur des âmes. De cœur, il était du côté des gladiateurs, d'ailleurs, il en était un. Il était devenu aveugle à la suite d'un combat. Ciriacus l'avait gardé par charité et parce que son masseur venait de le quitter. Mais il ne lui avait pas accordé sa liberté, il restait esclave. Il partageait le sort des gladiateurs et il se donnait tout entier à eux.

Longius avait une voix très douce. Il inspirait confiance à tous, il savait écouter et trouver le mot que chacun attendait. Sa cécité lui donnait une sagesse, une sérénité qui avaient quelque chose de miraculeux dans cet univers de violence. Tout en apaisant les muscles douloureux, il engageait les uns et les autres à espérer.

Longius avait, en tant qu'aveugle, un penchant naturel pour les andabates. Flaminius fut surpris de l'accueil chaleureux qu'il reçut de lui. Mais, pour des raisons de prudence, il resta sur la réserve. Il s'était promis, en arrivant dans la caserne, de parler le moins possible. Longius en parut déçu, mais n'insista pas. Il lui dit seulement qu'il prierait pour lui Minerve, sa déesse de prédilection. Il y avait, en effet, une statuette de Minerve dans la salle de massage. Flaminius, qui rendait lui-même un culte à Hercule et à Mars, avait été surpris lorsqu'il l'avait découverte, mais il ne lui avait posé aucune question à ce sujet...

Car avant tout comptait sa mission : découvrir le Grand Maître des Vieux Campaniens. Malheureusement, de ce côté, il n'avançait pas. Sa première tâche avait été d'échanger quelques mots avec les uns et les autres pour tenter de reconnaître la voix entendue dans le Vésuve. Il avait pu s'entretenir avec tout le monde, sauf avec les gladiatrices, mais cela ne l'avait mené à rien. La voix était décidément trop déformée pour être identifiable. Alors, il avait essayé d'observer ceux qui l'entouraient pour surprendre quelque indice, mais, là encore, sans résultat. Ciriacus, Charon et Mercure étaient sans conteste les personnages les plus déplaisants, mais cela ne voulait pas dire que l'un d'eux était celui qu'il cherchait. Tour à tour, il suspecta le médecin, l'armurier, les entraîneurs des divers groupes de gladiateurs, mais rien ne vint confirmer ou infirmer ses soupçons.

Calvus, le cuisinier, fut sans doute celui qu'il surveilla le plus et pour une raison bien précise : alors que Ciriacus et son personnel sortaient très peu de la caserne, lui était toujours dehors pour s'approvisionner. En profitait-il pour avoir des contacts, donner des ordres ? En prenant de grands risques, Titus sortit un jour à sa suite. Mais il ne découvrit rien de particulier. Calvus allait passer ses commandes au macellum, le marché couvert de la ville. Il ne parlait qu'avec des commerçants. Il n'y avait rien de spécial dans son attitude...

Si Calvus s'absentait souvent, il rentrait toujours et c'était là un élément d'importance. Car la mission de Flaminius ne consistait pas seulement à découvrir le Grand Maître, elle était aussi de s'assurer qu'il était toujours là. Les paroles de celui-ci à la cérémonie de Bellone étaient absolument claires : il irait lui-même à Rome donner le signal de l'incendie. Cela voulait dire que tant que personne ne manquait à la caserne, il n'y avait rien à craindre. Tous les matins, Titus Flaminius explorait les lieux en long et en large, craignant de constater une absence, mais à son grand soulagement il n'en fut rien...

Il prit même d'autres risques : il fit aussi des

recherches la nuit. Il attendait que Faventinus se soit endormi et parcourait la caserne. Il allait, en particulier, à l'étage où se trouvaient l'appartement de Ciriacus et les logements de Mirmilla et des gladiatrices. La chose était particulièrement risquée, car il n'aurait pu prétendre, s'il avait été surpris, se rendre aux latrines, qui se situaient au rez-de-chaussée. D'autant que Charon et Mercure effectuaient régulièrement des rondes.

Il ne découvrit rien à l'étage, mais il fit une étrange rencontre. Alors qu'il se cachait pour ne pas se faire prendre par les jumeaux qu'il venait d'apercevoir au loin, il vit une ombre s'enfuir en silence. Il n'eut pas le temps de la reconnaître, mais demeura longtemps perplexe. De qui pouvait-il bien s'agir ? Ciriacus ou l'un de ses hommes ne se serait pas enfui. C'était quelqu'un qui, comme lui, observait, épiait... Pourquoi ? Que cherchait-il ? Le mystère était entier...

Il n'avait donc rien à dire à Stilicia lors de leurs rencontres régulières, si ce n'est que le Grand Maître, toujours inconnu, n'était pas parti. Ces moments étaient un véritable supplice pour l'irréprochable veuve, d'autant qu'elle rencontrait souvent une de ses connaissances qui venait pour de semblables rendez-vous avec Scylax, le colosse noir... Titus et elle s'enfermaient dans la chambre de ce dernier et ils parlaient de choses et d'autres, en attendant que s'écoule le temps nécessaire à ce qui aurait dû être leurs ébats.

Faventinus, prévenu, s'abstenait de venir. Ciriacus, lui, fermait les yeux, comme il avait l'habitude de le faire en pareil cas. Il s'agissait de grandes dames et il avait intérêt à les ménager.

Le temps passait... Titus Flaminius découvrait chaque jour davantage à quel point il s'était trompé. Il avait cru que les gladiateurs étaient des monstres et il constatait qu'ils étaient des hommes. Certes, il y avait parmi eux des machines à tuer, comme Scylax ou Mirmilla, mais il y en avait tant d'autres dont le sort le bouleversait : Faventinus et son histoire d'amour ; Cycnus, l'enfant promis à la mort ; Longius le sage ; Messor, devenu son inséparable ami... Un jour, ce dernier lui avait parlé de la petite propriété qu'il achèterait bientôt sur les pentes du Vésuve. Il lui avait tout décrit : les pièces, les champs alentour, les arbres... Ils étaient au milieu du terrain d'entraînement. Flaminius regardait, tandis qu'il parlait, le volcan qui dressait sa fière silhouette sur le ciel bleu. Mais il était si loin ! Il était dans le pays des hommes libres, alors qu'ils étaient tous dans un autre univers : celui de ceux qui vont mourir.

10

Le gladiateur sans passe

Une nouvelle année avait commencé, on était au milieu du mois de janvier et celui qui se faisait appeler Flamma était à la caserne depuis trois mois, lorsque se produisit un événement qui allait avoir de multiples conséquences... Il était à l'entraînement, qu'il pratiquait comme d'habitude seul face à un poteau. En raison de fortes pluies, le sol était boueux. Il glissa et tomba si malencontreusement, la tête en avant, qu'il heurta le poteau et resta inanimé.

Aussitôt prévenu, Hermogène pansa sa plaie. Ciriacus, alerté à son tour, accourut immédiatement, abandonnant tout le reste. Ce n'était pas par compassion, mais par inquiétude personnelle. Les gladiateurs coûtaient cher et, de plus, il était impossible de former un nouvel andabate d'ici au jour du combat... Lorsqu'il arriva, Flamma était toujours inanimé sur le sol. Il interrogea son médecin avec une réelle anxiété.

— Est-ce grave ?

— Je ne sais pas. Cela a l'air sérieux. Il faut attendre.

Le blessé ouvrit les yeux à ce moment-là. Le laniste poussa un soupir de soulagement et s'adressa à lui d'un ton bourru :

— Alors, Flamma, comment as-tu fait ton compte ?

L'intéressé ne répondit pas. Il promena quelque temps autour de lui un regard inexpressif et finit par dire :

— Qui est Flamma ?

— Mais c'est toi !...

Hermogène intervint :

— Il a perdu la mémoire. C'est fréquent après un coup à la tête. Mais cela revient très vite. Je vais lui donner ce qu'il faut.

Le médecin lui fit avaler peu après un breuvage de sa composition, fait à base d'herbes, qui était, paraît-il, souverain pour ce genre d'affection, mais il n'eut pas l'effet escompté. Après quelques jours de convalescence, le blessé fut sur pied, il retrouva l'usage de ses facultés, il fut tout à fait comme avant, à une seule exception près : sa mémoire.

Les jours passèrent encore et rien n'y fit. Titus Flaminius n'avait pas le moindre souvenir de qui il était ni de la raison pour laquelle il se trouvait là. Tout le monde lui disait qu'il était Flamma, il conclut donc qu'il était Flamma et il se remit à taper sur le poteau en frappant à deux mains de son épée de bois.

Le plus extraordinaire fut la solidarité qui se créa spontanément autour de lui. Dans le quadrilatère du portique, il était constamment entouré. Chacun quittait son groupe à un moment ou à un autre pour lui dire un mot d'encouragement. Il reçut, bien sûr, le sobriquet de l'Amnésique et devint l'une des figures les plus populaires de la caserne. La raison de cette sympathie était toute simple : on l'enviait.

Faventinus lui répétait, le soir dans la chambre :

— Donne-moi ton mal, Flamma ! Explique-moi comment tu as fait, que je cesse de pleurer en pensant à Aurelia et de me demander mille fois par jour si elle est morte ou vivante.

L'ancien jardinier passa même à l'action. Après avoir repéré exactement où son compagnon avait été touché, il se frappa lui-même de toutes ses forces au même endroit avec son épée. Mais il n'y gagna qu'un violent mal de crâne qui dura plusieurs jours...

Messor, avec lequel le blessé avait renoué spontanément des liens amicaux, ne lui disait pas autre chose :

— Ne retrouve pas la mémoire, Flamma. En te la

prenant, les dieux t'ont fait le plus beau des cadeaux. Qu'est-ce que la mémoire d'un gladiateur ? Une famille, un pays qu'on ne reverra plus, des malheurs qu'on ne peut pas oublier. L'amnésie, c'est presque aussi beau que la liberté !...

Pour Stilicia, l'accident de Titus Flaminius fut, au contraire, une véritable catastrophe. La première fois qu'elle revint pour leur entretien, elle fut frappée par son air absent et son manque absolu de réaction en la voyant. Lui, de son côté, se demandait ce que pouvait lui vouloir cette patricienne entre deux âges qui souhaitait qu'il la rejoigne dans sa propre chambre.

Lorsqu'ils furent seuls, elle attendit qu'il parle et il lui posa cette question ahurissante :

— Qui es-tu ?

Stilicia comprit dans quelles conditions Flaminius avait perdu la mémoire, car l'hématome était encore bien visible sur son crâne. Elle employa tous les moyens possibles pour déclencher l'étincelle qui lui rendrait ses souvenirs :

— Tu t'appelles Titus Flaminius. Ce nom ne te dit rien ?

— Non. Et ce n'est pas le mien, je m'appelle Flamma.

— Tu t'appelles Flaminius. Tu appartiens à une illustre famille. Un cirque et une voie romaine portent ton nom.

— Si c'était vrai, pourquoi serais-je ici ?

— Pour sauver Rome ! Rome va brûler, tu n'as vraiment aucun souvenir ?

— Je ne comprends rien à ce que tu me dis !

— Et les Vieux Campaniens, cela ne te dit rien non plus ? Le Grand Maître des Vieux Campaniens...

— Je suis désolé.

— Et Palinure ? et Brutus ? Ton meilleur ami s'appelle Brutus...

— Mon meilleur ami s'appelle Messor. Qui est ce Brutus ? Je ne le connais pas. Est-il ici ?

— Il est à Rome...

Stilicia voyait Titus Flaminius la dévisager avec un sourire poli. Visiblement, il la prenait pour une folle et ne voulait pas la contrarier... Elle fut prise d'une impulsion. Elle lui demanda de ne pas bouger et courut trouver Babrius, l'armurier. Le convaincre de lui prêter l'épée de Flamma, ne serait-ce que pour un instant, ne fut pas facile. Elle dut, pour cela, se défaire de son bracelet en or. Mais, en revenant dans la chambre avec l'arme, elle avait un fol espoir. Peut-être la vision de cet objet qui comptait tant pour lui produirait-elle le choc qu'elle attendait... Elle le brandit sous ses yeux et se retint de pleurer : Flaminius fixait le glaive avec autant d'indifférence que si c'était un morceau de bois.

— Tu ne le reconnais pas ?

— Je devrais ?

— C'était le glaive de ton père.

— Qui est mon père ?

— Il s'appelait Quintus Flaminius. Il est mort en combattant Spartacus.

— Il était gladiateur ?...

C'en était trop ! Stilicia le laissa là et, après avoir rendu l'arme à Babrius, quitta les lieux en courant. Elle était désespérée. Tout était perdu : Rome allait brûler et Titus Flaminius était perdu lui aussi. Titus Flaminius n'existait plus. La caserne s'était refermée sur lui comme les mâchoires d'un piège et le retenait prisonnier. S'il venait à mourir au prochain combat, on écrirait sur sa tombe : « Ci-gît Flamma » !

En sortant de la chambre, Flaminius tomba nez à nez avec Messor et lui fit part de sa stupéfaction :

— Je me demande ce qu'elle me voulait !

Le vieux gladiateur sourit.

— Parce que tu l'as oublié, comme le reste. C'est ta maîtresse...

— Pas du tout. Il n'a pas été question de cela. Elle m'a raconté des histoires absurdes : que je m'appelle Flaminius, que j'ai un cirque et une route à mon nom, que je suis là pour sauver Rome de l'incendie, elle m'a parlé des Vieux Campaniens, d'un Grand Maître. Tu y comprends quelque chose, toi ?

Messor agrippa le bras de son compagnon.

— Je ne comprends pas non plus, mais je n'aime pas cela ! N'en parle à personne, surtout pas à Ciriacus, à Charon et à Mercure. Je crois que ta vie serait en danger... Tu me le promets, Flamma ?

— Je te le promets.

— Et ne revois jamais cette femme !

— Cela aussi, je te le promets. Je n'en avais d'ailleurs aucune envie...

La blessure de Flaminius eut une autre conséquence. Longius, le masseur, qui avait éprouvé dès le premier abord une sympathie spontanée pour lui, se sentit encore plus proche de lui. Il le lui dit dès qu'il le revit :

— Nous voilà infirmes tous les deux. Toi, tu as perdu ta mémoire, et moi, mes yeux. Je voudrais faire quelque chose pour toi, Flamma.

— Quoi donc ?

— Te parler de Minerve. Tu sais que je lui rends un culte. Toi, tu préfères Mars et Hercule. Mais Minerve est la sagesse guerrière et, quand elle s'est affrontée sur le champ de bataille avec Mars, elle l'a toujours emporté. La sagesse est supérieure à la force.

Subitement intéressé, Titus Flaminius se mit à écouter attentivement. Longius poursuivit :

— Je crois que je peux t'aider, Flamma. Je suis aveugle et, pour bien se battre en andabate, il faut se comporter en aveugle.

— Ce n'est pas vrai. Le combat dure très peu de temps. C'est une question de chance, de hasard.

— C'est ce que pensent ceux qui préfèrent Mars

à Minerve, ceux qui se lancent à l'assaut comme des forcenés. Mais si tu fais de grands moulinets, tu t'épuises très vite. Il suffit à l'autre de reculer, d'attendre et de frapper au bon endroit.

— Comment, puisqu'il ne voit rien ?

— L'andabate n'a pas d'yeux, mais l'ouïe peut remplacer la vue.

— Qu'est-ce qu'on peut entendre dans l'arène ? Il y a les cris du public et des autres gladiateurs, la musique de l'orchestre.

— L'oreille est curieusement faite. Elle permet de capter le son qu'on désire percevoir au milieu du pire vacarme. Avec un peu d'entraînement, tu parviendras à localiser parfaitement ton adversaire, tu entendras le bruit de ses pas et même sa respiration.

— Je ne peux pas te croire.

— Je suis aveugle, Flamma. En ce moment, j'entends distinctement ta respiration, malgré le son de ma voix, malgré les bruits du dehors. Deviens aveugle, toi aussi !

— Qu'est-ce que tu veux dire ?

— Je ne te demande pas de te crever les yeux, mais simplement de mettre ton casque. Tu verras que tout changera. Je suis même prêt à t'entraîner. Pas dans la journée, j'ai mon travail et Ciriacus ne le permettrait pas, mais la nuit, une heure quotidiennement, avant le lever du soleil...

Titus Flaminius accepta la proposition du masseur.

Malgré sa répugnance, il se contraignit à mettre son casque et tout changea, effectivement. Dans le noir qui l'environnait, les autres sens que la vue se développaient d'une manière prodigieuse. Le matin, il rejoignait Longius pour une séance d'escrime avec lui. Et c'était vrai, il arrivait à le localiser presque aussi bien que s'il l'avait vu, il l'entendait presque respirer... Par souci de justice, il proposa à Faventinus de suivre l'entraînement avec lui, mais celui-ci refusa. Mettre le casque lui faisait horreur. Il préférait continuer de la même manière, en force. C'est ainsi qu'il avait gagné son premier combat et il ne voulait rien changer...

La dernière conséquence de l'amnésie de Titus Flaminius fut la plus inattendue de toutes : elle concernait Mirmilla.

L'une des choses qui l'avaient le plus étonné depuis qu'il avait perdu sa mémoire était la présence des gladiatrices. Comme pour le reste, il s'était renseigné auprès de ses compagnons, qui avaient répondu à ses questions en lui précisant qu'il était interdit d'approcher d'elles. Mais cela n'avait pas satisfait sa curiosité, bien au contraire. Il ne pouvait s'empêcher, tout en se livrant à son entraînement dans le quadrilatère, qui avait moins d'importance à présent que son véritable apprentissage se faisait avec Longius, de regarder de longs moments dans leur direction.

Mirmilla le fascinait surtout. D'abord, elle était jolie, très jolie même, à la différence des autres, qui étaient bâties comme des hommes. Et surtout, sa flamboyante chevelure l'attirait irrésistiblement. Flamma, puisque c'était ainsi qu'il s'appelait, était un homme à femmes, il le sentait. Durant son passé qui lui échappait irrémédiablement, il avait dû avoir de nombreuses aventures féminines et il sentait aussi qu'aucune rousse n'avait dû faire partie de ses conquêtes. Cette couleur avait pour lui l'attrait irrésistible de l'inédit.

Il y avait aussi la personnalité de la jeune femme. Qui était Mirmilla ? Quelle mystérieuse inclination de sa nature, quel événement de sa destinée l'avaient conduite à se livrer à une activité aussi peu féminine ? La question ne se posait pas pour les autres filles, qui n'avaient pas eu le choix. C'étaient des esclaves, comme lui, comme eux tous, mais Mirmilla, de même que les autres entraîneurs, était de naissance libre, et pourtant elle était là... Bref, la gladiatrice rousse lui inspirait une vive attirance, faite à la fois de curiosité et de désir, et, un jour, malgré les mises en garde, il se décida à franchir le pas. Il abandonna son épée de bois et son poteau et se dirigea résolument vers le côté des femmes, interdit au reste de la troupe.

En le voyant s'approcher, Mirmilla se précipita, l'épée brandie. Avec la couleur fauve de sa chevelure, elle avait tout d'un animal sauvage. Ses yeux étincelèrent.

— Va-t'en ! J'interdis qu'on tourne autour de mes filles !

— Ce n'est pas autour d'elles que je tourne, mais de toi.

Une réponse aussi directe, prononcée, de plus, avec un calme déconcertant, eut le don de désarmer un instant la jeune femme. Flaminius exploita cet avantage :

— Je veux parler avec toi, Mirmilla. Je t'assure, uniquement parler...

La gladiatrice se ressaisit, mais son ton était nettement moins agressif :

— Tout le monde sait ce qui t'est arrivé, Flamma. N'en profite pas. Retourne t'entraîner.

Titus Flaminius n'insista pas, mais, une fois revenu à sa place, il ne cessa d'observer le groupe des combattantes et il put voir à plusieurs reprises Mirmilla jeter un regard dans sa direction... Il connaissait admirablement les femmes – cela aussi était une partie de lui-même qu'il découvrait – et il avait la certitude qu'il avait réussi à la toucher. Elle n'était pas séduite et encore moins conquise, mais elle était touchée...

Titus Flaminius ne se trompait pas. Il s'était bien passé, ce jour-là, quelque chose entre Mirmilla et lui. Mais cela n'aurait sans doute pas eu de suite, s'il ne s'était produit, peu de temps après, un grave incident.

Dans le monde à part des gladiatrices, il y avait une

hiérarchie. Les deux anciennes, Amazon et Achilia, combattaient en mirmillons. Elles avaient toutes les deux éliminé au précédent combat leurs adversaires, qui avaient été remplacées par de nouvelles venues, Dira et Lachesis. Celles-ci combattaient en rétiaires. Les anciennes étaient évidemment meilleures et les novices s'entraînaient ferme pour avoir des chances au mois d'avril prochain.

Il y avait également une hiérarchie dans le cœur de Mirmilla. Toutes les filles étaient ses maîtresses. Elles étaient esclaves et cela faisait partie de leurs obligations, mais seules les deux anciennes comptaient vraiment, Achilia surtout. Pourtant, celle-ci était loin d'être la plus jolie : un coup de trident lui avait largement balafré la joue droite.

Les gladiatrices bénéficiaient d'un traitement privilégié à la caserne : leurs cellules, au lieu d'être faites pour deux personnes, étaient individuelles. Mirmilla avait exigé qu'il en soit ainsi, car pour rien au monde elle n'aurait laissé ses filles coucher ensemble. Cette nuit-là, elle se réveilla avec un brusque désir d'avoir Amazon près d'elle et alla dans sa chambre. Elle ouvrit la porte et se figea sur le seuil. Amazon et Achilia étaient en train de faire l'amour !

Les cris de Mirmilla s'entendirent à tout l'étage. Folle furieuse, elle roua de coups les deux coupables, qui, terrorisées, se protégeaient de leur mieux, sans oser répliquer. Puis sa fureur tomba d'un coup et elle leur déclara d'un ton glacial :

— Vous combattrez ensemble !

Un grand silence suivit cette phrase. Puis Amazon objecta d'une voix mal assurée :

— Ce n'est pas possible. Dira et Lachesis sont rétiaires et les rétiaires ne peuvent pas s'affronter.

— Lachesis peut parfaitement se battre en mirmillon. Dès demain, elle s'entraînera pour cela.

Achilia, le temps de la surprise et de la frayeur passé, décida de faire face :

— Je l'aime et elle m'aime ! Tu n'y peux rien. Et nous ne mourrons pas dans l'arène. La perdante sera graciée, le public gracie toujours les gladiatrices.

Mirmilla eut un sourire haineux.

— Crois-tu cela ? Je demanderai à Ciriacus pour vous un combat sans merci. Et je l'aurai. Il m'accorde tout ce que je lui demande.

Amazon et Achilia poussèrent un cri d'horreur. Au cours des jeux, il y avait toujours un ou deux combats où le public n'était pas autorisé à décider du sort du vaincu en levant ou en baissant le pouce, et où le vaincu était obligatoirement achevé. C'était destiné à rompre la monotonie du spectacle et toujours apprécié... Amazon et Achilia se mirent à gémir, à pleurer, à se jeter aux genoux de Mirmilla. Mais leurs supplications et leurs larmes n'eurent aucun effet. Au contraire, celle-ci apporta un raffinement supplémentaire à sa vengeance :

— À partir de maintenant, cette chambre restera la vôtre. Aimez-vous tant que vous voudrez et n'oubliez pas que l'une de vous deux tuera forcément l'autre. Aimez-vous, Amazon et Achilia ! C'est moi qui vous le demande. Plus vous vous aimerez, plus vous souffrirez à ce moment-là !...

Le lendemain, pour la première fois, Mirmilla n'était pas à l'entraînement. Titus Flaminius comprit tout de suite qu'il s'était passé quelque chose, d'autant que les quatre autres gladiatrices avaient l'air de se trouver dans un état second... Depuis son amnésie, il bénéficiait d'une plus grande indulgence que tout le monde. Il alla dire au laniste qu'il avait mal à la tête et lui demanda la permission de se reposer dans sa chambre. Il l'obtint et, dès qu'il fut dans la galerie du portique, il gagna sans se faire remarquer le premier étage.

Mirmilla était dans sa chambre. La porte était ouverte, elle pleurait, prostrée sur son lit. Il entra, pensant qu'elle allait le chasser, mais elle n'eut pas de réaction. Il s'assit près d'elle.

— Je sais ce que je voulais savoir, Mirmilla : tu as un cœur.

Elle recula et secoua violemment sa chevelure rousse.

— Laisse-moi ! Tu es comme tous les autres, comme tous les hommes ! Je te hais !

— Je ne suis pas comme les autres. Je n'ai pas de passé. Ma vie a commencé il y a quelques jours...

Mirmilla se figea. Elle le regarda, l'air surpris et ému.

— Je ne sais pas ce que c'est que le mal, Mirmilla. Peut-être en ai-je commis, mais il ne m'appartient plus. Qu'as-tu à craindre de moi ?

Elle semblait de plus en plus émue. Elle lui demanda d'une voix mal assurée :

— Que me veux-tu ?

— Je te l'ai dit, te parler. Je ne sais pas pourquoi tu souffres, mais je sais une chose : tu es seule et tu ne peux te confier à personne. Je crois que tu as toujours été seule...

La gladiatrice était restée assise à côté de lui. Il se rapprocha très légèrement d'elle, sans faire de geste, mais leurs corps entrèrent ainsi en contact. Il s'attendait à ce qu'elle bondisse, elle eut, au contraire, un tressaillement et un grand cri :

— Flamma !

Dans un élan de tout son être, elle se jeta contre sa poitrine. Il la prit dans ses bras et caressa interminablement ses cheveux roux. Elle pleurait doucement. Avec la même douceur, il défit la courte tunique qui lui protégeait le torse, l'allongea auprès de lui et, là, tandis que les autres étaient à l'entraînement dans le quadrilatère de la caserne, ils devinrent amants...

À partir de ce moment, à la surprise générale, Titus Flaminius partagea le lit de Mirmilla. Cette extraordinaire faveur lui valut un traitement encore plus privilégié. Ciriacus le laissait à peu près tout faire à sa guise, Charon et Mercure lui manifestaient même un certain respect.

Flaminius sentait bien que la gladiatrice avait un secret qui était l'explication de tout, il se garda pourtant de la questionner. Il savait qu'elle parlerait, mais il fallait que ce soit au moment voulu, quand elle serait prête.

Le moment arriva une nuit où ils gisaient, épuisés, après l'amour. Elle poussa un grand soupir.

— Je t'envie, Flamma !

— Je sais. Tout le monde m'envie.

— Mais moi plus que les autres, car personne n'a vécu ce que j'ai vécu...

Et Mirmilla révéla à Flaminius son terrible secret... C'était au début de la révolte des gladiateurs. Elle avait onze ans, les soldats de Spartacus avaient attaqué la demeure de ses parents. Ils avaient été tués sous ses yeux, de même que ses frères. Elle-même avait eu la vie sauve, mais elle avait été abominablement violée.

Elle était partie droit devant elle. Elle avait erré dans la campagne et elle serait sans doute morte d'une manière ou d'une autre, si elle n'avait été recueillie par un groupe d'hommes, qui lui manifestèrent immédiatement les plus extraordinaires égards et même de la vénération. Ils disaient s'appeler les Vieux Campaniens...

Flaminius sursauta.

— Les Vieux Campaniens ?

— Tu les connais ?

Il ne les connaissait pas, mais il n'avait pas oublié les propos étranges que cette femme lui avait tenus dans sa chambre. Il se souvenait également des paroles de Messor : il ne devait parler de cela à personne. Normalement, il n'avait pas de raison de se méfier de Mirmilla, mais il préféra suivre le conseil de son vieil ami.

— Non. Qui est-ce ?

— Une association pour restaurer les antiques traditions campaniennes. Or la déesse qu'ils adorent est une femme guerrière aux cheveux roux. Depuis ce jour, je suis devenue Mirmilla, la gladiatrice, et ils ont fait de moi leur divinité vivante.

La jeune femme lui jeta un regard douloureux dans la pénombre de la chambre.

— Maintenant, mon sort pourrait paraître enviable, surtout en comparaison du tien et de celui des gladiateurs, mais je ne suis pas heureuse. Au fond de moi, il y a quelque chose de violent. Je n'aime qu'une chose : me battre !...

Mirmilla se tut. Elle garda un long silence, qu'il respecta, et elle poursuivit d'un ton différent, plus calme, mais tout aussi ému :

— Enfin, tout cela c'était avant... Car tu es en train de tout changer.

— Qu'est-ce que j'ai changé ?

— Tu m'as désarmée...

Elle se blottit contre lui.

— Tu m'as fait capituler, Flamma. Je ne pensais pas que cela pourrait arriver. Mais comment pourrais-je te combattre ? Tu ne m'as rien fait, tu n'as rien fait à personne. Tu es comme un enfant dans un corps d'homme.

Il y eut un long silence et, enfin, la gladiatrice prononça d'une voix tremblante :

— Je t'aime, Flamma.

Il y eut un nouveau silence, pendant lequel elle attendit une réponse, mais Flaminius se contenta de soupirer.

— Tu ne m'aimes pas ?

— Je ne sais pas... Il y a eu un tel bouleversement en moi. Tout est si neuf. Je crois que je ne sais pas ce que c'est qu'aimer... Mais je te jure de tout faire pour que tu oublies ton passé.

Mirmilla se serra encore plus fort contre lui.

— Tu es le seul à qui j'aie fait confiance. Ne me trahis pas. Ne me fais pas de mal !

— Je n'ai pas de raison de te faire du mal. Tu n'es pas mon ennemie.

— Tu as une telle assurance ! Tu as dû connaître tant d'autres femmes avant moi et les abandonner.

— Quelles femmes ? Tu es la première...

Après cette nuit-là, elle ne lui reparla plus jamais de ses sentiments, mais il était visible que, plus le temps passait, plus elle était éprise. À l'entraînement, dans la cour de la caserne, elle ne pouvait s'empêcher de regarder dans sa direction, au détriment de l'instruction de ses gladiatrices. Il lui arrivait de sourire et même de rire sans raison. Elle était métamorphosée.

Quant à Titus Flaminius, il avait dit la vérité : le bouleversement qui s'était produit en lui était trop grand pour qu'il puisse dire quels étaient ses sentiments. La seule chose certaine, c'est que, depuis que Mirmilla lui avait confié son secret, il se sentait infiniment plus proche d'elle. Elle n'était plus cet être étrange, cette énigme vivante qu'elle était pour lui avant. Elle était devenue touchante, fragile, il avait envie de la protéger...

Pendant ce temps, Stilicia vivait des moments affreux. Titus Flaminius avait refusé de la revoir, mais elle se rendait quand même à la caserne. Prenant tous les risques et compromettant encore plus sa réputation, elle avait décidé de continuer la mission à sa place. Car elle n'oubliait pas le sort de Rome et il était impératif de surveiller tous les occupants de la caserne pour s'assurer qu'aucun ne la quittait. Elle feignit donc de chercher un autre amant pour remplacer Flamma, momentanément ou définitivement indisponible. Elle fit des allées et venues parmi les uns et les autres, constatant avec soulagement que, pour l'instant, personne ne manquait...

Survint alors un nouveau coup de théâtre. De plus en plus amoureuse, Mirmilla ne supportait plus la présence à la caserne de celle qu'elle prenait pour sa rivale et, un jour que Stilicia regardait les gladiateurs s'entraîner, elle se jeta sur elle comme une furie.

— Va-t'en ! Tu es la maîtresse de Flamma, va-t'en !

Stilicia ne pouvait nier ce qui devait passer pour la vérité aux yeux de tout le monde.

— Je ne le suis plus. Je cherche quelqu'un d'autre, tu vois bien...

— Tu l'as été. Cela me suffit. Va-t'en ! Et, si tu reviens, je te tue !

Sachant qui était Mirmilla, Stilicia ne pouvait pas prendre cette menace à la légère. Elle n'avait pas d'autre choix que de quitter la caserne.

Lorsqu'elle fut dehors, elle ne put retenir ses larmes. La situation paraissait désespérée... Titus Flaminius n'était plus qu'un gladiateur sans passé, qui mourrait vraisemblablement à son prochain combat, et le Grand Maître allait partir d'un jour à l'autre pour Rome, afin de donner le signal du grand incendie.

11

Le munerator

La mémoire revint brutalement à Titus Flaminius à la fin du mois de février. Il était en train de s'entraîner en frappant contre le poteau avec son épée de bois, lorsqu'il vit un gladiateur venir vers lui et lui lancer :

— Ça va, l'Amnésique ?

Il tomba des nues.

— Qu'est-ce qu'il te prend de m'appeler ainsi ?

L'autre eut un grand rire et lui donna une bourrade dans le dos.

— Eh bien, ça ne s'arrange pas. Maintenant, tu oublies même que tu es amnésique !

Flaminius s'apprêtait à interpeller Faventinus, qui

s'exerçait à côté, pour lui demander ce qu'il pensait de l'incident, lorsque retentit en lui comme une sonnerie d'alarme... Le sol ! L'instant d'avant, il était tout gluant, il pestait contre la boue qui collait à ses sandales et à ses jambes, et voilà qu'il était devenu parfaitement sec ! Il était même poussiéreux et il n'avait pas la moindre trace de boue sur lui. Il ne comprenait rien, il se rendait compte seulement qu'il se passait quelque chose et il savait qu'en raison de sa mission à la caserne il devait se montrer extrêmement prudent.

Il était là, les bras ballants, l'air abasourdi, lorsque Ciriacus passa devant lui, accompagné de Charon et de Mercure.

— Tu ne te sens pas bien, Flamma ? Si tu veux, va te reposer dans ta chambre.

Il avait dit cela d'une voix incroyablement prévenante et les frères jumeaux n'avaient pas cet air mauvais qui ne les quittait jamais. Ils le regardaient de manière attentive, comme s'ils approuvaient les paroles du laniste et se faisaient du souci pour lui. Il posa son épée et prit la direction de sa cellule. Décidément, il était arrivé quelque chose d'extraordinaire ! Il avait besoin de réfléchir, d'y voir clair.

Ce fut lorsqu'il traversa le quadrilatère que le plus incroyable arriva. Pour regagner sa chambre, il devait passer à proximité de l'endroit où les gladiatrices s'entraînaient. Perdu qu'il était dans ses pensées, il se heurta presque à elles. Mirmilla vint vers lui. Il battit en retraite, se préparant à prononcer ses plus plates excuses, quand il se rendit compte de quelque chose d'ahurissant : elle lui souriait !

— C'est gentil de venir me voir, Flamma. Mais attends ce soir.

— Ce soir ?

— Ce soir, dans ma chambre.

— Mais pour quoi faire ?

Elle le regarda avec surprise, puis éclata de rire.

— Pour faire l'amour, idiot ! Ne me dis pas qu'en plus d'avoir perdu la mémoire, tu as perdu la raison...

Ce fut dans un état second que Titus Flaminius rejoignit sa cellule et entreprit de mettre de l'ordre dans cette avalanche de révélations... Il eut la chance de comprendre rapidement. Pour une raison qu'il ignorait, il avait perdu la mémoire pendant un temps indéterminé, mais sans doute assez long, car il avait pu, durant ce délai, obtenir les faveurs de Mirmilla.

Il tenta de se remémorer la manière dont cela s'était produit, mais il dut y renoncer : il n'en avait pas le moindre souvenir. Entre le moment où il s'entraînait dans la boue et celui où il s'était retrouvé au même endroit sur un sol sec, il n'y avait qu'un grand trou noir. Il remit ce genre d'interrogation à plus tard. Dans l'immédiat, il devait décider de ce qu'il allait faire et sa résolution fut vite prise. Le fait de coucher avec la gladiatrice était un avantage essentiel pour sa mission. Il fallait continuer à jouer le jeu. Il ne dirait rien ni à elle ni à personne, il ferait semblant d'être toujours amnésique...

Il regagna donc sa place à l'entraînement. Le reste de la journée, il se força à parler le moins possible pour ne pas commettre d'impair et, le soir, assez peu rassuré malgré tout, il monta à l'étage pour se rendre dans la chambre de Mirmilla. Mais elle était bien là et lui tendit les bras quand elle le vit.

Dire que partager son lit fut désagréable serait mentir. Il ne comprenait pas comment il avait eu l'audace d'entreprendre sa conquête et moins encore pourquoi elle avait cédé, mais une chose était certaine : leurs étreintes étaient merveilleuses et elle se comportait en amoureuse ardente. Elle semblait même folle de lui.

Vers la fin de la nuit, une nouvelle surprise l'attendait. Elle le réveilla tendrement, le couvrant de baisers.

— C'est l'heure. Longius t'attend...

Il émergea difficilement de son sommeil. Toutes les émotions de la journée passée l'avaient pour le moins éprouvé. Il prononça avec peine :

— Il m'attend ?... Pourquoi ?

— Eh bien, pour ton entraînement... Je veux que tu t'entraînes. Je ne veux pas que tu meures dans l'arène. Je ne veux pas te perdre. Il ne reste que deux mois !

Deux mois... Tout en descendant l'escalier qui conduisait au rez-de-chaussée, Titus Flaminius tentait d'assimiler l'information que venait de lui donner Mirmilla : cela signifiait qu'on était à la mi-février, son amnésie avait donc duré un mois...

Dans le quadrilatère d'entraînement, Longius avait déjà pris place. Il tenait à la main deux épées de bois et un casque d'andabate, qu'il lui tendit. Flaminius le prit en s'abstenant de poser la moindre question. Il fallait jouer le jeu sans comprendre.

Quand il eut mis le casque, il fut très surpris : contrairement à ce qu'il attendait, il n'éprouvait aucune sensation d'angoisse. Il se sentait même à l'aise dans cet espace clos et confiné. La voix du masseur s'éleva. Il la captait avec une particulière netteté :

— Nous allons continuer la leçon d'hier. Tu vas repérer mon épée au sifflement et parer le coup...

Un bruit léger, mais distinct, lui parvint sur sa gauche, il interposa sa propre épée... Il n'en revenait pas ! Il l'avait parfaitement entendu, il avait même senti le déplacement de l'air sur sa peau. Il percevait ce qui l'entourait presque comme s'il voyait. Pendant son amnésie, Longius avait dû entreprendre de lui enseigner une nouvelle manière de combattre en andabate et, si son esprit n'en avait pas le moindre souvenir, son corps, lui, avait tout retenu. Il n'avait qu'à continuer ainsi jusqu'au moment du combat !...

Les jours suivants, il arriva à reconstituer, par les

réflexions des uns et des autres, la quasi-totalité de ce qui s'était passé durant son amnésie. Il apprit, en particulier, que Mirmilla avait chassé Stilicia de la caserne parce qu'elle en était jalouse. C'était, évidemment, une grave nouvelle : il était maintenant sans le moindre contact avec l'extérieur. Mais il se rassura en constatant que tout le monde était toujours là. Le Grand Maître n'était pas parti, l'irréparable ne s'était pas produit...

Contrairement à ce qu'il avait imaginé, le fait de coucher avec Mirmilla ne constituait nullement un avantage pour sa mission. Cela l'obligea à renoncer aux expéditions nocturnes qu'il entreprenait du temps où il partageait la cellule de Faventinus. Mirmilla avait le sommeil très léger et il aurait dû prendre un trop grand risque.

Mais d'autres que lui hantaient la nuit les couloirs de la caserne : les trois Gaulois, Leo, Ursus et Tigris. Ils avaient formé le projet de s'emparer de leurs armes et de prendre la tête d'un mouvement de rébellion. Pour cela, ils assommèrent Babrius, qui dormait devant l'armurerie. Malheureusement, celui-ci n'était qu'étourdi et donna l'alarme en poussant de grands cris. Charon et Mercure, qui n'étaient pas loin, vinrent lui porter secours, bientôt rejoints par Ciriacus et d'autres. Maîtrisés, les Gaulois furent enfermés dans la prison jusqu'aux prochains jeux qu'ils feraient non pas avec leurs camarades gladiateurs, mais avec les condamnés aux bêtes.

Quand Titus Flaminius apprit la nouvelle, il comprit que c'était l'un d'eux qu'il avait surpris autrefois dans ses propres rondes. Il avait assez mal connu les trois hommes, mais leur sort le bouleversait. Comme les autres, ils étaient ses frères, ses compagnons. La chaleur dont l'entouraient les gladiateurs de la caserne, qui continuaient à le croire amnésique, les phrases touchantes par lesquelles ils lui disaient sa chance d'avoir oublié ses malheurs l'émouvaient chaque jour davantage. Oui, il était des leurs, il était Flamma et il en était fier !

Il n'y eut que le secret de Mirmilla dont il ne retrouva pas le souvenir. Un jour qu'il lui demandait de lui parler de son passé, elle lui répondit assez sèchement qu'elle lui avait déjà tout raconté et qu'elle ne se répéterait pas. Il n'insista pas et, d'ailleurs, il s'en moquait. S'il lui donnait toutes les marques d'affection qu'elle réclamait, il n'éprouvait pas le moindre sentiment à son égard. Pour lui, elle n'était que la tueuse de Rome, l'égérie des Vieux Campaniens, un être fait de brutalité et de perversité. Elle était son ennemie et il n'hésiterait pas à l'abattre le moment venu.

Les ides d'avril étaient largement passées et les jeux de l'amphithéâtre de Pompéi allaient avoir lieu dans trois jours. La tension montait chez « ceux qui vont mourir », comme ils se nommaient eux-mêmes. Avec l'imminence du combat, les rapports étaient devenus trop délicats entre Faventinus et Flaminius. Non seulement ils ne partageaient plus la même chambre, mais, à présent, ils s'évitaient également à l'entraînement.

D'ailleurs, Flaminius avait cessé de frapper avec son épée de bois contre le poteau. Cela ne servait à rien, seules comptaient les leçons de Longius et celles-ci arrivaient à leur terme. Le masseur avait dit à son élève qu'il était fier de lui et qu'il n'avait plus rien à lui apprendre. De fait, Flaminius avait acquis une aisance souveraine dans le combat en aveugle. Son ouïe surentraînée arrivait à localiser parfaitement son adversaire, à capter le bruit de ses pas, le trajet de son arme... Désormais, au lieu de taper sur le poteau, il se promenait dans le quadrilatère avec son casque d'andabate. Il repérait tel ou tel combattant à la voix et s'exerçait à ne pas le perdre du champ de son audition, malgré le bruit environnant.

Il était en train de se livrer à ce genre d'exercice, lorsqu'il entendit une voix familière, celle de Messor :

— Peux-tu retirer ton casque, Flamma ?

Il s'exécuta. Son ami tenait à la main son propre casque, qui était rempli de pièces de monnaie.

— Je fais une collecte pour offrir une tombe à Cycnus. Dessus, on inscrira : « À Cycnus, de la part de toute la caserne. » Je pense que tu voudras bien donner quelque chose.

Titus Flaminius fut pris d'un sursaut douloureux.

— Je reviens...

Il alla dans la chambre de Mirmilla où il gardait le pécule qu'il avait reçu à son engagement, prit les deux cents sesterces et donna toute la somme à Messor.

— C'est très généreux de ta part ! Cycnus sera très touché...

Messor regarda son compagnon et hocha la tête.

— Tu sais que tu as de la chance, Flamma ?

— Parce que j'ai perdu la mémoire ?

— Pas seulement pour cela. C'est demain que le munerator vient à la caserne et Ciriacus va lui annoncer la composition des paires. Alors, on est tous fébriles, tu comprends ? Il n'y a que vous, les andabates, qui sachiez déjà que vous allez vous battre ensemble.

Flaminius eut un sourire amer... La composition des paires, cette loterie cruelle dont le petit Cycnus, à la tombe déjà prête, constituait le premier prix... Même Messor, son cher Messor souhaitait de toutes ses forces, cela se voyait, tomber sur lui. Quand sa propre vie est en jeu, il n'y a plus de pitié, plus d'humanité, plus rien ! Il répondit tout en remettant son casque d'andabate :

— Tu as raison, Messor, j'ai de la chance...

Le lendemain, le munerator, Aulus Nigidius, fit

une entrée remarquée dans la caserne. Le munerator était un riche personnage qui payait de ses deniers les jeux de l'amphithéâtre. Il pouvait s'agir soit d'un magistrat, qui soignait ainsi sa popularité et favorisait sa carrière politique, soit d'un membre d'une grande famille, qui tenait à manifester la hauteur de son rang.

Aulus Nigidius était un grand homme sec, aux cheveux par endroits grisonnants. Dès qu'il l'aperçut à la porte d'entrée, Ciriacus donna l'ordre à ses hommes d'arrêter l'entraînement et les fit ranger en deux files dans le quadrilatère. Il alla à sa rencontre et s'inclina devant lui.

— Je te salue, Nigidius ! Toute ma troupe est profondément honorée de combattre pour toi.

Le munerator ne répondit pas à son salut et ne lui adressa pas un regard. Il examina les gladiateurs les uns après les autres.

— J'espère qu'ils seront dignes de moi. Ils me coûtent une fortune !

— Ce sont les meilleurs, Nigidius. Personne ne sait mieux combattre qu'eux, ni mourir...

— Nous verrons. Quelles paires me proposes-tu ?

Le laniste fit, de nouveau, une courbette servile. Comme tous ses semblables, il était aussi dur avec ses hommes qu'obséquieux avec ceux qui détenaient un tant soit peu de pouvoir.

— Pour commencer, je te suggère le rétiaire Cycnus...

Dans le quadrilatère, la tension était palpable. À part les deux andabates, les autres rétiaires qui ne pouvaient être opposés à leurs semblables et les gladiatrices, tout le monde retenait son souffle.

— ... contre le secutor Scylax.

Ce dernier ne put retenir un cri de joie. Ciriacus se tourna vers lui, lui enjoignant de se taire. Il poursuivit :

— Ensuite, un autre secutor, Troius, contre le Thrace Messor.

Titus Flaminius fut soulagé pour son vieil ami. Troius était un novice acheté à une autre caserne, qui venait d'arriver tout récemment. Visiblement, Ciriacus, tout comme il avait récompensé le colosse noir, s'était montré généreux envers son vétéran. D'ailleurs, jetant un coup d'œil vers Messor, Flaminius constata qu'il arborait un large sourire...

Après la composition des paires, qui fut approuvée par le munerator, y compris le principe d'un combat sans merci entre Amazon et Achilia, eut lieu l'entrée des condamnés et des bêtes. Les uns comme les autres arrivaient dans des cages grillagées tirées par des esclaves ; un peloton de légionnaires escortait celles des condamnés.

Ceux-ci, une cinquantaine d'hommes et quelques femmes, sombres, hagards, furent conduits dans la prison où ils rejoignirent les trois Gaulois. Les bêtes furent installées non loin, sous le portique. Il s'agissait d'ours, de loups, de sangliers et de taureaux, car Pompéi, petite ville de province, n'avait pas les moyens de Rome et ne pouvait pas s'offrir des animaux exotiques comme les lions, les tigres ou les éléphants... Titus Flaminius était en train de contempler ce spectacle sinistre, lorsqu'une voix résonna dans son dos :

— Je voulais te dire merci du fond du cœur. Tu as été si généreux ! Grâce à toi et à vous tous, je vais avoir une si belle tombe !

C'était Cycnus. Il souriait de toutes ses dents, qu'il avait très blanches comme le reste de sa personne... Flaminius lui saisit le bras.

— Tais-toi ! Je voudrais, au contraire, que tu me promettes une chose : que tu te battras.

— Parce que tu t'imagines que j'ai une chance contre Scylax ?

— Peut-être pas, mais au moins, bats-toi et, si tu es vaincu, le public te graciera.

Le jeune homme regarda Flaminius avec de grands yeux étonnés, comme s'il venait d'entendre quelque chose d'extraordinaire, et finit par déclarer :

— Je te le promets, Flamma.

Le lendemain, veille du combat, eut lieu le traditionnel repas public. Des tables avaient été dressées dans le quadrilatère et les gladiateurs y déjeunaient ensemble, sous les yeux de la population venue y assister. Chacun pouvait ainsi juger des qualités physiques, du moral des uns et des autres, et parier en conséquence le lendemain.

Flaminius assistait, écœuré, au manège de tous ces gens qui les jaugeaient sans la moindre retenue, mais il avait au moins la satisfaction de ne pas être importuné. Il avait posé à côté de lui son casque d'andabate pour bien indiquer à quelle arme il appartenait et cette vision avait le don d'écarter les curieux, soit parce que, comme l'avait dit Messor, le public n'aimait pas les andabates, soit parce que leur combat était jugé trop aléatoire pour engager des paris. Soudain, il sursauta. Un affranchi reconnaissable à son bonnet phrygien de laine venait dans sa direction. C'était Palinure ! Il se planta devant lui et lui demanda à mi-voix :

— Tu me reconnais ?

— Oui. Rassure-toi, j'ai retrouvé la mémoire. Mais tu as pris un risque en venant ici.

Palinure eut une expression de joie profonde.

— Loués soient tous les dieux ! Il fallait que je te retrouve à tout prix. J'ai pensé qu'au milieu de tout ce monde j'avais une chance de passer inaperçu et puis, qu'avec le temps, Mirmilla m'avait oublié.

Titus Flaminius chercha du regard la gladiatrice. Elle était loin, à une autre table, en compagnie de Ciriacus, de Charon et de Mercure.

— Tu as bien fait. Je n'ai hélas rien à t'apprendre.

Je n'ai pas découvert qui est le Grand Maître, mais personne n'est parti...

— Tu vas combattre demain ?

— Oui.

— Que Mars soit avec toi !

— C'est Minerve qu'il faut prier. Maintenant, ne t'attarde pas...

— J'assisterai demain aux jeux et je resterai sur place, chez Stilicia. De là, j'essaierai de nouveau d'entrer en contact avec toi, car tu vas vaincre ! Avec les Oubliés du Vésuve, nous allons tous prier Minerve pour toi !

Palinure s'éclipsa et Titus Flaminius, de nouveau seul, promenait le même regard dégoûté sur les gens qui allaient et venaient parmi eux, lorsque ses yeux s'arrêtèrent à la table de Faventinus. Il était en compagnie d'une jeune femme brune qui se tenait debout près de lui et ils se dévisageaient en silence.

C'était elle, il en était certain, c'était Aurelia ! Il ne s'était pas trompé : ils se ressemblaient. Ils donnaient tous les deux la même impression de délicatesse et de force, ils avaient tous les deux le même air de sagesse et de folie... Ainsi, Aurelia n'était pas morte. Elle n'avait pas exprimé son amour pour Faventinus en se suicidant, mais d'une autre manière et de quelle manière ! Elle n'avait pas hésité à braver ses parents, les convenances et les lois pour retrouver celui qu'elle aimait. Un père a le droit de vie et de mort sur ses enfants, peut-être paierait-elle ce geste de sa vie : cela ne l'avait pas fait reculer.

Titus Flaminius resta bouche bée. Maintenant, l'ancien jardinier se levait, il quittait la table et se dirigeait, en sa compagnie, vers le portique. Ils allaient dans la cellule qu'il occupait seul, depuis que lui-même était avec Mirmilla. Ils allaient y faire l'amour ! Peut-être y resteraient-ils jusqu'au soir, peut-être jusqu'au matin... Pour s'y rendre, ils passèrent non loin de lui et Aurelia aperçut le casque d'andabate à ses côtés. Elle le fixa brièvement, mais intensément. Elle avait une expression de haine indicible...

La nuit qui vint fut celle des dernières étreintes pour les amants des deux sexes : quelques gladiateurs entre eux, Amazon et Achilia, Faventinus et Aurelia, Titus et Mirmilla. La gladiatrice, dévorée d'inquiétude, se livra à lui avec plus de passion que jamais, lui faisant promettre mille fois d'être prudent. Et, tout autour d'eux, il en était de même. À la veille du jour où tant d'hommes et de femmes allaient perdre la vie, la caserne de Pompéi se donnait avec ferveur, avec rage, avec désespoir, au seul dieu qui ose combattre la mort et qui est capable de triompher d'elle un bref instant : l'amour.

12

La porte libitine

Après une trop courte nuit, le jour du combat était arrivé. Levés dès l'aube, les gladiateurs avaient astiqué leurs armes, que Babrius venait de sortir pour eux de l'armurerie, ainsi que leurs boucliers et les diverses pièces de protection, puis ils avaient pris place sur des chars richement décorés pour la traditionnelle parade, qui allait les conduire à l'amphithéâtre.

En tête du défilé, sur un char qui rappelait un peu celui des généraux vainqueurs, le munerator Aulus Nigidius était plus majestueux que jamais dans sa toge d'apparat et le public lui adressait ses plus chaleureuses ovations. Ciriacus, qui venait juste derrière, était, lui, copieusement sifflé et injurié. Mais il n'en paraissait nullement affecté. Accoutumé à être traité plus bas que terre par les uns et les autres, il souriait de toutes ses dents et accueillait d'un signe aimable de la tête les insanités dont on l'abreuvait.

C'était pourtant au passage des gladiateurs que la foule se déchaînait vraiment. Ils étaient ses héros, ses idoles, et leur arrivée déclenchait un véritable délire... Titus Flaminius était pour la première fois revêtu de tout son équipement : deux jambières, une protection métallique articulée qui couvrait entièrement le bras et l'épaule droits, la manica. Tenant son casque d'une main, il avait dans l'autre le glaive de son père. Il ne se lassait pas de le contempler, tout étincelant dans la lumière éclatante. Le ciel était uniformément bleu, il n'y avait pas le moindre nuage et il était évident qu'il n'y en aurait pas jusqu'au coucher du soleil. Flaminius adorait ce genre de temps, que les Grecs appelaient « le bon Jupiter ». Ces jours-là étaient bien ceux de Jupiter, ils étaient absolus, sans nuances, presque implacables. Les hommes ne pouvaient pas se cacher des dieux, il n'y avait pas d'échappatoire, de faux-semblants possibles. Et c'était bien ce qui les attendait tous dans quelques heures : il faudrait vaincre ou être vaincu...

Pour aller de la caserne à l'amphithéâtre, le cortège empruntait la rue de l'Abondance sur toute sa longueur et traversait ainsi l'ensemble de Pompéi. Titus

Flaminius se souvenait d'avoir fait ce trajet en sens inverse avec Stilicia, lorsqu'il avait décidé de s'engager comme gladiateur. C'était il y a six mois, mais cela lui semblait infiniment plus loin. Il s'était passé tellement de choses depuis ! Ce qui lui était arrivé à la caserne l'avait marqué et transformé à jamais. Avant, il n'était que Titus Flaminius, maintenant, il était aussi Flamma...

Il occupait l'un des derniers chars du cortège, ce qui lui permettait de voir quasiment tout le reste de la troupe. Autrefois, quand il lui arrivait de rencontrer un semblable défilé, il n'éprouvait que du dégoût pour ces êtres aux allures féroces et barbares, qu'il jugeait tous semblables. Maintenant, il connaissait par leur nom tous ceux qu'il voyait. De chacun ou presque, il avait reçu un mot affectueux en raison de son amnésie. Maintenant, il savait toute la souffrance et toute la fraternité qu'il y avait dans la cohorte de « ceux qui vont mourir »...

Dans le chariot juste devant lui, Messor répondait d'un geste aux multiples acclamations dont il était l'objet. Il avait vraiment fière allure, dans son équipement de Thrace aux allures exotiques, avec son boulier petit et rond et son glaive recourbé ! Pour la circonstance, il s'était rasé. C'était la première fois que Titus Flaminius le voyait ainsi. Cela lui donnait à la fois quelque chose de plus martial et de plus jeune. Messor était, de toute évidence, prêt pour son combat, et cela engagea Flaminius à penser au sien.

Il jeta un bref coup d'œil à ses côtés où se trouvait, bien entendu, Faventinus. Il avait évité, depuis qu'ils étaient partis, de le regarder, sachant que cette vision serait forcément éprouvante... Faventinus portait une écharpe blanche nouée sur sa manica. Il n'était pas difficile de deviner que c'était Aurelia qui la lui avait donnée avant de le quitter. Serait-elle dans les gradins tout à l'heure pour assister au combat ? Il l'ignorait et ne voulait pas le savoir.

Les acclamations du public redoublaient et, conformément aux instructions qu'ils avaient reçues de Ciriacus, les gladiateurs saluaient la foule massée sur le parcours. Flaminius dressa soudain l'oreille. La protection métallique que Faventinus portait au bras droit faisait un bruit très particulier, à la fois aigu et sourd. Pendant le combat, son adversaire émettrait forcément le même son, tandis qu'il lancerait vers lui ses coups d'épée. Il devait bien repérer ce cliquetis. Il ferma les yeux et les conserva ainsi pendant le restant du trajet. Tout en saluant lui aussi, il s'attacha à ce bruit, s'efforçant de ne pas le quitter de l'oreille, et, malgré les clameurs qui les entouraient, il y parvint...

Il rouvrit les yeux lorsque son char s'immobilisa. Ils étaient arrivés à destination... L'amphithéâtre de Pompéi, le seul établissement construit en dur de tout le pays, était véritablement impressionnant. Édifié tout à la limite de la ville, contre les remparts sur lesquels il s'appuyait, il adoptait une forme d'ellipse, obligatoire pour ce genre de bâtiment. Sa façade austère était seulement égayée par des arcades aveugles, ce qui ne manquait pas d'élégance.

Tous les gladiateurs mirent pied à terre et se regroupèrent pour la suite du défilé, qu'ils allaient faire, cette fois, à pied. La foule, de son côté, se hâtait de gagner les gradins par l'une des deux portes monumentales situées aux deux extrémités de l'ellipse. Nigidius, ainsi que quelques notables, entraient, eux, par une troisième porte plus discrète, au milieu de la façade...

Titus Flaminius était étrangement calme. Il ne verrait peut-être pas la fin de cette radieuse journée de printemps, mais cette perspective n'occupait pratiquement pas sa pensée. Il regardait avec curiosité ce qui l'entourait, un peu comme s'il avait fait partie du public.

La vision des condamnés, qui descendaient à leur tour de voiture, l'assombrit brutalement. C'était une horde lamentable d'hommes hirsutes et de femmes échevelées. Les mains liées dans le dos, ils portaient au cou une pancarte avec l'énoncé de leur crime : « déserteur », « esclave meurtrier », « parricide » ; les trois Gaulois, Leo, Ursus et Tigris, étaient qualifiés de « gladiateurs rebelles ». Tous étaient hébétés, hagards. Ils semblaient n'être déjà plus de ce monde. Malheureusement pour eux, ils l'étaient encore et les cris féroces que lançaient, tout à côté, les bêtes qu'on avait affamées depuis plusieurs jours, leur rappelaient de quelle atroce manière ils allaient laisser la vie dans le sable de l'arène...

L'arrivée de Messor, qui avait quitté son groupe pour se diriger vers lui, fournit à Titus Flaminius une diversion bienvenue. Messor lui montra la porte de l'amphithéâtre devant eux. Après sa large entrée, un couloir sombre mais spacieux descendait en pente douce vers l'intérieur... Il eut un petit rire.

— Nous allons entrer par là quand le public en aura fini. Et il faut souhaiter que nous ressortions par là aussi !

— Pourquoi ?

— Cette porte que tu vois est la porte Triomphale. C'est par là que sortent les vainqueurs et les vaincus graciés, les vivants, en tout cas.

Il baissa la voix et lui désigna l'accès par lequel Nigidius et les personnalités venaient d'entrer.

— Ça, c'est la porte Libitine. On ne sait pas pourquoi on a installé le spoliarium, la morgue, juste sous la tribune d'honneur. C'est là que sont conduits les corps. Ils y passent la nuit. On les sort le lendemain...

Titus Flaminius se souvint de Vénus Libitine et de la nuit affreuse qu'il avait passée avec les morts de Rome. Oui, la mort était bien là. Malgré le ciel pur et le soleil éclatant, elle rôdait autour d'eux, autour de lui. Il n'y avait pas que les malheureux condamnés aux bêtes qui allaient devoir l'affronter.

C'était à eux... Toute son insouciance disparut d'un coup et ce fut terriblement grave qu'il s'avança, aux côtés de Messor, vers la porte Triomphale... Une affiche en lettres rouges s'étalait sur les murs de l'amphithéâtre : « La compagnie de gladiateurs d'Aulus Nigidius combattra à Pompéi sans aucun ajournement le quatrième jour avant les calendes de mai. On combattra les fauves. Le vélum sera tendu, les parfums seront envoyés. » Il avait vu la même six mois auparavant. Comme alors, le rédacteur avait signé et, comme alors, des supporters avaient griffonné le nom de leurs champions : Messor, Scylax et d'autres. Mais cette fois, tout était changé : il était dans l'arène !

Le couloir qu'ils empruntaient, après avoir franchi la porte Triomphale, avait plusieurs usages. Des escaliers, qui montaient à droite et à gauche, donnaient accès aux diverses rangées de gradins et, au bout, presque à hauteur de l'arène, s'ouvraient trois vastes prisons. La première était réservée aux bêtes, la deuxième aux condamnés, la dernière aux gladiateurs. Ceux-ci allaient y être enfermés pendant la chasse et les exécutions, qui dureraient toute la matinée, et n'en sortiraient pour combattre qu'en début d'après-midi.

Dans l'immédiat, ils avaient à accomplir leur tour

d'honneur dans l'arène. Le cortège se forma, Ciriacus en tête. Derrière, allaient les gladiateurs, puis le personnel de la caserne, emmenés par Charon et Mercure. Derrière encore, prirent place les chasseurs, qui venaient d'arriver. Ils étaient vêtus d'une courte tunique serrée à la taille et ils avaient pour arme un pieu à pointe de fer ou une lance. Contrairement aux gladiateurs, qui n'avaient aucune indépendance, c'étaient des professionnels, hommes libres ou esclaves, qui s'entraînaient dans des écoles spécialisées. Pour ces jeux, Nigidius s'était adressé à la meilleure de Campanie. Enfin, fermaient le défilé les condamnés aux bêtes. Après avoir pris la place qu'on lui désignait, Titus Flaminius sortit du couloir et déboucha dans l'arène.

Il ne put s'empêcher de pousser un cri de surprise, tant le spectacle était extraordinaire ! La clameur du public saluant leur entrée était assourdissante. Il n'aurait jamais pensé qu'il y avait un aussi grand nombre de gradins. De fait, l'amphithéâtre de Pompéi avait une capacité de vingt mille places, ce qui était bien supérieur à la population de la ville. On venait de toute la Campanie et même de plus loin pour assister aux jeux.

Il leva son bras droit couvert de la manica en réponse aux clameurs du public. Il remarqua que les cris les plus aigus provenaient de tout en haut et il découvrit que les dernières rangées étaient exclusivement occupées par des femmes. Ce fut à ce moment-là que l'orchestre se mit à jouer. Il était composé exclusivement d'instruments militaires : trompettes, cornes, clairons. L'ensemble était martial, mais tonitruant. Un instant, il cessa d'entendre le bruit de la manica de Faventinus, qui marchait à ses côtés et qu'il évitait soigneusement de regarder. Il n'y pouvait rien, mais, depuis qu'ils avaient quitté la caserne, il n'avait plus envers lui que des sentiments d'agressivité. Il était celui qui allait lui être opposé dans un combat à mort, puisque le public ne graciait pas les andabates. Non seulement pour lui-même, mais pour sa mission, pour Rome, il devait être vainqueur !

Lentement, le cortège fit le tour de l'enceinte. Il arriva devant la tribune d'honneur, sur laquelle avaient pris place les personnalités : Nigidius, le munerator, seul dans un fauteuil en avant, derrière lui les deux duumvirs et les deux édiles, magistrats de la cité, puis les décurions qui formaient son conseil municipal.

À son passage devant la tribune, chaque gladiateur s'arrêtait et levait son arme, épée, sabre ou trident, pour saluer l'organisateur des jeux. Flaminius fit de même, mais son regard ne se porta pas vers la haute silhouette du munerator. Involontairement, il alla vers le bas, vers l'ouverture au-dessous de la tribune, la porte Libitine, qui donnait vers le spoliarium, qu'on ne voyait pas. Il se retint de frissonner. C'était l'image même de la mort ! Cette bouche d'ombre semblait vouloir le happer, elle avait quelque chose de vorace, d'impatient...

Il se remit en marche et contempla le décor environnant pour chasser ces sinistres pensées... L'amphithéâtre de Pompéi ne se distinguait pas seulement par ses dimensions, mais aussi par son raffinement. Le mur de podium, qui faisait le tour de l'arène et qui était destiné à protéger les spectateurs des bêtes sauvages, était richement décoré de tableaux représentant des combats de gladiateurs et des scènes de chasse. Tout en haut, des cordes tendues à partir de mâts fichés sur le dernier gradin soutenaient de grandes toiles blanches. Il s'agissait des fameux vélums, qu'avait promis l'affiche du spectacle. Pour l'instant, en ce début de matinée, ils étaient repliés, mais ils seraient déployés plus tard, en fonction du soleil.

Comme il achevait son tour de piste et qu'il rentrait par la porte Triomphale, Flaminius en vit sortir les condamnés qui formaient la dernière partie du défilé. En plus des liens qui leur retenaient les mains dans le dos, ils étaient attachés entre eux par une corde passée à leur ceinture. Sans doute n'avaient-ils aucune envie de se livrer à cette exhibition, mais des garçons de piste les tiraient de force et, titubant et vacillant, ils étaient obligés d'avancer. Leur passage était salué par des cris de joie féroces et des bravos frénétiques...

Flaminius fut conduit avec ses compagnons dans la prison qui leur était réservée. C'était une pièce voûtée très vaste, close par une grille, qui n'avait rien de particulièrement sinistre. En face, de l'autre côté du couloir, les condamnés furent enfermés dans une pièce semblable, le personnel de la caserne restant dans le couloir. Parmi eux, Flaminius reconnut Longius, qui était là malgré son infirmité. Il en fut heureux. Il espérait qu'il lui serait possible d'échanger quelques mots avec lui avant son combat. Ce serait pour lui une aide morale appréciable...

Peu après, il vit passer les cages des bêtes, tandis que, dans l'arène qu'il ne voyait pas, éclatait le bruit d'une fanfare. La chasse, première partie des jeux de l'amphithéâtre, allait commencer.

Comme souvent, elle débuta par un spectacle d'animaux dressés, notamment un ours qui accomplit des merveilles, prenant dans ses pattes des lapins, des poules et des singes, puis se livrant à un numéro de funambule. Suivirent des courses de taureaux sans armes. L'homme excitait l'animal, le faisait charger et l'évitait habilement, jusqu'à ce qu'il soit tellement épuisé qu'il quitte de lui-même l'arène.

Le public suivait ces entrées en matière sans passion. Il y assistait parce que c'était la tradition et qu'il savait que cela coûtait très cher au munerator, mais il avait l'esprit ailleurs. Seuls quelques bravos polis s'élevaient, ne couvrant pas le brouhaha des gradins. On parlait, on plaisantait, on engageait les derniers paris sur les gladiateurs, quelques éclats de voix accompagnaient des discussions politiques qui s'envenimaient. D'autres spectateurs, quittant leur place, allaient échanger des propos galants avec l'une des dames, que le règlement de l'amphithéâtre confinait aux derniers rangs.

L'apparition des chasseurs et le lâcher des bêtes sauvages ranima un peu l'attention. On espérait en voir dévorer un ou deux, mais malheureusement, pendant près de deux heures, ceux-ci multiplièrent les exploits. Certains allaient s'enfermer dans un panier sphérique ou un tonneau qu'ils faisaient rouler pour échapper à leur adversaire et revenaient l'attaquer après, d'autres sautaient par-dessus les bêtes à la perche, d'autres encore, comme l'ours qui avait ouvert le spectacle, combinaient la chasse avec un numéro de funambule... Le public ne sortit de son indifférence que lorsqu'un chasseur, qui affrontait des loups monté sur des échasses, fit un faux pas et s'étala de tout son long au milieu d'eux. Ceux-ci se mirent à le déchiqueter à belles dents, au milieu des encouragements et des rires.

Enfin, midi arriva. Les vélums recouvraient tout l'amphithéâtre et la chaleur était éprouvante, bien qu'on soit encore tôt dans la saison. Midi, c'était l'heure des exécutions capitales. L'orchestre se fit entendre à plein volume pour la sortie des chasseurs et l'entrée des condamnés.

Le public était partagé à l'égard de ces infortunés. Comme l'avait dit Ciriacus, il venait à l'amphithéâtre avant tout pour voir mourir et, de ce côté, il était servi. Le condamné aux bêtes n'avait aucune chance d'en réchapper. Si, d'aventure, il arrivait à triompher d'un animal, on lui en envoyait un autre jusqu'à l'issue fatale. Seulement, le public aimait aussi l'incertitude. Les exécutions satisfaisaient ses instincts sanguinaires, mais elles ne le tenaient pas en haleine...

Au son de l'orchestre, des poteaux étaient plantés dans l'arène par des garçons de piste, tandis que d'autres enlevaient les cadavres des animaux, ainsi que celui du chasseur à échasses, dont il ne restait quasiment que les os. Après quoi, les condamnés firent leur apparition sous les bravos.

Le scénario des exécutions devait avoir été soigneusement mis au point, car il fut réalisé avec une parfaite coordination. Tous les condamnés furent débarrassés de leurs pancartes infamantes et les uns furent conduits vers les poteaux où ils furent attachés, tandis que les autres étaient laissés libres dans l'arène, avec toutefois les mains liées dans les dos. Seuls les trois Gaulois, Leo, Tigris et Ursus, furent libérés et reçurent même l'épée de bois qui leur servait pour s'entraîner.

Ainsi qu'il a été dit, Pompéi, ville de province, n'avait pas les moyens de Rome et ne pouvait s'offrir des animaux exotiques comme les lions, les tigres, les panthères et les éléphants, dont la capture, réalisée par des équipes spécialisées en Afrique et en Asie, coûtait une fortune. Elle devait se contenter des espèces communes en Italie : loups, sangliers, ours, taureaux, et cette circonstance était pour les infortunés condamnés l'occasion d'un supplice supplémentaire. Alors que les grands fauves et les éléphants procuraient une mort rapide, ces bêtes plus faibles ne tuaient que rarement d'un coup. Elles lacéraient, mordaient, éventraient et laissaient les victimes agoniser.

Sur un signe du munerator, les bêtes furent lancées dans l'arène, tandis qu'éclatait un grand cri dans le public. D'une manière générale, les loups et les ours se précipitèrent sur les condamnés attachés aux poteaux, tandis que les taureaux et les sangliers donnaient la chasse à ceux qui fuyaient dans l'arène. Au milieu des hurlements des gradins, les loups à coups de dents, les ours à coups de pattes, transformèrent vite les malheureux attachés aux poteaux en formes sanglantes, pendant que les taureaux et les sangliers jouaient à la balle avec les fuyards ou les piétinaient sauvagement. Sous les ovations, un des taureaux parvint même à envoyer un homme sur le rebord du podium, juste devant le premier gradin où il s'écrasa et resta immobile, perdant son sang.

Dans cette cohue sanglante, les trois Gaulois offraient un spectacle très apprécié. Avec leurs épées d'entraînement, ils avaient entrepris un combat dérisoire et sans espoir contre leurs assaillants. Ils ne faisaient ainsi que prolonger leurs souffrances, mais leurs réflexes de gladiateurs ou tout simplement l'instinct de survie étaient les plus forts. L'un après l'autre, ils finirent pourtant par succomber, d'autant que les loups et les ours avaient fini par quitter les poteaux pour se joindre aux taureaux et aux sangliers. Enfin, plus personne ne bougea dans l'arène, on n'entendait plus que les gémissements sourds des suppliciés et Aulus Nigidius donna le signal de la dernière partie des exécutions.

Le munerator avait bien fait les choses. Après les mises à mort en masse, suivirent trois autres, plus raffinées, représentées comme de petites pièces. Une condamnée figurait Pasiphaé, qui, selon la légende, s'était donnée à un taureau. Attachée nue à un poteau dans un enclos délimité par des barrières de bois, elle fut encornée par la bête et mourut en quelques instants. Un autre condamné joua le rôle d'Icare, qui s'était échappé de son labyrinthe en s'envolant. Suspendu au-dessus de l'arène à une corde, il tomba, lorsque celle-ci fut coupée, au milieu de loups qui le déchiquetèrent. Le spectacle se termina avec Orphée, le héros qui charmait les animaux de sa lyre. Tandis qu'un musicien jouait de cet instrument, un ours dressé, celui qui s'était illustré en prologue de la chasse, s'approcha du condamné, se roula à ses pieds, le lécha, le caressa de la patte, jusqu'à ce que, sur un ordre de son dresseur, il se jette sur lui et le tue...

Cette façon inventive de donner la mort fut très goûtée par le public, qui fit un triomphe au munerator. Ce dernier donna alors l'ordre d'achever les suppliciés, qui, bien qu'ils n'aient plus forme humaine, étaient pour la plupart en vie et agonisaient sous le soleil. Cette tâche était traditionnellement réservée aux plus novices parmi les rétiaires, qui s'élancèrent dans l'arène, munis de leurs tridents.

Cycnus était du nombre. Chacun put remarquer que ses jambes le soutenaient à peine et que sa main tremblait comme une feuille, en particulier quand il enfonça son trident dans les corps d'Ursus, de Leo et de Tigris, ses anciens compagnons. Sa piètre prestation déclencha les quolibets du public :

— Je ne risque pas de parier sur toi tout à l'heure !

— Tu es gladiateur ou berceuse d'enfants ?

Enfin, les rétiaires se retirèrent et furent remplacés par des escouades d'employés qui démontèrent les poteaux, remplacèrent le sable souillé de sang par du neuf et emmenèrent les cadavres. Les condamnés n'avaient pas droit au spoliarium. Ils étaient tirés par des crocs de boucher et ramenés dans le couloir de la porte Triomphale où ils étaient entassés sur des chariots. De là, les corps – ou du moins ce qu'il en restait – étaient emmenés dans un terrain vague à l'écart de la ville et abandonnés à d'autres bêtes sauvages...

Il était deux heures de l'après-midi. Dans le public, la tension était à son comble. Le moment tant attendu des combats de gladiateurs était arrivé ! Ceux-ci venaient juste de quitter leur prison, mais n'étaient pas encore sortis du tunnel. Comme Titus Flaminius rejoignait le personnel de la caserne, il s'empressa d'aller vers Longius. Il remarqua qu'il tenait un feuillage à la main.

— Je te salue, Longius !

— Moi aussi, Flamma. J'ai tenu à t'apporter ceci.

Il lui tendit la branche qu'il avait à la main. Flaminius la prit avec surprise : il s'agissait d'un rameau d'olivier.

— Mais c'est un symbole de paix. Je ne vois pas bien...

— L'olivier est aussi l'arbre de Minerve. Je veux que tu penses à elle jusqu'à ton combat. La sagesse guerrière doit te guider. C'est à elle qu'appartient la victoire...

Longius n'en dit pas plus. Ciriacus vint lui demander de faire un massage rapide à l'un de ses hommes qui avait mal à la cuisse et il disparut en sa compagnie... Dans le couloir, l'excitation était à son comble.

Les combattants vérifiaient une dernière fois leur équipement, tentant de se décontracter et de faire le vide dans leur esprit. Des employés de la caserne activaient à l'aide de soufflets les braises du brasero dans lequel était enfoncé le tison de Mercure. Celui-ci, à qui revenait traditionnellement l'honneur d'entrer le premier dans l'arène, avait mis son masque de cuivre au sourire d'ange. Charon était également recouvert de sa tête de mort et claquait son fouet contre le sol pour s'entraîner... Soudain, sur un signe de Ciriacus, Mercure pénétra dans l'arène, déclenchant une clameur immense, et, l'instant d'après, les gladiateurs entraient à leur tour.

Titus Flaminius avait beau avoir été sur l'arène quelques heures auparavant, il éprouva un choc presque aussi violent que la première fois. D'abord, il y avait la chaleur bien plus intense, même si les vélums en atténuaient l'intensité, et surtout, il y avait le public. À présent, il ne se contentait plus de crier, il trépignait, il gesticulait ; certains lançaient en l'air les coussins sur lesquels ils étaient assis ; en haut des gradins, les hurlements des femmes étaient devenus hystériques... Son regard tomba alors sur son rameau d'olivier et il s'apaisa. Dans cet univers de folie et de sauvagerie, il ne devait pas perdre de vue la sagesse : c'était le fil qui le reliait à la victoire et à la vie.

Alors que les clameurs s'étaient essoufflées et que l'orchestre avait pris le relais en jouant à tue-tête, un arbitre s'approcha de Flaminius pour examiner son glaive. L'homme était vêtu d'un habit léger : une tunique à manches courtes serrée à la taille et s'arrêtant à mi-cuisses, afin de se déplacer facilement au moment des combats. En même temps que lui, ses collègues, au nombre de cinq, faisaient de même avec le reste de la troupe... Son examen fut court. Il se contenta de passer le doigt sur les deux tranchants et hocha la tête, satisfait. Les autres arbitres furent tout aussi rapides que lui, la vérification des armes se bornant à constater qu'elles étaient bien mortelles.

Sur la piste avait pris place le personnel qui allait officier pendant les combats. Outre l'orchestre, fort d'une dizaine de musiciens, Charon et Mercure étaient là, l'un avec son fouet, l'autre près de son brasero, qu'on venait d'apporter. Les croques-morts, qui devaient emmener les vaincus vers la porte Libitine, avaient fait, eux aussi, leur entrée, avec leurs civières, mais les uns comme les autres restaient en bordure de piste.

Soudain, l'orchestre s'arrêta, portant l'émotion du public à son comble, et le héraut s'avança au centre de l'arène pour annoncer les trois paires qui allaient ouvrir les jeux... Les duels avaient toujours lieu trois par trois et c'était pourquoi les amphithéâtres adoptaient une forme d'ellipse, figure géométrique à trois centres. La voix du héraut retentit avec force dans l'enceinte devenue subitement silencieuse :

— Le rétiaire Cycnus contre le secutor Scylax !...

Titus Flaminius ne fit pas attention à la composition des deux autres paires. Ainsi, tout allait commencer par ce combat si inégal, qui lui serrait le cœur... D'ailleurs, les intéressés étaient déjà prêts. Ils s'étaient mis l'un à côté de l'autre, formant un contraste saisissant tant par la taille que par la couleur. Flaminius ne put s'empêcher de courir dans leur direction. Avant qu'ils ne s'éloignent, il s'adressa précipitamment à Cycnus :

— Est-ce que tu te souviens de ce que je t'ai dit ?

Le rétiaire sourit en le voyant.

— Je ne risque pas d'oublier, Flamma. Avant, tout était simple, mais tu as tout compliqué !

— Parce que tu vas te battre ? C'est vrai ?

— Je vais essayer...

Flaminius se sentit pris d'une joie immense. Il aurait voulu ajouter quelque chose, mais, déjà, le colosse noir et l'adolescent blanc comme le cygne gagnaient leur place au milieu de l'arène...

Resté à l'entrée de la porte Triomphale, Titus Flaminius avait une excellente vision sur ce qui allait se passer. Même si la défaite de Cycnus semblait inévitable, il voulait quand même espérer ! En cet instant, il était si anxieux, si fébrile, qu'il en avait totalement oublié son propre sort et l'épreuve qui l'attendait lui-même.

Dans le public, c'était du délire. Scylax était, avec

Messor, le gladiateur le plus populaire et ses admirateurs se déchaînaient. Parmi ceux-ci, les femmes se faisaient particulièrement remarquer. Le géant noir, à la virilité si exotique, séduisait les Romaines et les cris féminins redoublaient en haut des gradins...

Sur un signe du munerator, le silence se fit cependant. Les trompettes retentirent pour une courte sonnerie. Les trois arbitres prirent place au milieu des trois paires de combattants et interposèrent entre eux la baguette de bois dont ils étaient munis. Nigidius abaissa le bras, ils abaissèrent à leur tour leur baguette. C'était commencé !

Immédiatement, Cycnus partit dans une fuite éperdue. En soi, la chose n'avait rien de choquant, c'était la tactique classique du rétiaire, qui commençait par s'enfuir pour contre-attaquer ensuite. Mais, dans le cas présent, il était évident que le mouvement ne relevait d'aucune manœuvre. Ce qui causait la débandade du frêle jeune homme, c'était la peur, tout simplement. Dans le public, les quolibets fusaient :

— Où t'envoles-tu comme ça, petit cygne ?

— Plus vite, ta mère t'attend !...

Mais les plaisanteries, ainsi que les encouragements à Scylax, s'arrêtèrent net. Un coup de théâtre venait de se produire ! Sans se retourner ni réduire son allure effrénée, Cycnus avait lancé, par-dessus son épaule, son filet sur son poursuivant et il avait si bien estimé la trajectoire qu'il était tombé exactement sur sa cible... C'était un des coups classiques du rétiaire, mais un des plus rarement tentés, car il nécessitait une adresse exceptionnelle et échouait le plus souvent.

Un double cri salua cette prouesse : un cri d'admiration un peu partout et un cri d'horreur en haut des gradins. Car la situation de Scylax était brusquement compromise, elle semblait même désespérée. Le Noir, qui ne s'attendait absolument pas à une telle tentative, s'était empêtré dans le filet et avait lourdement chuté sur le sable. À présent, il tentait vainement de s'extraire des mailles, tandis que son adversaire, prévenu de sa réussite par la clameur, avait fait demi-tour et revenait, le trident levé.

Les efforts de Scylax ne faisaient que l'enserrer davantage. Ne pouvant arriver à dénouer l'enchevêtrement qui l'emprisonnait, il avait entrepris de trancher le filet avec son épée, mais il était évident qu'il n'aurait pas le temps. Cycnus était revenu. Il posait le pied sur lui et maintenait son trident levé. Il lui accordait sa grâce...

Mais, alors que tout le monde s'attendait à ce que Scylax capitule, jette son arme, lève le bras ou ébauche un geste de soumission quelconque, il continua, contre toute attente, à essayer de se libérer. Pourquoi agissait-il ainsi ? Parce que demander sa grâce contre un tel adversaire lui faisait trop honte ? Parce qu'il croyait que celui-ci n'oserait pas frapper ?

Si c'était ce qu'il pensait, il avait calculé juste. Le

jeune homme, qui n'avait qu'un geste à faire pour obtenir la victoire, restait comme paralysé, son trident à la main. Dans les gradins, où on assistait à ce second coup de théâtre tout aussi surprenant que le premier, les cris fusaient :

— Tue ! Qu'est-ce que tu attends ? Frappe !

Flaminius criait lui aussi. Il comprenait ce qui était en train de se passer. Cycnus, qu'il avait convaincu de combattre, avait tenté et réussi ce coup d'audace, vraisemblablement avec plus de chance que d'adresse, mais cela s'arrêtait là. Maintenant, il fallait tuer et c'était au-dessus de ses forces ! Ciriacus lui avait appris à mourir, pas à tuer... Flaminius lui hurla :

— Blesse-le ! Si tu ne peux pas tuer, blesse !...

Messor, qui était venu à côté de lui, secoua la tête.

— C'est inutile. Il ne t'entend pas.

La situation, là-bas au milieu de l'arène, évoluait très vite. D'un coup de glaive plus puissant que les autres, Scylax venait d'éventrer le filet. Malgré les attaques de Cycnus, qui s'était enfin décidé à agir, il le bouscula et se remit sur pied. Puis il se jeta sur lui et le blessa à la jambe. Le rétiaire se retrouva au sol à son tour et n'eut d'autre choix que de lever la main pour demander sa grâce.

L'arbitre s'interposa avec sa baguette devant son adversaire, qui, conformément au règlement, cessa de combattre aussitôt. C'était au public, ou plutôt au munerator qui suivait toujours l'avis du public, de décider de la vie ou de la mort du vaincu.

Titus Flaminius, bouleversé à force d'émotions successives, se tourna vers Messor.

— Ils vont le gracier. Il s'est bien battu. Il le mérite.

Mais le vieux gladiateur secoua la tête.

— Ils ne le gracieront pas. Il est le premier. Le public est impatient de voir mourir. Il ne gracie jamais le premier...

En effet, sur tous les gradins, les pouces se baissaient et partout retentissait le même cri :

— Égorge !

À son tour, Nigidius baissa le pouce. L'arbitre cessa immédiatement de brandir sa baguette et le Nubien s'avança, tandis que Cycnus prenait la posture requise, à genoux, levant le cou... Flaminius ferma les yeux. Il ne voulait pas voir ce qui allait suivre, mais il aurait pu le décrire comme s'il le voyait. Scylax posait la pointe de son épée sur la pomme d'Adam du vaincu. Sa main ne tremblait pas, il n'était gêné ni par la fatigue ni par l'émotion, et il enfonçait fermement son épée, mais pas trop fort, pour que le public ait le temps de voir mourir.

Les spectateurs se mirent à applaudir à tout rompre et commencèrent à crier, puis à scander le nom de Cycnus. Flaminius rouvrit les yeux... On ovationnait le jeune homme, parce qu'il mourait. Il n'avait pas su combattre, mais il mourait à la perfection, il mourait de la vraie mort du gladiateur, telle qu'on ne sait l'enseigner que chez Ciriacus. Il était à présent d'une blancheur inimaginable, presque aussi pure que celle de l'animal, à part son cou, qui était tout rouge. Assis, la main droite à plat sur le sol et légèrement penché de côté, il avait la position exacte du voyageur épuisé, qui s'est assis dans l'herbe et qu'une trop grande fatigue empêche de se relever. Dans ce qui lui restait de vie et de conscience, son nom lui parvenait, sorti de vingt mille poitrines : « Cycnus !... Cycnus !... » Il avait un sourire radieux. Visiblement, il luttait pour retarder l'inévitable. Il voulait continuer à entendre cette merveilleuse, cette inimitable musique. Mais il ne le put pas. Il glissa doucement sur le sol et ne se releva pas...

Titus Flaminius sentit une main sur son épaule. C'était celle de Messor.

— Il ne faut pas t'attendrir, surtout ! Moi aussi, j'en ai vu mourir des dizaines que j'aimais. Ne pense qu'à toi, qu'à ton combat !

Flaminius poussa un soupir et détourna les yeux du cruel spectacle.

— Tu as raison. Parlons de nos combats. Où est Troius, ton adversaire ?

Messor lui désigna le groupe des secutors, qui fêtaient bruyamment le retour de leur collègue vainqueur.

— Là. Il est en train de congratuler Scylax.

Flaminius examina ce gladiateur nouvellement arrivé qu'il ne connaissait pratiquement pas. Il ne payait guère de mine. Dans le groupe des secutors, combattants lourds, c'était de loin le plus frêle. Sans être aussi déséquilibré que le duel entre Scylax et Cycnus, son combat avec Messor semblait bien inégal, lui aussi… Il se retourna vers son compagnon.

— Je ne suis pas inquiet pour toi. À mon avis…

Il arrêta sa phrase. Messor avait brusquement pâli.

— Flamma, regarde ! Sa jambière…

— Eh bien ?

— Il l'a changée de côté. Elle est à la jambe droite. Il va combattre en gaucher !

Flaminius, qui n'avait pas remarqué ce détail, constata que c'était vrai. Et, comme le disait Messor, ce n'était pas le cas avant. À la caserne, les gauchers étaient très rares et d'ailleurs redoutés des autres. Troius avait sûrement dissimulé cette particularité, afin de surprendre son adversaire au dernier moment. Il voulut tout de même rassurer son compagnon :

— Je comprends que tu sois surpris, mais tu sais sûrement te battre contre un gaucher.

Messor ne se remettait pas de son émotion. Bien au contraire, il était maintenant livide.

— Justement pas ! Ce sont les seuls que je crains. Je n'ai été battu que deux fois et c'était par des gauchers. La dernière fois, j'ai été gracié de justesse. Et ce n'est pas tout...

Flaminius était bouleversé. Messor se métamorphosait d'instant en instant. Il ne le reconnaissait plus. Il s'était mis à trembler.

— Une voyante m'a dit que je mourrais de la main du troisième gaucher. Maintenant, je connais le nom de ma mort, elle s'appelle Troius !

— Tu ne vas pas croire ces racontars de bonnes femmes !

— J'y crois, Flamma !...

Titus Flaminius fit tout ce qu'il put pour redonner confiance à Messor, mais il se rendit compte que c'était inutile. Il ne l'écoutait pas, il était en proie à une sorte de terreur superstitieuse. Il lui parla longtemps en vain... Le temps passait et ils ne combattaient toujours pas. Dans l'arène, les morts s'accumulaient et les vainqueurs faisaient leur tour d'honneur en brandissant les lauriers et les cadeaux précieux qu'on leur avait remis... Enfin, la voix du héraut retentit :

— Le secutor Troius contre le Thrace Messor !

Ce dernier se saisit de son bouclier rond et de son épée recourbée et se tourna vers Flaminius.

— Adieu, Flamma. J'ai été heureux de t'avoir connu. Tu gagneras ton combat, j'en suis sûr...

— À tout à l'heure, Messor. Toi aussi, tu vas gagner. Et, si tu ne gagnes pas, tu seras gracié.

Mais Messor ne l'écoutait plus. Il gagnait le centre de l'arène d'un pas mécanique. Il partait au combat comme on va au sacrifice...

Retenant son souffle, Titus Flaminius se mit à suivre les péripéties de l'engagement. Il ne voulait pas croire qu'un champion comme Messor soit aussi impressionnable et ne se ressaisisse pas au dernier moment. Il poussa bientôt un soupir de soulagement. C'était exactement ce qui arrivait : entré dans l'action, le vétéran retrouvait ses réflexes, le combat s'engageait normalement, comme cela doit se passer entre un secutor et un Thrace.

Troius s'était arrêté au centre de l'arène. Il avait posé sur sa jambière son long bouclier courbe du type de celui des légionnaires, de façon à ne présenter qu'un rempart de fer, et gardait l'épée en retrait, prêt à attaquer si son adversaire se découvrait. Messor, de son côté, plus mobile, tendait son bouclier rond en avant et tournait autour de lui en faisant des mouvements rapides de son sabre, cherchant l'ouverture. Il excellait à cet exercice et il était capable de frapper avant même que son adversaire ait vu partir son bras.

C'est ce qu'il fit. Il lança son attaque à la vitesse de l'éclair. Mais, si le coup était juste s'agissant d'un droitier, contre un gaucher il le découvrait dangereusement. Troius ne laissa pas passer l'occasion et, faisant preuve de la même rapidité, il projeta son épée en avant. Touché à la poitrine, Messor poussa un cri, imité par le public stupéfait de voir son champion se faire surprendre ainsi. Ce fut alors qu'eut lieu la catastrophe.

La blessure ne semblait pas trop grave, elle n'empêchait pas, en tout cas, Messor de continuer à se battre, mais il parut comme frappé de terreur. Tandis que Troius, abandonnant sa position défensive, se ruait en avant pour le corps à corps, il recula précipitamment et se mit à fuir. Sous les sifflets, puis les huées, il traversa l'amphithéâtre, poursuivi par son adversaire. En agissant ainsi, il se condamnait. Troius n'avait ni son expérience ni sa science des armes, mais il était beaucoup plus jeune et donc bien meilleur coureur. Il le frappa une première fois dans le dos. Le public salua cette touche par le cri féroce accoutumé :

— Il l'a !...

Troius frappa encore, à la cuisse, cette fois, provoquant un nouveau cri du public :

— Il l'a, celui-là !

Si les blessures précédentes n'étaient que superficielles, celle-ci eut pour résultat d'arrêter le fuyard dans sa course. Il fit un bond, deux pas à cloche-pied, et s'écroula dans le sable. Troius se précipita sur lui. Cette fois, Messor n'avait plus d'autre ressource que de lâcher son arme et de lever la main droite. L'arbitre leva sa baguette à son tour pour faire arrêter le combat. C'était aux spectateurs de décider du sort du vaincu.

Mais, après sa piètre prestation, Messor n'avait aucune illusion à se faire. Les pouces se baissèrent, en plus grand nombre encore que pour Cycnus. Le fait qu'il soit un champion ne jouait pas en sa faveur, bien au contraire. Beaucoup avaient parié sur lui et ne lui pardonnaient pas de les avoir fait perdre. Aulus Nigidius promena un regard sur l'assistance et lança à Troius l'ordre fatal :

— Égorge !

Messor laissa tomber son bouclier, mit un genou à terre et attendit sans trembler. La terreur superstitieuse qui lui avait fait perdre son combat ne lui avait pas retiré son courage. Il leva la tête pour s'offrir au coup. Placé comme il l'était, il apercevait peut-être, par-delà le dernier gradin, la silhouette du Vésuve où il avait mille fois imaginé sa maison. Mais il n'y aurait pas de maison, Messor n'arrondirait pas son pécule, il ne fonderait pas de famille, il ferait partie des neuf gladiateurs sur dix morts dans l'arène...

Troius s'approcha, l'épée levée, Titus Flaminius détourna le regard.

13

Les deux plats d'argent

La suite des combats se déroula, pour Titus Flaminius, dans une sorte de léthargie. Il s'attendait à tout instant à être appelé par le héraut, mais il ne l'était pas. Il y avait toujours trois duels en même temps. L'arène était remplie du cliquetis des épées et des boucliers, du hurlement des combattants se lançant à l'attaque, des cris de douleur de ceux qui étaient blessés. L'orchestre jouait toujours, mais pas de manière continue. Il soulignait les diverses péripéties des combats : les échanges acharnés, les brillantes attaques, les poursuites frénétiques, les blessures irrémédiables. Titus Flaminius avait mal en même temps que chacun de ceux qui tombaient. Mais il essayait d'être fidèle au dernier conseil que lui avait donné son vieil ami : ne penser qu'à lui-même, ne pas s'attendrir. Messor lui avait dit qu'il était sûr de sa victoire, il ne devait pas le faire mentir...

— Flamma !

Mirmilla venait d'arriver près de lui. Jusqu'à présent, elle avait été retenue par Ciriacus, qui avait besoin d'elle pour s'occuper avec lui du bon déroulement des combats, mais elle avait réussi à s'échapper. Elle fixa Titus Flaminius intensément. Elle souriait, mais il était évident qu'elle faisait un violent effort sur elle-même et qu'intérieurement elle était dévorée d'inquiétude.

— Flamma, je voudrais rester avec toi jusqu'à ton combat...

Elle, si violente, était devenue humble, soumise. Flaminius avait du mal à imaginer que c'était la même femme qui avait terrorisé Rome et mutilé sauvagement ses victimes. Mais il avait envie de tout, sauf de l'avoir près de lui. Il lui rétorqua sèchement :

— Laisse-moi. J'ai besoin de calme. Tu risques de me faire perdre !

La gladiatrice, qui tremblait pour sa vie, n'insista pas et se retira... Il était près de quatre heures de l'après-midi. L'orchestre entama alors un air alerte et bref qu'il reprit trois fois de suite, et, immédiatement, un grand brouhaha envahit les gradins : c'était l'entracte...

Après les moments d'excitation intense qu'il venait de vivre, le public avait besoin de détente. L'argent des paris s'échangeait de main en main, beaucoup quittaient leur place, soit pour rendre visite à une connaissance un peu plus loin, soit, simplement, pour se dégourdir les jambes. Certains allaient dans les gradins du haut faire le joli cœur avec les dames. Ceux qui avaient emporté de la boisson et de la nourriture s'offraient une collation. Des discussions s'engageaient sur les duels qui venaient de se dérouler. On comparait les mérites des combattants. Comme toujours, il y avait deux clans : les partisans des gladiateurs portant un petit bouclier ou pas de bouclier du tout, les Thraces et les rétiaires, et les partisans des grands boucliers, les secutors et les mirmillons. En deux ou trois endroits du stade, le débat avait dégénéré en empoignade.

Dans l'arène, l'agitation n'était pas moindre. Depuis le début des combats, aucun des vaincus n'avait été enlevé et une dizaine de corps jonchaient le sol. Charon et Mercure se mirent au travail. Ils agissaient avec rapidité et efficacité. L'homme au masque de cuivre souriant passait le premier avec sa barre rougie au feu pour brûler les corps et l'homme à la tête de mort le suivait avec son maillet pour fracasser les crânes de ceux qui avaient une réaction. Derrière eux, les croque-morts arrivaient deux par deux avec leur civière et, une fois celle-ci chargée, prenaient la direction de la porte Libitine et du spoliarium.

Les garçons de piste les suivaient de près. Ils étaient chargés d'emporter le sable maculé dans des brouettes et de le remplacer par du sec. Leur fonction était très enviée, car ils gagnaient beaucoup d'argent en vendant le sang à des sorcières, qui s'en servaient pour leurs philtres. Le sang d'égorgement était particulièrement recherché. Derrière eux, d'autres employés répandaient du safran pour faire disparaître l'odeur fade et écœurante du sang.

Dans les gradins, au même moment, s'éleva un grand « Oh » de satisfaction. Grâce à un système remarquablement ingénieux de tuyaux qui montaient jusqu'aux derniers rangs, on venait d'envoyer de puissantes bouffées parfumées au jasmin et à la rose. Le public applaudit à tout rompre le munerator pour cette initiative aussi raffinée qu'onéreuse et ce dernier se leva de son fauteuil, au premier rang de la loge d'honneur, pour remercier à son tour de la main...

Les trompettes sonnèrent à ce moment-là, ramenant le calme. C'était la fin de l'entracte, la reprise des combats. À la hâte, les retardataires regagnèrent leur siège et le silence était tout à fait revenu lorsque le héraut annonça :

— Le rétiaire Pugnax contre le mirmillon Sergiolus, le secutor Ferox contre le Thrace Celadus, les andabates Faventinus et Flamma...

Le seul sentiment qu'éprouva en cet instant Flaminius fut le soulagement. L'insupportable attente était terminée. Il allait enfin cesser de regarder les autres sans rien faire, il allait enfin agir, risquer sa vie, au lieu de voir tuer et mourir !

Il aperçut, à quelques pas de lui, Faventinus, qui s'avançait vers le milieu de l'arène. C'était la première fois qu'il le voyait depuis le début des combats. Il s'apprêtait à partir lui-même lorsqu'un cri éclata :

— Flamma !

C'était Mirmilla qui courait vers lui. En larmes, elle se jeta contre sa poitrine, lui inondant le visage de sa chevelure rousse.

— Flamma, je t'aime ! Sois vainqueur ! Ne meurs pas !

Il la repoussa assez rudement.

— Je n'en ai pas envie, rassure-toi.

Avant de partir à son tour, il jeta un regard au couloir de la porte Triomphale où étaient massés les autres gladiateurs, ainsi que le personnel de la caserne, et il aperçut Longius, immobile. Dans un geste qu'il ne pouvait pas voir, il leva dans sa direction le rameau d'olivier. Il décida de le garder à la main pendant le combat. Ce serait comme si Minerve allait combattre à ses côtés ; son contact dans sa paume lui rappellerait de n'oublier à aucun instant la sagesse.

Il s'avança vers le lieu où allait avoir lieu son combat. Ce n'était pas le centre de l'arène, mais l'un des deux foyers de l'ellipse, à gauche du munerator. Faventinus et l'arbitre étaient déjà en place. Ce dernier leur adressa les dernières recommandations :

— Comme vous ne pouvez pas voir, vous devrez obéir à ma voix. Si je crie : « Arrête ! », vous devrez arrêter immédiatement. Ne combattez qu'à mon signal... Mettez vos casques.

Pendant tout ce discours, Flaminius avait évité de regarder Faventinus. Il mit son casque et l'arène disparut d'un coup. Les sons s'amplifièrent, au contraire, de manière fantastique. Ils étaient trop forts et tout se brouillait dans sa tête. Il espéra ardemment avoir le répit nécessaire pour dominer ce tumulte. Heureusement, l'orchestra entama un air martial : le combat ne commencerait qu'après. Et bientôt, tout se mit en place. Les dimensions des gradins, de l'arène, lui apparurent presque comme s'il voyait, ainsi que la position de son adversaire, dont la manica claquait au rythme des moulinets qu'il faisait pour s'entraîner...

En cet instant, Titus Flaminius sut qu'il allait être vainqueur. C'était une évidence, une certitude ! Il maîtrisait parfaitement la situation, tout était en son pouvoir et se déroulerait comme il l'avait prévu. Il serra très fort dans sa main le rameau de Minerve...

— Combattez !

Flaminius recula d'un bond. Conformément à ses

prévisions, Faventinus s'était jeté sur lui comme un fou. Tout allait trop vite pour qu'il puisse anticiper ses coups. Il se contentait de reculer sans paniquer, l'épée en avant, tenue fermement pour faire obstacle.

Peu à peu, les attaques de son adversaire ralentirent et, après une dernière tentative, cessèrent tout à fait... Malgré les cris du public et l'orchestre, qui se déchaînait parce qu'il devait se passer quelque chose dans l'un des deux autres combats, il gardait Faventinus dans le champ de son audition. Celui-ci s'était arrêté à deux pas de lui environ. Il était hors d'haleine et il l'entendait souffler bruyamment sous son casque...

Flaminius aurait pu tenter quelque chose en profitant de la fatigue de son adversaire, mais il préféra ne pas bouger et attendre. Il pensa qu'il était en train de récupérer et qu'il allait jeter toutes ses forces dans un dernier coup. Celui-là, il l'entendrait venir, il le parerait et, alors seulement, il contre-attaquerait.

Le bruit à la fois aigu et sourd de la manica de Faventinus se fit entendre sur le sol. Sans réfléchir, Flaminius sauta aussi haut qu'il put, tandis qu'il percevait le sifflement de l'épée sous ses pieds. Dans le public, un « Oh » de surprise éclata, mais il n'y prêta pas attention. Il suivait les cliquetis de son adversaire qui se relevait péniblement et, dès qu'il fut debout, il s'élança et frappa.

Il avait touché. Le contact mou de la chair contre

l'épée ne laissait aucun doute. D'ailleurs, les gradins le lui confirmèrent en lançant le cri habituel :

— Il l'a !

L'instant d'après, c'était l'arbitre qui criait à son tour :

— Arrête !...

Il retira son casque et cligna des yeux dans la lumière éblouissante de l'arène. Faventinus était agenouillé devant lui, la poitrine en sang. Il n'était certainement que blessé, il avait pris soin de ne pas frapper trop fort pour ne pas le tuer, mais il semblait durement touché. Il avait jeté son épée et levait la main droite en signe d'abandon...

Ce fut alors qu'un charivari éclata dans le public. C'était une clameur qui enfla jusqu'à devenir énorme et Flaminius se rendit compte avec stupeur que c'était lui qui en était la cause. On le traitait de tricheur, on réclamait même qu'il soit mis à mort !... L'arbitre s'approcha de lui.

— Tout à l'heure, tu as sauté juste au moment où il lançait son épée dans tes jambes. Ils pensent que tu peux voir avec ton casque. Je vais vérifier.

Il s'empara du casque, le mit à son tour, le retira et posa sa main sur l'épaule de Flaminius, signifiant ainsi que tout était régulier. Du coup, la clameur de l'assistance se transforma en ovation...

Restait à décider du sort de Faventinus, que tout le monde avait momentanément oublié. Il était toujours accroupi. Il avait retiré son casque lui aussi. Flaminius s'approcha de lui.

— Ils vont te gracier. Rappelle-toi ce que nous avions dit.

— Nous mentions tous les deux. Le public n'aime pas les andabates. Il ne les gracie jamais.

— Faventinus...

— Tais-toi. Laisse-moi avec elle...

Faventinus avait fermé les yeux, tandis que, dans les gradins, les pouces se baissaient les uns après les autres... L'arbitre maintenait sa baguette levée, regardant du côté de la tribune d'honneur. Puis, voyant le geste de Nigidius, il fit signe à Flaminius.

— Va !

Titus Flaminius avança d'un pas. Le public, maintenant qu'il savait que son coup était licite, lui faisait un triomphe. Tout comme avec Cycnus un peu avant, il scandait à présent le nom de Flamma.

Il avança encore d'un pas. Faventinus était devant lui, à genoux, le buste droit, les yeux fermés. Le public l'acclamait toujours. C'était sous les acclamations qu'il allait égorger son compagnon... Pourquoi le connaissait-il ? Pourquoi avait-il passé six mois de sa vie avec lui ? Pourquoi savait-il qu'il était jardinier ? Pourquoi l'avait-il vu la veille avec Aurelia ? Et elle, était-elle là ? Voyait-elle ce spectacle abominable ? Il considéra le glaive glorieux de son père. Le premier acte qu'il allait commettre avec cette épée était d'égorger un homme à terre désarmé, son ami, son frère. Mais il n'avait pas le choix. Il y avait Rome, il y avait sa mission... Il ferma les yeux à son tour.

La voix de Faventinus lui parvint un peu au-dessous de lui. Elle était calme et ne prononça qu'un seul nom :

— Aurelia...

Il frappa de toutes ses forces en direction de cette voix... Lorsqu'il regarda de nouveau, Faventinus était mort. C'était sa seule consolation : il lui avait épargné l'épreuve odieuse du voyageur épuisé ! Il s'enfuit, alors que le public frustré avait cessé de l'acclamer et faisait même entendre quelques sifflets. Il retourna en courant vers le groupe des gladiateurs.

Comme il arrivait au milieu d'eux, Ciriacus vint vers lui. Il avait l'air à la fois satisfait et mécontent.

— Tu as magnifiquement combattu, mais où vas-tu ? Tu dois retourner à la tribune, prendre ta couronne de laurier et ton plat d'argent. Tu dois faire ton tour d'honneur.

— Jamais !

— Flamma, c'est un ordre !...

Mirmilla, qui était accourue à son tour, s'interposa devant le laniste :

— Laisse-le, s'il te plaît. Je te le demande.

Ciriacus, après un instant d'hésitation, haussa les épaules et tourna les talons. Alors, Flaminius se jeta dans les bras de la gladiatrice et, le visage enfoui dans la chevelure rousse, éclata en sanglots...

La suite des combats fut pour lui comme une sorte de rêve éveillé. Il s'était assis, seul dans un coin de l'arène, Mirmilla, à qui il avait demandé de le laisser, s'était retirée. Ce fut après un long moment qu'il s'aperçut qu'il avait toujours dans sa main gauche le rameau d'olivier de Longius et qu'il le tenait si serré que ses phalanges étaient toutes blanches.

Il regarda ainsi d'un œil morne le duel des deux premières gladiatrices, Dira et Lachesis. Dira combattait en rétiaire, Lachesis en mirmillon : la seconde l'emporta. Elle blessa seulement son adversaire, qui demanda sa grâce au public et l'obtint, comme environ la moitié des vaincus depuis le début des jeux.

Flaminius se releva pourtant lorsqu'on annonça le combat d'Amazon et Achilia. Il les plaignait de tout cœur de la cruauté que leur infligeait Mirmilla. Il avait essayé de la fléchir, mais, malgré ses sentiments pour lui, elle était restée intraitable. L'une des deux tuerait l'autre, elle l'avait décidé !

Après l'annonce du héraut, l'arbitre déposa une palme sur le sable, ce qui signifiait que le combat serait sans merci. Dans le public, se firent entendre des réactions contradictoires : les uns manifestaient leur mécontentement de se voir dépouillés du droit de vie et de mort sur le vaincu, les autres étaient excités à la perspective d'une mort certaine, et puis, il s'agissait de femmes, ce qui pimentait toujours la chose...

Les amantes passèrent devant Flaminius. Il put constater combien elles étaient pâles, la cicatrice d'Achilia ressortait plus encore que d'habitude sur sa joue. Elles combattaient en mirmillons mais, comme toutes les gladiatrices, elles ne portaient pas de casque grillagé, sinon on n'aurait pas pu se rendre compte qu'il s'agissait de femmes. Elles arrivèrent à l'emplacement prévu. Comme les autres fois, l'orchestre joua et, lorsqu'il se fut tu, l'arbitre donna le signal.

Titus Flaminius pensait que les deux amantes auraient manifesté quelque réticence à engager le combat, il n'en fut rien. Elles frappaient de toutes leurs forces, se lançant de grands coups qui résonnaient de manière sonore sur leurs boucliers. Au bout d'un moment, il eut pourtant l'impression de quelque chose d'anormal : leurs attaques étaient toujours aussi spectaculaires, mais elles se montraient totalement inefficaces.

Le public de Pompéi, qui était composé de connaisseurs, s'en était rendu compte avant lui, car il avait déjà commencé à gronder... Il arrivait quelquefois que des gladiateurs qui ne voulaient pas combattre tentent ainsi de donner le change en se démenant sans attaquer vraiment et il était évident que c'était le cas. Bientôt, sur les gradins, éclatèrent les premiers cris :

— Brûle !... Fouette !

Les vociférations s'amplifièrent à tel point que Charon et Mercure entrèrent en piste pour accomplir le second office qui était le leur : stimuler les gladiateurs récalcitrants. La troupe de Ciriacus s'étant jusque-là parfaitement comportée, ils n'avaient pas eu à intervenir, ils allaient le faire à présent.

Charon prit son fouet, Mercure plongea sa tige de fer dans le brasero, et tous deux allèrent à la rencontre des gladiatrices. Elles sursautèrent violemment sous l'effet des coups et des brûlures. Alors, on vit quelque chose d'extraordinaire. Elles jetèrent en même temps leur bouclier, s'élancèrent dans les bras l'une de l'autre et restèrent longuement enlacées, s'adressant un dernier adieu, indifférentes aux deux hommes masqués qui se déchaînaient de plus belle contre elles. Puis, soudainement, elles reprirent leur bouclier et leur combat.

Charon et Mercure arrêtèrent de frapper, car il était évident qu'elles ne faisaient plus semblant. Jamais, même, affrontement n'avait été plus violent, plus sauvage. Elles cherchaient à s'atteindre avec rage, avec furie, avec désespoir ! Amazon lança une attaque frénétique contre son adversaire, mais, emportée par l'élan, trébucha et s'étala de tout son long, face contre terre. Achilia se précipita et frappa sur le cou comme un bûcheron. L'arbitre l'arrêta, constatant la mort. Alors, Achilia s'enfuit en pleurant...

Plusieurs combats suivirent celui des deux gladiatrices, et puis le héraut, pour la première fois, ne s'avança pas au milieu de l'arène. Il n'avait plus rien à annoncer, toutes les paires prévues avaient été engagées, les jeux étaient normalement terminés. Or le soleil était encore haut dans le ciel et le public n'avait aucune envie de s'en aller. Il commença à protester et à réclamer avec de plus en plus d'insistance d'autres combats... Au bout d'un moment, le héraut vint trouver Ciriacus.

— Aulus Nigidius te demande dans la tribune.

Le laniste disparut. Dans les gradins, l'effervescence augmentait. Le public campanien était réputé bouillant et, si on ne lui donnait pas satisfaction, le pire était à craindre... Ciriacus revint enfin. Tous les gladiateurs se groupèrent autour de lui pour l'entendre :

— Le munerator m'a demandé d'autres combats. Je vais former de nouvelles paires. Ceux qui sont blessés, retirez-vous. Les autres, restez !

Titus Flaminius, qui était sorti indemne de son combat, resta donc et entendit le laniste désigner les malchanceux qui allaient devoir, pour la seconde fois en une même journée, risquer leur vie dans l'arène. Ciriacus s'approcha de lui.

— Flamma, tu vas combattre, toi aussi. Le munerator y tient. Il a beaucoup apprécié ton exploit.

Flaminius tomba des nues.

— Mais c'est impossible ! Il n'y a plus d'andabate.

— Il y a quelqu'un qui peut très bien tenir ce rôle : Longius. C'est lui qui t'a entraîné, non ? N'oublie pas qu'il est toujours gladiateur : il combattra...

Ciriacus s'éloigna, laissant Titus Flaminius frappé de stupeur. Ce n'était pas possible ! Il avait réussi à triompher de sa terrible épreuve et voilà qu'un incroyable coup du sort allait tout anéantir ! Car il n'avait pas la moindre chance. Il allait se battre contre son maître, celui qui lui avait tout appris, il était perdu !

Il baissa la tête, abattu par le choc, contemplant, hébété, ce sable blanc qu'il rougirait bientôt de son sang. Et il n'y avait pas que lui qui était en cause. Le sort de Rome venait de se jouer aussi du même coup. Rome allait brûler, et les Vieux Campaniens pourraient triompher, plus personne ne s'opposerait à leurs projets !

— Les andabates Longius et Flamma...

Là-bas, au milieu de la piste, le héraut venait de faire l'annonce fatale... Il découvrit alors Longius. Il était non loin de lui, Ciriacus était en train de l'aider à revêtir l'équipement de Faventinus. Peu après, l'arbitre vint le chercher. Il le prit par la main pour le conduire à l'endroit du combat. Flaminius les rejoignit. Le masseur se tourna vers lui. Il avait entendu quelqu'un venir et il savait que c'était lui.

— Ce n'est pas moi qui l'ai voulu, Flamma, ce sont les dieux...

Flaminius ne répondit rien. Il regarda celui qui était devenu son adversaire : il n'avait pas tout l'équipement du malheureux Faventinus, il manquait la manica. L'arbitre s'en rendit compte aussi :

— Pourquoi n'as-tu pas ta protection de bras ?

— Celle de Faventinus était trop grande. Elle ne m'allait pas.

— C'est un grand désavantage. Je peux annuler le combat, si tu veux.

— Cela n'a pas d'importance...

Titus Flaminius eut un sourire amer. Oh non, ce n'était pas un désavantage, c'était un atout décisif, au contraire ! Il aurait parié que Longius pouvait parfaitement revêtir la manica de Faventinus. Mais, en ne la mettant pas, il se rendait totalement silencieux et n'offrait plus le moindre repère à l'ouïe de son adversaire... Flaminius bougea le bras et fit la grimace en entendant le vacarme que produisait sa propre manica. Ce ne serait pas un combat, ce serait une exécution. Il se faisait l'effet d'être une biche dans un terrain découvert, face à un chasseur embusqué...

Ils étaient arrivés à l'endroit du combat et tout recommença comme quelques heures auparavant : les dernières recommandations de l'arbitre, l'orchestre qui entamait un air martial, tandis qu'ils mettaient leur casque... Mais non, tout ne recommençait pas comme la première fois, tout était exactement inverse. À cet instant précis, dans son combat avec Faventinus, il avait eu la certitude qu'il allait vaincre, maintenant, il avait la certitude d'être perdu !

Il décida pourtant de tenter sa chance. Il ne serait pas dit qu'un Flaminius capitulerait sans combattre. Il était plus jeune, plus grand et plus athlétique que Longius. Il allait faire comme Faventinus tout à l'heure, jeter ses forces d'entrée dans la bataille, frapper sous tous les angles à toute vitesse. Il allait oublier Minerve, redevenir Mars...

— Allez !

Titus Flaminius se lança furieusement en avant et mit toute sa rage dans ses coups d'épée. Mais il comprit tout de suite que c'était sans espoir. Ses grands moulinets ne rencontraient que le vide, son adversaire reculait avec calme et sûreté, comme il l'avait fait lui-même. Il s'épuisait en vain ; bientôt, il serait hors d'haleine et Longius n'aurait plus qu'à frapper en direction du halètement...

Il s'arrêta. C'était inutile... Il ne voulut quand même pas renoncer si vite. Il imagina une ruse : changer son épée de main. Ainsi, il pourrait frapper, alors que sa manica au bras droit resterait silencieuse. Mais il n'était pas gaucher, il n'arriverait à rien... Il en était là de ses pensées, lorsque se produisit quelque chose d'extraordinaire. La voix de Longius s'éleva, rendue un peu caverneuse par son casque.

— Je suis ici, Flamma.

Flaminius s'arrêta, sous l'effet de la stupeur. La voix douce du masseur poursuivit :

— Je suis trop vieux, Flamma, et toi, tu mérites de vivre. J'ai décidé de disparaître. Grâce à mes leçons, je suis sûr que tu l'emporteras et que tu obtiendras ta baguette de bois. Frappe !

— Longius...

— Ne discute pas ! Frappe à la poitrine. Accorde-moi une mort rapide !

— Mais, Longius...

— Ne discute pas et ne reste pas ainsi immobile, sinon Charon et Mercure vont intervenir. Frappe, fils de Minerve !

Il n'y avait rien d'autre à faire qu'obéir et Flaminius frappa. Comme pour le coup de grâce à Faventinus, il y mit toutes ses forces. Il perçut presque en même temps le contact mou de la chair sous son glaive et le cri féroce du public.

— Il l'a !

Sans même attendre l'intervention de l'arbitre, il retira son casque... Longius gisait sur le sol, la poitrine fracassée, dans un bain de sang. Comme la première fois, il s'enfuit en direction des autres gladiateurs. Mais ce coup-ci, Ciriacus l'obligea à se soumettre à ses obligations. Il dut aller devant la tribune pour recevoir sa couronne de laurier. On lui remit aussi deux plats d'argent : celui qu'il avait mérité pour la mort de Longius, plus celui qu'il avait mérité pour la mort de Faventinus et qu'il n'était pas venu chercher. Ensuite, il dut faire son tour d'honneur avec ses trophées dans les bras... Lorsqu'il revint à sa place, près de la porte Triomphale, il les jeta.

Les combats se poursuivirent jusqu'au coucher du soleil... Quand la dernière paire en eut fini, le public applaudit le munerator à tout rompre : les jeux avaient été un succès ! Avant de retourner à la caserne, Flaminius fut soudain pris d'un désir irrésistible : aller au spoliarium saluer ses amis disparus. Il ne savait pas s'il en avait le droit, mais dans le désordre qui régnait tout autour de lui, personne ne faisait attention. Il décida d'en profiter...

Messor ne lui avait pas menti : le spoliarium était exactement sous la tribune d'honneur. On y accédait par un petit escalier dans le couloir de la porte Libitine. En haut, il n'y avait pas de porte. On distinguait une faible lumière au bout des dernières marches. Il y parvint, s'avança et le regretta aussitôt.

C'était un spectacle terrible qui l'attendait, dans la pièce sombre. Ils étaient plusieurs dizaines à avoir péri en cette belle journée d'avril et ils étaient allongés les uns à côté des autres sur de longues tables de pierre. Les cadavres étaient absolument affreux ! Celui qui était le plus proche de lui avait été tellement défiguré par le maillet de Charon qu'il ne restait plus, à la place de sa tête, qu'une bouillie infâme. Et, semblait-il, presque tous étaient dans le même cas. L'homme au masque les avait frappés alors que tous les vaincus ou presque étaient sans vie. Pourquoi s'était-il acharné ainsi sur des hommes qu'il avait connus, dont il avait partagé l'existence ? Par cruauté, par méchanceté gratuite, c'était sans doute cela la réponse. Titus Flaminius frissonna, il décida de ne pas s'attarder davantage dans cet endroit de cauchemar et rebroussa chemin.

Il arrivait dans le couloir lorsqu'il aperçut une vieille femme avec du sable rouge dans les mains. Redoutant de comprendre, il alla vers elle :

— Qu'est-ce que tu tiens là ?

La vieille le rabroua.

— Du sang de gladiateur. Passe ton chemin !

Il devint soudain fou furieux. Il se jeta sur elle. Elle tenta de le repousser.

— Tu n'as pas le droit ! C'est à moi. Je l'ai payé très cher aux garçons de piste.

Elle ne pouvait évidemment rien faire contre Flaminius, qui lui arracha le sable, et elle s'enfuit en glapissant... Il s'apprêtait à envoyer au loin ces restes tragiques, lorsqu'il considéra soudain sa main. Il l'approcha de son visage et il sentit son cœur cesser de battre. Il venait de faire une découverte extraordinaire ! Il réfléchit intensément, examina toutes les hypothèses possibles, mais il n'y avait pas de doute : il avait fait un pas décisif vers la vérité. Pour la première fois depuis qu'il était dans la caserne, il avait avancé dans sa mission !... Ciriacus arriva à ce moment-là. Il était furieux.

— Qu'est-ce que tu fais ici ? Nous rentrons. Tu devrais être avec les autres !

Titus Flaminius traversa l'arène en courant. Il rattrapa le reste des gladiateurs dans le couloir de la porte Triomphale. Dans un mouvement irréfléchi, il chercha Messor des yeux. Il eut un sursaut douloureux, prit place en soupirant dans la file de ses compagnons et, lorsqu'ils arrivèrent à l'extérieur de l'amphithéâtre, monta au hasard dans un char...

Tandis qu'il reprenait en sens inverse la rue de l'Abondance, il jeta les yeux sur le groupe qu'ils formaient tous. Ils n'avaient plus rien de commun avec la troupe fringante de la parade. Ils n'étaient qu'un cortège lamentable d'éclopés épuisés et abattus. Même dans les yeux des vainqueurs, on ne lisait que de la souffrance.

Lui-même n'éprouvait rien d'autre... Il savait ce qu'il allait faire quand il arriverait à la caserne, il lui faudrait prendre de grands risques, tout calculer avec précision, il décida pourtant de ne pas y penser pour l'instant. Il avait d'abord besoin de souffler, de rentrer en lui-même, de se recueillir...

Il était peut-être sur le point de découvrir le Grand

Maître des Vieux Campaniens et de sauver Rome de l'incendie, mais tout cela ne concernait que son esprit, son cœur était ailleurs. Il était resté dans l'amphithéâtre et il pleurait ses compagnons disparus : Cycnus, Messor, Faventinus, Longius et tous ceux qui avaient quitté l'arène par la porte Libitine.

14

Les Floralies

Ancus et Marcus Aufidius, que tout le monde à la caserne appelait Charon et Mercure, habitaient une chambre commune à l'étage. Leurs fonctions auprès de Ciriacus auraient pu leur faire prétendre à un logement plus spacieux, mais les jumeaux avaient des goûts simples et leur vie quotidienne n'était pas très différente de celle des gladiateurs.

Depuis que Mirmilla l'avait admis dans son lit et dans son cœur, Titus Flaminius avait le privilège de loger lui aussi à l'étage et il comptait se servir de cet avantage. Car l'investigation qu'il avait l'intention de mener se situait précisément dans la chambre de Charon et de Mercure...

Par chance pour lui, Mirmilla avait à faire avec Ciriacus. Pour une raison qu'il ignorait, elle alla s'enfermer avec lui dans son appartement. Charon et Mercure arrivèrent peu après. Lourdement chargés, ils déposèrent leur matériel dans leur chambre et s'en allèrent.

Flaminius les regarda partir. Il les vit prendre l'escalier, puis s'approcha de la balustrade. Le premier étage possédait, au-dessus du portique, un couloir qui en faisait le tour et qui surplombait le quadrilatère d'entraînement. De là, on voyait parfaitement tout ce qui se passait en bas. Flaminius se pencha et aperçut les jumeaux en train de disparaître du côté des cuisines. La voie était libre ! Il allait pouvoir vérifier si l'idée qui lui était venue après l'altercation avec la sorcière était la bonne ou non.

La porte de la chambre n'était pas fermée. Il entra et décida de la laisser ouverte. Ainsi, si quelqu'un venait de l'extérieur, il pourrait éventuellement l'entendre, car il avait l'ouïe particulièrement développée depuis son entraînement en aveugle...

Il découvrit immédiatement ce qu'il cherchait : le maillet de Charon était posé contre le mur, non loin de son lit. Ou plutôt non, il n'y avait pas un, mais deux maillets... Il délaissa le maillet de fer, lourd et massif, et se pencha sur l'autre. Il était en bois léger, recouvert d'une peinture qui imitait le métal et fendu sur toute sa longueur. Il était maculé de plusieurs traces rouges. Il le porta à son nez et huma : l'odeur caractéristique ne laissait aucun doute, il ne s'était pas trompé !

Il considéra le maillet de bois brisé et réfléchit. Tout cela était bien, mais il fallait maintenant savoir quand Charon avait utilisé cet instrument factice à la place du véritable... Il fit la grimace. Il ne pouvait malheureusement pas répondre à la question. Il avait systématiquement fermé les yeux ou détourné le regard chaque fois que l'homme à tête de mort avait accompli sa sinistre besogne. Et, d'après ce qu'il avait pu voir au spoliarium, ils étaient des dizaines à avoir été ainsi frappés. Alors, demander à un autre gladiateur s'il avait remarqué quelque chose à ce sujet ? Peut-être, mais il faudrait être prudent...

— Maudit espion !

Il se retourna trop tard. Charon et Mercure étaient là. Perdu dans ses pensées, il avait relâché son attention et il ne les avait pas entendus venir. En un instant, ils furent sur lui et commencèrent à le frapper tout en hurlant pour donner l'alerte. Les jumeaux n'étaient guère athlétiques et il aurait sans doute pu avoir le dessus, mais il savait qu'ils allaient rapidement recevoir des renforts. Il n'avait aucune chance d'échapper de la caserne. Il préféra ne pas aggraver son cas et se contenta de parer de son mieux les coups qui pleuvaient sur lui.

Mirmilla et Ciriacus ne tardèrent pas à arriver, alertés par le vacarme. La gladiatrice poussa un cri d'horreur en voyant les jumeaux s'acharner sur Flaminius.

— Arrêtez ! Vous êtes fous ?

Charon arrêta effectivement de frapper, mais il ne lâcha pas sa prise, tenant fermement celui qu'il venait de surprendre.

— Oh non, nous ne sommes pas fous ! Figure-toi qu'il était en train d'examiner mon maillet. Il était même en train de le renifler !

— Ce n'est pas possible ! Tu te trompes.

— Nous l'avons vu tous les deux.

Mirmilla arriva devant Flaminius. Elle était totalement bouleversée.

— Flamma, que se passe-t-il ? Dis quelque chose...

Titus Flaminius décida de jouer les innocents. C'était la seule conduite à tenir.

— Ce sont les combats qui m'ont troublé. Je ne sais pas ce que j'étais en train de faire ici...

Charon était particulièrement en colère.

— Ne l'écoute pas. Il ment ! C'est un homme de Clodius. Il faut le torturer pour le faire parler.

— Tu oublies qu'il est amnésique. Ce que tu dis n'a pas de sens !

— Parce que tu crois cela ? Il n'est pas plus amnésique que moi. Il nous a tous trompés et surtout toi, Mirmilla, surtout toi !...

Flaminius vit la jeune femme devenir incroyablement pâle. Elle ouvrit la bouche pour dire quelque chose, mais se tut. Elle reprit la parole d'une voix précipitée :

— Il faut que j'aille immédiatement à Rome. Charon et Mercure, vous venez avec moi.

Pendant toute la discussion, Ciriacus s'était tenu en retrait, laissant s'expliquer la gladiatrice et l'homme au masque. Il était visible que, malgré ses fonctions, le laniste n'occupait qu'une place de second plan dans l'association. Il prit la parole, désignant Flaminius :

— Et qu'est-ce que je dois faire de lui pendant ce temps ?

— Enferme-le dans la prison.

— Si tu veux, je peux me charger de le faire parler...

Mirmilla bondit sur lui.

— Ne le touche pas ! Tu m'entends ? S'il lui arrivait la moindre chose, c'est toi qui prendrais sa place !... Le Grand Maître et moi, nous déciderons de son sort.

Charon reprit la parole :

— Réfléchis, Mirmilla. Après ce qu'il vient d'entendre, le laisser en vie serait prendre un trop grand risque. Ne crois-tu pas que tu te laisses entraîner par des considérations... personnelles ?

— Tais-toi ! Fais tes préparatifs. Nous partons tout de suite...

Ciriacus agrippa le prisonnier et le poussa sans ménagement hors de la chambre. Comme il passait devant elle, Mirmilla le dévisagea en secouant la tête douloureusement.

— Qui es-tu, Flamma ? Qui es-tu ?

C'était la nuit. Flaminius était seul dans la prison. L'endroit qui, le jour même, avait abrité les malheureux condamnés aux bêtes, n'avait pas été nettoyé. Encore jonché de la paille dont on avait fait des couches sommaires pour les occupants, il sentait la crasse et l'urine.

Flaminius s'assit et décida d'examiner calmement la situation... Il était en vie et c'était l'essentiel. Il le devait sans nul doute aux sentiments que lui portait Mirmilla. Elle l'aimait décidément à la folie. Car Charon avait raison : après avoir parlé devant lui de partir pour Rome et du Grand Maître, jamais elle n'aurait dû le laisser vivre... Il n'avait pas grand espoir sur le sort qui l'attendait quand elle reviendrait, mais, d'ici là, il pouvait se passer beaucoup de choses. Il espérait, en particulier, que Palinure, qui lui avait dit, le jour du repas public, qu'il allait essayer d'entrer en contact avec lui, reviendrait à la caserne...

En attendant, s'il avait apparemment perdu la partie, il avait au moins la satisfaction d'avoir vu juste. En prenant en main le sable de la sorcière prétendument souillé de sang de gladiateur, il avait perçu, grâce à son odorat surdéveloppé depuis qu'il s'entraînait à la cécité, une nette odeur de vin. Et il avait eu alors une folle idée ! Avec l'un des vaincus de l'arène, Charon s'était servi d'un maillet factice rempli de vin pour faire semblant de lui fracasser la tête. Et le faux mort n'était autre que le Grand Maître, qui avait choisi ce moyen pour gagner Rome en secret, au cas où il aurait été surveillé. Sa fouille dans la chambre de Charon avait confirmé ses déductions : à côté du maillet véritable, il y avait bien un maillet factice, qui dégageait une forte odeur de vin.

Le Grand Maître faisait donc partie des gladiateurs ! C'était en apparence impossible. Un gladiateur est un esclave qui n'est libre ni de ses mouvements ni de ses actes. Comment pourrait-il dans ce cas diriger un mouvement comme les Vieux Campaniens ? Mais il ne s'arrêta pas à cette objection. Depuis le début de cette histoire, tout était placé sous le signe des masques et de l'illusion : le casque grillagé, sous lequel des hommes et des femmes avaient pris, à Rome, la place de Mirmilla, les masques de Charon et de Mercure, le maillet factice... Il y avait eu, à la caserne de Pompéi, un faux gladiateur, qui était le véritable Grand Maître des Vieux Campaniens. Il avait en apparence péri dans l'arène, mais il était en ce moment en route pour Rome, afin de donner le signal de l'incendie.

Qui était-ce ?... S'il était resté davantage au spoliarium et s'il avait examiné tous les cadavres, Flaminius aurait vu qui manquait et il aurait été à même de répondre à la question. Seulement, un tel courage lui avait fait défaut et il en était réduit aux hypothèses... Il s'arrêta soudain dans ses pensées. Il lui semblait qu'il était en train de se passer quelque chose d'anormal. Il dressa l'oreille et jugea que cela provenait de l'armurerie, qui n'était pas si loin.

Il ne se trompait pas. Achilia rôdait de ce côté. Elle n'avait pas quitté sa tenue de gladiatrice et s'arrêta devant la grille. Babrius dormait à l'intérieur, car, depuis la tentative de Leo, Tigris et Ursus, il couchait dans son armurerie, après s'être enfermé lui-même. Celle-ci était pleine. Après les combats, toutes les armes y avaient été de nouveau déposées jusqu'aux prochains jeux... Achilia appela à voix basse :

— Babrius ! Réveille-toi, Babrius !

L'homme finit par ouvrir l'œil. Il bondit sur l'une des épées, mais, quand il vit de qui il s'agissait, il s'adoucit soudainement :

— Toi !... Qu'est-ce que tu veux ?

— Te parler. Il n'y a que toi qui puisses me comprendre. Je suis si malheureuse, Babrius ! Laisse-moi entrer, s'il te plaît...

Un sourire apparut sur le visage de l'être chétif et contrefait qu'il était... Amoureux fou d'Achilia, il avait plusieurs fois tenté de l'approcher, mais Mirmilla y avait toujours mis le holà. D'ailleurs, Achilia elle-même ne se serait pas laissé faire.

— J'ai beaucoup souffert de ce qui t'est arrivé, Achilia. Mais je ne peux pas t'ouvrir. Je n'en ai pas le droit.

Achilia se colla contre les barreaux.

— Je t'en supplie, Babrius, ne me laisse pas seule !

L'armurier ne put résister. Il prit le trousseau qu'il portait à la ceinture et ouvrit la grille... Il est probable qu'il ne se sentit pas mourir, tant la gladiatrice fit preuve de maestria. Elle avait sur elle un petit couteau qu'elle avait dérobé à la cuisine. Elle feignit de se jeter dans ses bras et le lui plongea de toutes ses forces dans la clavicule, à l'endroit précis de la veine jugulaire. Elle se retrouva inondée d'un flot de sang, tandis que Babrius, victime d'une hémorragie foudroyante, s'effondrait sur le sol où il resta sans vie.

Elle ne perdit pas de temps. Elle alla prendre son épée parmi toutes celles qui étaient rangées sur les râteliers, puis elle se pencha sur le corps et s'empara de son trousseau... Babrius avait, en effet, la garde de toutes les clés de la caserne et, parmi celles-ci, se trouvait celle de la prison. Elle s'y précipita.

Titus Flaminius eut un sursaut lorsqu'il vit arriver la gladiatrice à la joue barrée d'une vilaine cicatrice revêtue de son équipement, armée et couverte de sang. Que lui voulait-elle ? Mais sa crainte ne dura pas. L'instant d'après, il la voyait ouvrir la porte de la prison, tandis qu'elle chuchotait :

— Je viens te délivrer !

Il chuchota à son tour :

— Comment t'es-tu procuré les clés ?

— J'ai tué Babrius. Je ne sais pas pourquoi tu es l'ennemi de Mirmilla, mais je veux me venger d'elle. Alors, je suis avec toi !

Titus Flaminius ne s'attarda pas sur le côté inespéré de ce retournement de situation. Une fois sorti, il lui demanda brièvement :

— Me fais-tu confiance ?

— Oui.

— Alors, va m'attendre dehors. Je te rejoins. Auparavant, je dois, moi aussi, reprendre mon arme.

Elle disparut et il courut à son tour vers l'armurerie. Il faisait très sombre et il faillit s'étaler de tout son long en trébuchant sur le cadavre de Babrius, étendu au milieu d'une énorme flaque de sang... Il finit par retrouver le glaive qui avait été celui de son père et courut rejoindre la gladiatrice.

— Pas si vite, Flamma !

Un violent coup d'épée, qu'il parvint à éviter dans un réflexe miraculeux, ponctua cette phrase. Il était en face de Ciriacus. Celui-ci, soit qu'il ait été réveillé par le bruit, soit qu'il ait été en train de faire une ronde, lui barrait le chemin... Le laniste se rua à l'assaut. Il était évident qu'il était décidé à tuer. Il avait dû obéir à Mirmilla, parce qu'il était son subordonné chez les Vieux Campaniens, mais il allait prendre sa revanche. Pour cette tentative d'évasion, il était en droit d'abattre le prisonnier et il n'avait aucune envie de s'en priver !

Accablé de coups, Flaminius reculait sous le portique. Il passa en quelques instants par les émotions les plus contradictoires : après s'être cru sauvé, il était de nouveau dans une situation désespérée. Il gardait pourtant son sang-froid. Il savait qu'il n'avait aucune chance aux armes contre ce maître de l'escrime qu'était le laniste, mais tout n'était pas perdu.

Reculant toujours, il parvint jusqu'au cellier. Il s'agissait d'une vaste pièce sans fenêtre où on conservait les amphores. Il s'y précipita. Ciriacus eut l'imprudence de le suivre. Il se rendit compte immédiatement de son erreur, mais il était trop tard. Titus Flaminius avait refermé la porte et s'était placé devant elle, lui interdisant toute retraite.

D'un seul coup, le rapport de forces s'inversa. Le laniste se retrouvait dans le noir complet face à un andabate surentraîné. Il aurait pu tout de même tenter sa chance en frappant dans toutes les directions avec de grands moulinets, mais il commit une seconde erreur : il parla. Un cri de rage lui échappa :

— Maudit ! Je vais...

Il ne put en dire plus. L'épée de son adversaire, frappant avec précision à l'endroit d'où était parti le son, lui avait tranché la gorge. Sa propre épée tomba en cliquetant sur les amphores et il s'affaissa lourdement sur le sol.

Flaminius s'apprêtait à s'enfuir et à rejoindre Achilia, qui l'attendait à l'extérieur, mais il se rendit soudainement compte qu'il était devenu le maître de la caserne. Le laniste était mort, l'armurier était mort, Mirmilla, Charon et Mercure étaient partis. Il ne pouvait laisser passer cette occasion. Il appela à grands cris :

— Venez tous ! Arrivez !...

Il s'écoula un long moment avant que les gladiateurs sortent de leurs cellules. C'était la première nuit après le combat. Ils avaient tous besoin de reprendre des forces. Ils étaient épuisés physiquement et nerveusement, beaucoup étaient blessés. Quelques hommes mal réveillés firent leur apparition dans le quadrilatère d'entraînement. Quand ils découvrirent le corps de Babrius et l'armurerie ouverte, ils poussèrent des cris, réveillant les autres... Flaminius prit la parole :

— Le laniste est mort, l'armurier aussi. Vos armes sont à vous. Votre liberté est là. Vous n'avez qu'à la prendre !

Mais personne ne bougea. Au contraire, quelques voix effrayées s'élevèrent :

— Tu veux que nous ayons le sort de Leo, Tigris et Ursus ?

— Qu'est-ce nous allons devenir maintenant ? On va croire que nous nous sommes révoltés...

Flaminius considérait ces visages ensommeillés et apeurés... Le temps de la révolte était passé. Les gladiateurs de Pompéi n'imiteraient pas ceux de Capoue quinze ans plus tôt. Certains même commençaient à le regarder avec hostilité. S'il ne réagissait pas immédiatement, il risquait de se trouver dans une situation très délicate.

— Alors, regagnez vos cellules. J'informerai les duumvirs de tout ce qui s'est passé. Vous ne serez pas inquiétés !

— Toi ? Mais qui es-tu, Flamma ?

— Votre frère à jamais ! Adieu...

Et il quitta en courant cette caserne où il était entré six mois plus tôt.

Dehors, Achilia l'attendait. En sa compagnie, il prit la direction de la maison de Stilicia. Ce fut quand il arriva rue de l'Abondance qu'il se fit la réflexion qu'il venait de se comporter exactement comme Spartacus, cet homme qu'auparavant il détestait et prenait pour un monstre. Seulement voilà, entre-temps, il était devenu gladiateur. On ne peut pas juger les hommes si on n'a pas vécu ce qu'ils ont eux-mêmes vécu...

Il ne fut pas facile de réveiller la maisonnée de Stilicia, mais il y parvint. Palinure se trouvait chez elle.

Il avait décidé d'y passer la nuit après avoir assisté aux jeux et il avait l'intention de tenter le lendemain quelque chose à la caserne. Titus Flaminius coupa court à leurs effusions à tous deux et il les mit brièvement au courant de la situation. L'un et l'autre comprirent qu'il fallait agir sans perdre un instant. Avant de rejoindre avec Palinure les Oubliés du Vésuve, il tint à remercier Stilicia pour tout ce qu'elle avait fait, prenant les plus grands risques pour elle-même et compromettant sa réputation. Il avait aussi une dernière mission à lui confier :

— Connais-tu les deux duumvirs ?

— Bien sûr. Nos familles sont amies depuis toujours.

— Peux-tu leur expliquer ce qui s'est passé à la caserne et leur dire que les gladiateurs n'y sont pour rien ? Crois-tu qu'ils comprendront ?

— Ils comprendront. Fais-moi confiance...

Flaminius, Palinure et Achilia prirent le chemin du Vésuve et Flaminius fit à son affranchi le récit, cette fois détaillé, de ce qui s'était passé à la caserne. Achilia écoutait en silence, découvrant une réalité qui s'était déroulée tout près d'elle et qu'elle n'avait pas un instant soupçonnée. Mais Flaminius ne s'inquiétait pas de lui faire de semblables révélations. Achilia, à qui il devait sa libération et sans doute la vie, n'avait qu'une idée en tête : venger Amazon et tuer Mirmilla.

À son tour, Palinure mit au courant Flaminius de ce qui s'était passé durant tout ce temps dans le refuge des Oubliés du Vésuve. La vie avait été calme. Ils n'avaient cessé de penser à la caserne de Pompéi et avaient vécu au rythme des informations que leur donnait Stilicia. L'annonce de son amnésie avait été une catastrophe... L'affranchi termina par une confidence :

— Selena et moi, nous nous aimons. Mais elle a décidé qu'il n'y aurait rien entre nous tant qu'elle ne se serait pas vengée de son mari.

— Alors, réjouis-toi. Je l'ai retrouvé. Il est à Rome et nous allons le rejoindre !...

Le jour était déjà levé depuis un moment quand ils arrivèrent chez les Oubliés du Vésuve. Cerbère, reconnaissant Palinure, leur fit la fête à tous les trois. Flaminius se souvint avec un sourire de sa rencontre avec lui, lorsqu'il l'avait pris pour un ours et avait cru sa dernière heure arrivée...

Quand ils furent dans la grotte, les Oubliés du Vésuve accoururent à grands cris en les voyant. Flaminius prit la parole. Il résuma une nouvelle fois ce qui s'était passé et conclut :

— Nous allons à Rome. Le moment est venu, pour ceux qui veulent me suivre, de quitter cette retraite et de vivre au grand jour. Allez prendre vos chevaux !

Titus Flaminius n'ignorait pas que les Oubliés du Vésuve avaient dressé une partie des nombreux chevaux sauvages qui paissaient en liberté sur les pentes du volcan et qu'ils n'avaient qu'à se servir. Lui-même reprendrait son propre cheval, laissé en compagnie de celui de Palinure...

Tous quittèrent d'ailleurs immédiatement la caverne pour aller chercher leurs montures. Flaminius s'approcha de Selena, qui était restée à ses côtés.

— Toi aussi, tu peux te préparer.

— Tu sais bien que non. Je reste ici. Je dois me venger de mon mari.

— Si tu veux te venger, tu dois nous suivre. Ton mari, j'ai vécu en sa compagnie pendant six mois à la caserne. C'est un des chefs des Vieux Campaniens. Il est actuellement à Rome en compagnie de la gladiatrice. À la caserne, il s'appelle Charon et il porte un masque de tête de mort.

Selena ouvrit de grands yeux. Elle secoua la tête, faisant onduler ses beaux et si étonnants cheveux blancs.

— Tu dis vrai ?

— Aussi vrai que son nez n'a pas repoussé... C'est un très vilain personnage, que j'aurais volontiers éliminé moi-même, mais je ne le ferai pas. Personne d'autre que toi n'y touchera, je te le promets !

Entendre cette nouvelle qu'elle attendait depuis tant d'années fut trop d'émotion pour la jeune femme, qui éclata en sanglots... Spartaca, présente depuis le moment où Titus Flaminius était arrivé, mais qui était restée silencieuse, se retira un instant. Elle revint, tenant une épée à la main. C'était l'épée de Spartacus. Elle la tendit à Selena.

— Je te la donne. Moi, je reste ici. Je n'en ai plus besoin.

Selena recula, comme effrayée devant la vision de l'arme.

— Je ne peux pas ! C'est celle de ton mari.

— Justement. Elle n'a défendu que de justes causes et c'est un acte de justice que tu vas accomplir...

Les Oubliés du Vésuve revenaient dans la grotte, après avoir récupéré leurs chevaux. Il fallait partir. C'était le moment des adieux et Titus Flaminius les fit à tous ceux qui avaient choisi de rester. Il termina par Spartaca :

— Je voulais te dire que je m'étais trompé. Je prenais les gladiateurs pour des monstres, ce sont des victimes.

— Tu ne savais pas... L'ignorant ne se trompe pas.

— Ton mari était un homme de bien, Spartaca. Tu peux être fière de ce que vous avez fait, toi et lui.

La prêtresse de Dionysos eut un sourire.

— Je te souhaite bonne chance, Flaminius. Je suis sûre que tu sauveras Rome. Je n'aime guère Rome, pourtant, mais il y a eu assez de morts comme cela... Avais-tu un nom de gladiateur ?

— Oui, Flamma.

— Adieu, Flamma. Toi aussi, tu es un homme de bien.

Titus Flaminius et les siens arrivèrent à Rome le lendemain, deuxième jour avant les calendes de mai. Ce fut avec une joie sans pareille que Flaminius retrouva cette ville qu'il avait cru ne jamais revoir. Avec beaucoup d'émotion aussi : il savait quelle menace pesait sur elle, une menace de surcroît terriblement proche, qu'ils avaient très peu de temps pour conjurer.

Si Palinure, à ses côtés, semblait partager ses sentiments, il n'en était pas de même du reste de ses compagnons. Les Oubliés du Vésuve sortaient d'une longue réclusion dans leur grotte et Achilia n'avait pas quitté sa caserne. C'est dire si la foule, les bruits, les cris, la bousculade, les déconcertaient et même les effrayaient.

Il faut ajouter que rarement Rome avait été aussi bruyante et animée. En ce deuxième jour avant les calendes de mai commençait, en effet, l'une des fêtes les plus exubérantes et les plus débridées de l'année : les Floralies. Dédiées à la déesse Flora, divinité de la fécondité et de la volupté, elles présentaient la particularité d'être animées par les prostituées de la ville. Ce jour-là, ces dames quittaient toutes leur lupanar ou leur maison de luxe pour former une procession. Elles dansaient, elles exécutaient des mimes et surtout elles se déshabillaient à la demande des spectateurs. N'importe qui dans le public pouvait le leur demander et elles n'avaient pas le droit de refuser.

L'origine des Floralies se perdait dans la nuit des temps, elles étaient sans doute aussi anciennes que la ville elle-même. On prétendait que ce très vieux rite de fécondité féminine était confié à l'origine aux Romaines elles-mêmes, mais que, refusant depuis longtemps de se déshabiller, elles avaient été remplacées par les prostituées...

Flaminius, Achilia, Palinure et les Oubliés du Vésuve rencontrèrent le cortège en arrivant sur le Forum. C'était là qu'il se formait, après quoi les filles de joie défilaient jusqu'au temple de Vénus Érycine, près de la porte Colline, par-delà les remparts. C'était vraiment une vision unique ! Elles étaient là, toutes ensemble, de tous âges et de toutes conditions, les riches et les pauvres, les belles et les laides, fraternellement unies pour porter leurs offrandes et adresser leurs prières à Vénus Érycine, leur protectrice. L'hétaïre grecque, dont les patriciens se disputaient les faveurs à prix d'or, côtoyait la putain de Subure, qui attendait le client nue dans sa cabane fermée par un rideau et se donnait pour un as ou moins. Elles chantaient, elles dansaient, elles commençaient déjà à se dévêtir aux premières demandes.

Le public n'offrait pas un spectacle moins extraordinaire. Tout Rome était dans la rue, profitant de ce jour férié, un des innombrables que comptait l'année. Tout Rome, c'est-à-dire toutes les classes de la société, unies dans une atmosphère de fête. Même les matrones les plus respectables assistaient aux Floralies, même les sénateurs les plus rigoristes, même les enfants ! Chacun avait pris soin de s'habiller de vêtements colorés pour rappeler le printemps et la floraison et chantait et dansait en même temps que les filles.

Si Flaminius et les siens se trouvaient sur le Forum, c'est qu'ils avaient décidé de se poster aux abords de la Cloaca Maxima. Ne sachant pas ce que les Vieux Campaniens avaient l'intention de faire, ils avaient pensé que le mieux était de surveiller leur lieu de réunion, en espérant voir arriver Mirmilla, Charon, Mercure ou une autre personne connue. Flaminius était dévoré de curiosité en se demandant lequel de ses anciens camarades de gladiature, en apparence mort dans l'arène, allait réapparaître devant lui...

Ils étaient devant le temple de Vénus Cloacine, dispersés, pour ne pas attirer l'attention, mais la cohue engendrée par le cortège des Floralies les gênait beaucoup. Elle masquait l'entrée de l'égout et ceux qu'ils traquaient risquaient de leur échapper... Palinure s'en plaignit auprès de son maître.

— Vivement que tous ces gens s'en aillent !

Titus Flaminius s'apprêtait à exprimer son approbation, quand, soudain, il eut une illumination :

— Nous allons les suivre, au contraire !

— Qu'est-ce que tu dis ? Mais la Cloaca...

— Les Vieux Campaniens n'iront pas dans la Cloaca, ils vont aller aux Floralies !

— Je ne comprends pas...

— Tu te souviens des paroles du Grand Maître, dans le Vésuve ? « J'irai à Rome, quand la dépravation atteindra son comble. » Quel jour la dépravation est-elle plus grande qu'aujourd'hui ? Le Grand Maître a choisi pour frapper le jour des Floralies. Nous aurions dû y penser depuis longtemps.

Palinure n'était pas entièrement convaincu :

— Cela n'empêche que les Vieux Campaniens peuvent se réunir quand même dans la Cloaca Maxima.

— Tu oublies la suite de ce qu'il a dit : « Le premier édifice à brûler sera le temple de la perversité. » S'il y a un édifice religieux qui mérite ce qualificatif, c'est bien celui de Vénus Érycine. C'est là qu'elles vont toutes et c'est là que va commencer l'incendie de Rome ! Nous devons les suivre...

Cette fois, Palinure convint que ce que disait Flaminius avait toutes les chances d'être vrai et, avec Achilia et les Oubliés du Vésuve, ils se mêlèrent à la foule joyeuse qui accompagnait le cortège.

Commença alors pour eux la plus étrange des chasses à l'homme. Ils traquaient les incendiaires et les assassins dans une atmosphère de kermesse, au milieu des chants, des rires et des plaisanteries grivoises. L'excitation était plus grande encore en raison de la chaleur. Bien qu'on ne soit qu'au printemps, le soleil brillait d'une manière implacable : il faisait presque aussi chaud qu'en plein été. Titus Flaminius se fit la désagréable réflexion qu'avec une température pareille le feu pouvait prendre avec une rapidité particulière...

Ils finirent par arriver au temple de Vénus Érycine, une charmante construction de marbre très blanc, à l'intérieur de laquelle se dressait une statue de la déesse sortant de l'eau. Flaminius se rappela en avoir vu une semblable dans le sinistre temple de Vénus Libitine. Décidément, cette enquête aurait ressemblé jusqu'au bout à un labyrinthe à travers Rome, dont Vénus aurait marqué les étapes : Vénus Libitine d'abord, puis Cloacine, pour se terminer avec Vénus Érycine...

À présent, les filles s'étaient arrêtées devant le temple de la déesse et, poursuivant ce surprenant mélange d'érotisme et de piété qui marquait les Floralies, avaient commencé un concours de beauté. Le public était invité à élire la plus belle et ce serait à celle-ci que reviendrait l'honneur de prononcer en leur nom à toutes la prière collective.

Les concurrentes s'avancèrent au premier rang et prirent des poses suggestives pour attirer l'attention... L'élection dura longtemps, car tout le monde n'était pas du même avis et, dans l'assistance, les discussions étaient véhémentes. Tandis que se déroulait le concours, des souteneurs passaient parmi les candidates et leur faisaient des propositions commerciales qu'elles écoutaient avec intérêt ou rejetaient avec dédain...

Enfin, la gagnante, une jolie blonde, qui n'avait sans doute pas plus de dix-huit ans, monta sur les marches du temple et prononça la prière commune. Elle avait, cette fois, une attitude des plus dignes et s'était couvert la tête d'un châle.

— « Filles publiques, célébrez la divinité de Vénus, elle qui favorise les gains des professionnelles. Demandez-lui, avec de l'encens, la beauté et le succès, l'art des caresses et une conversation spirituelle, donnez à votre patronne le myrte et la menthe qu'elle adore et les couronnes de jonc entrelacées de roses en hommage à sa beauté. »

À son invitation, les autres filles s'approchèrent, se tenant la main deux par deux, et déposèrent leurs offrandes au pied du temple. Cela allait, pour les plus pauvres, de touchantes couronnes de fleurs des champs tressées, à des parfums de prix et des bracelets d'or pour les plus riches. Elles accomplissaient ces dévotions en chantant et, alors que depuis le début de la journée, on n'avait entendu dans le public que des chansons grivoises, il s'agissait là d'hymnes religieux qu'elles entonnaient avec une visible ferveur.

Toute cette cérémonie avait été assez longue et le soleil se couchait déjà. Le public s'était largement dispersé ; les prostituées commençaient, elles aussi, à rentrer chez elles. Flaminius et les siens se regardèrent, décontenancés : il ne s'était absolument rien passé ! Qu'est-ce que cela voulait dire ? Le Grand Maître avait-il changé d'avis ? S'était-il produit un événement impromptu, peut-être en rapport avec ce qui s'était passé à la caserne ? En tout cas, si le gracieux temple de Vénus Érycine était tout rouge, c'était en raison du soleil couchant et non à la suite d'un quelconque incendie... Palinure émit son avis :

— Il faut retourner à l'égout. Ils y sont sûrement. Il est peut-être déjà trop tard !

Flaminius s'apprêtait à acquiescer, quand une idée le traversa. Il avait cru que le temple de la perversité était celui de Vénus Érycine, ce qui était le plus logique, mais il y avait une seconde possibilité. Un autre lieu, à Rome, pouvait mériter l'appellation de temple de la perversité... Il ne fallait pas perdre un instant. Cette fois, il était sûr de ne pas se tromper ! Il était sûr qu'il allait enfin se trouver face à face avec le Grand Maître pour le combat ultime.

15

Le temple de la perversité

Titus Flaminius, Selena, Achilia, Palinure et le reste de la troupe dévalaient les rues de Rome. Ils avaient un assez long chemin à faire de la porte Colline où ils se trouvaient, jusqu'au Champ de Mars où ils se rendaient. Ils n'avaient plus leurs chevaux, ils les avaient laissés en arrivant dans la villa Flaminia et il fallait faire vite !

Ils se rendaient sur le Champ de Mars, car c'était là que se trouvait le théâtre de Scaurus... Oui, un théâtre. Flaminius venait de comprendre que c'était au sens figuré qu'il fallait prendre le mot « temple ». Les Vieux Campaniens devaient certainement détester le théâtre, invention grecque qui s'adressait autant aux passions qu'à l'esprit, et, dans le genre, le théâtre de Scaurus était le plus grand qui ait jamais existé, il était même peut-être le plus grand qui existerait jamais...

Comme ils arrivaient sur la colline du Quirinal, ils surplombèrent pour la première fois le Champ de Mars et ils l'aperçurent. Il était loin, pourtant, entre mille et deux mille pas, mais on ne voyait que lui. Éclairé par des milliers et des milliers de torches, il brillait de tous ses feux au milieu de la ville qui entrait doucement dans l'obscurité. C'était prodigieux, c'était colossal, c'était inouï !... Palinure, qui, comme les autres, s'était arrêté sous l'effet du saisissement pour contempler ce prodige, se tourna vers Flaminius.

— Tu as raison, c'est cela ! Ce ne peut être que cela !...

Tout comme elle n'avait pas d'amphithéâtre permanent, Rome n'avait pas, alors, de théâtre en dur. Des constructions provisoires étaient édifiées aux frais de riches particuliers, puis détruites après une courte série de représentations. Le théâtre de Scaurus dépassait tout ce qui avait été fait auparavant. Il était plus que gigantesque, il était monstrueux !

Il était dû à Æmilius Scaurus, un personnage jusque-là obscur qui voulait se lancer dans la politique et qui y avait englouti une fortune inimaginable. Les gradins ne comptaient pas moins de quatre-vingt mille places. Le mur de scène, qui représentait un palais à trois étages, était haut de quarante pas, plus du double des constructions les plus élevées de Rome. Mais la richesse du théâtre de Scaurus l'emportait encore sur sa démesure. Il était décoré de quatre cents colonnes de marbre, de verre et de bois doré et de trois mille statues et tableaux, dont beaucoup ornés d'or, d'argent et d'ivoire. Et tout cela était prévu uniquement pour la durée des Floralies, soit une dizaine de jours. Après quoi, tout serait détruit !

Flaminius arriva sur place peu après et il découvrit immédiatement que, cette fois, il ne s'était pas trompé : plusieurs charrettes chargées de paille convergeaient vers les coulisses. Il n'était pas difficile de deviner pourquoi, d'autant qu'elles étaient accompagnées par une escorte importante. D'ailleurs, Palinure lui confirma qu'ils étaient bien en présence de ceux qu'ils cherchaient. Il lui désigna plusieurs hommes qui convoyaient les véhicules.

— Ils étaient aux Délices de Capoue, je les reconnais !

Titus Flaminius, de son côté, aperçut l'un des jumeaux Aufidius. Lequel des deux ? Il n'aurait su le dire : il était trop loin pour voir son nez. En tout cas, il fallait faire vite. Il donna l'ordre à sa troupe de dégainer, lui-même brandit le glaive de son père et, tous ensemble, ils s'élancèrent à l'assaut...

Les coulisses du théâtre de Scaurus étaient à ciel

ouvert. Le théâtre lui-même avait la forme d'un demi-cercle ; devant, se tenaient la scène et le gigantesque décor. Les coulisses étaient derrière : toute une série d'échafaudages, de treuils, de grues et d'autres accessoires, qui composaient l'imposante machinerie nécessaire au spectacle. Une véritable armée d'esclaves était préposée à son fonctionnement. Ceux-ci s'écartèrent, affolés, quand ils virent la bataille rangée qui était en train de s'engager.

Car, en face, on avait réagi avec rapidité. Charon, en particulier, avait reconnu Selena parmi les assaillants. Il ne se faisait aucune illusion sur ses intentions et n'avait aucune envie de l'affronter. Il était bien trop médiocre aux armes et le courage n'était pas sa qualité dominante. Il ne portait pas son masque, mais il l'avait emporté avec lui... Il courut vers l'un des deux Vieux Campaniens.

— Celsius, tu es bien couvreur de profession ?

— C'est mon métier. Il n'y a pas plus habile que moi pour grimper sur les toits.

— C'est parfait ! Tu vois cette femme aux cheveux blancs. Tu vas mettre ce masque et elle va courir vers toi. Tu vas monter sur l'échafaudage. Elle te suivra et, quand vous serez tout en haut, tu passeras à l'attaque. Je veux que tu la tues.

Celsius s'empara du masque avec un sourire, qui disparut sous la tête de mort.

— Compte sur moi !...

Mercure était à côté de son frère et avait assisté à tout le dialogue.

— Si tu restes à découvert, elle risque de te voir. Mets mon masque.

Il lui tendit le visage de bronze souriant.

— Mais toi ?

— Je m'en vais. Il faut que j'aille prévenir le Grand Maître de ce qui se passe...

Derrière le théâtre de Scaurus, les combats s'organisèrent. Les deux camps comprenaient à peu près le même nombre d'hommes, environ une cinquantaine... Titus Flaminius cherchait avidement des yeux le Grand Maître. Lequel de ses anciens compagnons allait resurgir devant lui ?

Flaminius ne vit pas le Grand Maître, mais il aperçut Mirmilla, qui avait commencé à ferrailler. Il se rua dans sa direction, accompagné d'Achilia, qui l'avait découverte en même temps. En les voyant arriver, la gladiatrice rousse décida de faire retraite vers le décor. Ils la suivirent, mais Flaminius se trouva pris à partie par plusieurs Vieux Campaniens, qui le retardèrent. Seule Achilia resta au contact de la jeune femme et engagea le combat avec elle. De son côté, Selena avait rapidement repéré l'homme à tête de mort et s'était précipitée dans sa direction. Conformément aux ordres, celui-ci se dirigea vers l'échafaudage et entreprit de le gravir. Selena se lança à sa poursuite sans la moindre hésitation...

De l'autre côté du décor, on ne se rendait compte de rien. Les quatre-vingt mille spectateurs assis sur leurs gradins étaient en train d'assister à la fin de la tragédie de Médée. L'héroïne venait d'assassiner ses propres enfants pour se venger de son mari Jason qui l'avait trompée et se répandait en lamentations. L'homme qui tenait le rôle – car il n'y avait pas de femmes parmi les acteurs – avait tout pour impressionner. Maquillé de noir, de blanc et de rouge, il portait une robe violette brodée d'or et d'argent, avec des cabochons de verre qui envoyaient mille feux. Il était d'une taille démesurée, car, outre la perruque gigantesque coiffée d'un diadème qui lui surmontait la tête, il était chaussé de cothurnes à hauts talons qui le grandissaient encore.

Tandis qu'il poursuivait sa déclamation, un chanteur arriva sur scène et entonna à tue-tête une mélopée tragique. Il fut bientôt impossible d'entendre la voix de l'acteur, d'autant qu'un musicien vint les rejoindre, un véritable homme orchestre qui jouait en même temps de la flûte, d'un chapeau à clochettes et d'une batterie à pied...

Le public était aux anges. À la différence des Grecs, qui venaient pour entendre le texte, goûter la beauté des vers et s'intéresser à la psychologie des personnages, les Romains ne voulaient que du spectacle. Les sujets des tragédies étaient toujours des histoires mythologiques que chacun connaissait par cœur et il n'était pas nécessaire de saisir les diverses répliques ; d'ailleurs, vu les dimensions des théâtres, aux derniers gradins on n'entendait plus un mot. Ce qui comptait, c'était le décor, les costumes, les innombrables figurants et la voix des acteurs, qui devait être bien timbrée et faire de savants trémolos. La Médée de la pièce était vraiment douée dans ce domaine : son organe était si puissant qu'elle parvint à dominer le chanteur et le musicien dans son dernier cri, tandis qu'elle brandissait ses enfants morts...

Les applaudissements assourdissants de cent soixante mille mains firent trembler le théâtre. Æmilius Scaurus se leva et salua, comme si c'était à lui et non aux acteurs qu'ils étaient destinés. Il occupait seul une des deux loges d'honneur. Celles-ci, des estrades fermées par une barrière de bois doré et d'ivoire, se trouvaient sur la scène elle-même, aux deux extrémités. Celle qui lui faisait pendant était réservée aux vestales. Elles n'étaient pas moins de seize, sur les dix-huit que comptait leur collège, ce qui était une grande marque d'estime et d'honneur à son égard. Les premiers rangs des gradins étaient réservés aux sénateurs et aux diverses personnalités, eux aussi venus en nombre. Tout Rome était en train de lui faire un triomphe... Mais déjà, dans le public, un cri s'élevait :

— L'attelane ! L'attelane !...

Les Romains, en effet, n'aimaient pas rester sur la

pénible impression que laissait une tragédie. Tout de suite après, avait lieu un intermède destiné à ramener la bonne humeur : l'attelane. Il ne s'agissait pas de théâtre, mais d'un simple numéro de saltimbanques qui faisaient des cabrioles en lançant de grosses plaisanteries, déchaînant ainsi l'hilarité... Un éclat de rire secoua les gradins du théâtre de Scaurus : les deux clowns Pappus et Maccus faisaient leur entrée en se donnant mutuellement des coups de pied dans le derrière...

Il y eut ensuite un « Oh » de surprise dans le public. Il se passait quelque chose d'extraordinaire : deux femmes venaient aussi de faire leur apparition sur scène. Elles étaient armées, habillées comme des gladiateurs, et s'affrontaient sauvagement ; l'une d'elles était rousse, ce qui déclencha immédiatement une ovation dans le théâtre, tandis que quatre-vingt mille poitrines s'exclamaient :

— Mirmilla !

Chacun, en effet, était persuadé qu'il s'agissait d'une mise en scène rappelant l'épisode qui avait tant effrayé la ville six mois plus tôt et ce renouvellement de la trop traditionnelle attelane était unanimement apprécié... Maccus et Pappus, eux, ne goûtèrent pas du tout cette effrayante apparition et prirent leurs jambes à leur cou. Mais, dans leur précipitation et leur terreur, ils s'empêtrèrent dans leur toge et s'étalèrent de tout leur long, ce qui déchaîna de plus belle les rires... Les deux gladiatrices s'étaient immobilisées au centre de la scène. Achilia montra à son adversaire le tranchant de son épée.

— Regarde, c'est le sang d'Amazon ! J'ai juré qu'il serait recouvert par le tien !

— C'est toi qui vas mourir, folle que tu es ! Je ne t'ai pas appris la moitié de ce que je sais aux armes...

Un autre cri admiratif et stupéfait monta du public... Ce n'était pas fini ! Un nouveau couple de combattants venait d'apparaître, cette fois tout en haut du décor, à hauteur du troisième étage du palais. Non seulement c'étaient de véritables équilibristes qui se mouvaient à cette hauteur vertigineuse avec une adresse stupéfiante, mais leur aspect était vraiment extraordinaire : il s'agissait d'une femme aux cheveux blancs opposée à un homme à tête de mort...

Selena était surprise par la résistance que lui opposait son mari. Quand elle l'avait connu, il ne savait pas tenir une épée. Il est vrai qu'alors elle non plus ne savait pas : il avait dû, comme elle, apprendre depuis. Il avait eu tort, en tout cas, de choisir de combattre dans ces conditions acrobatiques. Elle, la fille du Vésuve, ne craignait personne dans ce domaine. Elle avait passé toute son enfance à escalader les rochers les plus abrupts.

Le décor présentait à cet endroit une étroite corniche, à peine plus large qu'un seul pied, sur laquelle on ne pouvait progresser qu'en s'accrochant aux colonnes de marbre, de verre, d'ivoire et de bois doré. Selena avançait, Charon reculait, mais pas à pas. Elle devait reconnaître qu'il faisait preuve d'une assurance étonnante...

Mirmilla ne s'était pas vantée en disant à son adversaire qu'elle en savait moitié moins qu'elle aux armes. Achilia n'était pas de taille contre son ancienne instructrice. Comme elle s'élançait à l'assaut avec fureur, la jeune femme rousse fit un preste mouvement du buste pour l'éviter et frappa de toutes ses forces à la gorge, la tuant net. Le public, qui pensait, bien entendu, à une mise en scène, applaudit à tout rompre.

Et ce qu'il prenait pour une attelane d'un nouveau genre se poursuivit. Une autre apparition extraordinaire venait de se produire. Un nouveau combattant, un homme, cette fois, arrivait en se balançant sur le câble de la grue qui servait aux dieux à descendre sur scène. Après un impeccable vol plané, il se planta devant la gladiatrice, l'épée levée. Celle-ci eut un cri :

— Flamma !...

— Oui. C'est bien moi. C'est l'heure de payer tes crimes !

Elle secoua sa chevelure rousse.

— Je ne peux pas me battre contre toi !

— Pourquoi ? Tu as peur ?

— Mais non, je t'aime...

Ils se trouvaient sans le savoir sur la plate-forme qui servait aux descentes aux enfers et autres disparitions soudaines. Les machinistes, qui depuis le début se demandaient comment interrompre ces interventions non prévues au programme, se saisirent de l'occasion. Ils actionnèrent un treuil et la plate-forme s'abaissa, faisant disparaître Flaminius et Mirmilla sous la scène, en compagnie du cadavre d'Achilia. Comme en haut Selena et l'homme à la tête de mort avaient abandonné la trop dangereuse corniche pour continuer à se battre sur l'échafaudage, de l'autre côté du décor, le public jugea que l'intermède était terminé et se leva, vestales et sénateurs en tête, pour faire un triomphe à Æmilius Scaurus.

Ce dernier, qui n'avait absolument rien compris à ce qui venait de se passer, se leva à son tour pour remercier le public. Tout en s'inclinant en direction des gradins, il conclut qu'il devait s'agir d'une initiative improvisée d'un de ses subordonnés. Il avait hâte de savoir de qui il s'agissait, car, grâce à lui, sa carrière politique venait de connaître une brillante impulsion...

Au-dessous de la scène, Flaminius et Mirmilla avaient commencé leur duel. La gladiatrice s'était décidée à croiser le fer parce que son ancien amant s'était lancé à l'assaut, mais elle parait les coups plutôt qu'elle ne se battait vraiment. En même temps, elle fixait son adversaire avec des yeux surpris et répétait :

— Pourquoi, Flamma ?... Pourquoi ?...

Un cri affreux les fit sursauter. Le duel entre Selena et Charon venait de se terminer par la mort du second. Soit qu'il ait trébuché, soit qu'il ait été touché par un coup, il avait subitement perdu l'équilibre. Dans un dernier réflexe, il tenta de s'agripper à des éléments du décor qu'il entraîna dans sa chute. Plusieurs tombèrent à leurs pieds et un morceau de bois frappa Flaminius à la tête, qui resta étourdi. Mirmilla s'approcha, l'épée levée, mais elle eut un instant d'hésitation. Titus Flaminius en profita, pour se lancer, glaive en avant. Touchée à la poitrine, la gladiatrice s'effondra. Elle était frappée à mort, du sang apparut au coin de ses lèvres, tandis que son regard se voilait. Elle prononça faiblement :

— Je t'aimais, Flamma. Je t'avais dit mon secret. Tu étais le seul...

Flaminius demanda, étonné :

— Quel secret ?

Mais il ne reçut pas de réponse : Mirmilla était morte... Un cri le fit se retourner. Selena était descendue de l'échafaudage, s'était penchée sur le corps, avait retiré le masque à tête de mort et venait de découvrir avec rage et stupeur que son adversaire terrassé n'était pas son mari ! Elle courut vers l'endroit où l'engagement avait commencé pour se lancer à sa recherche. Flaminius était à peine remis de son affrontement avec Mirmilla, mais il n'y avait pas de temps à perdre. Il la suivit...

Sur place, les Oubliés du Vésuve étaient maîtres du terrain, les Vieux Campaniens avaient été mis hors de combat ou s'étaient enfuis en désordre. Palinure allait les poursuivre, lorsqu'il aperçut Mercure, caché dans un endroit sombre. Celui-ci, bien qu'il ait une épée, n'essaya pas d'engager le combat. Il se jeta à ses pieds et implora la vie sauve. Palinure s'apprêtait à abattre son arme, mais il s'avisa qu'il y avait mieux à faire. Il lui répliqua sèchement :

— Je veux bien t'épargner si tu parles. Mais d'abord, retire ton masque.

L'homme s'exécuta et Palinure fit un véritable bond. Ce n'était pas Mercure, mais Charon, Ancus Aufidius, l'homme sans nez, le mari de Selena !... Palinure resta, bouleversé, devant le bourreau de la femme qu'il aimait. Un instant, il fut tenté de commettre l'irréparable, mais il se retint. Ce n'était pas à lui de le faire, c'était à Selena. De toute manière, il fallait d'abord qu'il parle. Ce fut d'autant plus facile que Charon avait vu l'éclair meurtrier dans son regard. Il se mit à s'exprimer de manière précipitée :

— Ne me tue pas, je vais te dire tout ce que je sais ! Les autres sont allés à la Cloaca Maxima. C'est là que se trouve le Grand Maître.

— Pour quoi faire ?

— On y a entreposé des charrettes de poix et de la paille. Ils vont les sortir, y mettre le feu et retourner dans l'égout pour y être en sécurité, pendant que le feu se déchaînera... L'incendie du théâtre de Scaurus devait leur donner le signal, mais, puisqu'il a échoué, ils attendent...

— Qui est là-bas ?

— La seconde moitié des nôtres, sous les ordres du Grand Maître. Mon frère est avec eux.

— Qui est le Grand Maître ?

— Je ne peux pas te le dire. Je n'ai pas le droit !

Palinure appuya son épée sur sa gorge.

— Attends...

Ancus Aufidius prononça ainsi sa dernière parole. Selena venait d'arriver en compagnie de Flaminius. En apercevant celui qu'elle cherchait depuis des années, elle poussa un cri terrible et se rua vers lui comme une furie. D'un coup de son épée, l'épée de Spartacus, elle lui fendit le crâne, puis elle s'acharna sur son corps... Palinure finit par arrêter son bras.

— C'est dommage, il allait nous dire le nom du Grand Maître.

Flaminius intervint :

— Tu as réussi à le faire parler ?

— Oui. Ils sont tous à la Cloaca Maxima...

Selena s'était jetée dans les bras de Palinure, agitée de tremblements nerveux. Flaminius contempla la gladiatrice blanche et l'affranchi au bonnet phrygien enlacés. Ils s'aimaient, elle avait accompli sa vengeance et plus rien ne s'opposait à leur bonheur... Mais le temps n'était pas aux effusions ni à l'attendrissement. Il pressait, au contraire. Il s'adressa à eux.

— Allez rejoindre les autres. Moi, je vais entrer dans la Cloaca par la prison. J'espère prendre le Grand Maître à revers...

Selena se dégagea des bras de Palinure.

— Si c'est cela, tu auras besoin d'un combattant expérimenté. Je viens avec toi.

Elle lança un regard tendre à Palinure.

— Va avec les Oubliés du Vésuve. Nous nous retrouverons après la victoire !

Palinure ne protesta pas. Il partit au pas de course rejoindre ses compagnons. Selena, de son côté, suivit Flaminius.

En courant une nouvelle fois dans les rues de Rome, Titus Flaminius repensait au plus marquant des événements qu'il venait de vivre : la mort de Mirmilla.

Il l'avait tuée, il ne le regrettait pas, mais il ne pouvait s'empêcher d'être troublé. Quel était ce secret qu'elle n'avait confié qu'à lui seul ? Elle le lui avait sans doute dit durant son amnésie, mais il n'en avait pas le moindre souvenir. Elle l'aimait, en tout cas, et cela lui avait sauvé deux fois la vie : quand elle ne l'avait pas fait exécuter à Pompéi et quand elle avait hésité à frapper durant leur duel. Lui, de son côté, n'avait pas éprouvé le moindre sentiment pour elle. À moins qu'il ne l'ait aimée durant son amnésie. Il ne le saurait jamais. Il ne saurait jamais non plus qui était vraiment la gladiatrice...

La vision de l'autre gladiatrice, la blanche, qui courait à ses côtés, le ramena à la réalité. Il fallait faire vite, car le coucher du soleil avait à peine diminué la chaleur. L'air était sec comme en plein été et, dans une telle atmosphère, les flammes se propageraient à toute vitesse.

Ils ne tardèrent pas à arriver au pied du Capitole, là où se trouvait la prison de Rome, le Tullianum, ou prison Mamertine, curieuse construction en partie troglodyte creusée dans les anciennes carrières des Latomies. Il tambourina à la massive porte de bronze, qui rendit un son sonore. La voix bourrue du geôlier se fit entendre au bout d'un temps qui leur parut à tous deux interminable. Il croyait à des fêtards éméchés.

— Par tous les démons, passez votre chemin !

— C'est moi, c'est Flaminius ! Ouvre !

Le nom magique produisit son effet. Alléché par une gratification de l'importance de celle qu'il avait déjà reçue, l'homme s'empressa d'obéir... Titus Flaminius s'adressa vivement à lui :

— Tu as le double de la dernière fois, si tu me conduis immédiatement à la chambre de la mort.

Le geôlier ne se fit pas prier. L'instant d'après, il les précédait dans le sordide escalier qui conduisait à la cellule où on enfermait les prisonniers d'État. Il ouvrit la grille. Flaminius revit non sans émotion cet endroit sinistre que Selena découvrit, très impressionnée : une vaste pièce circulaire en forme de cloche, avec en son centre une grille à même le sol fermée par plusieurs cadenas, qui surplombait l'égout. Une odeur épouvantable de pourriture empuantissait les lieux.

Le gardien ouvrit les cadenas, les aida à retirer la grille et leur donna une corde qu'il avait apportée. Il les aida également à la fixer, de manière à ce qu'elle descende jusqu'à la berge de la Cloaca Maxima.

— Voulez-vous aussi la torche ?

— Non. Tu peux te retirer.

Le geôlier ne se le fit pas dire deux fois. Peu après, l'obscurité revint, tandis qu'ils se laissaient glisser sur la corde et prenaient pied sur la berge. Cette fois, le dernier acte allait avoir lieu !...

En bas, l'odeur avait encore empiré. Il y avait, juste sous la prison, une poche fétide de matières en décomposition. Elle n'avait de toute évidence pas été curée et, en raison de la chaleur qui régnait, la puanteur était absolument épouvantable. Ils se hâtèrent de s'éloigner, ce qui ne leur posa pas de difficulté : le chemin d'entretien qui longeait le canal de l'égout était aussi large qu'une route, puisque les Vieux Campaniens avaient pu y entreposer leurs charrettes de paille ; de plus, Titus Flaminius connaissait déjà les lieux.

Après quelques pas dans l'obscurité totale, qu'ils firent en gardant une main collée contre le mur, une lueur leur parvint, en même temps qu'un cliquetis d'armes lointain. Flaminius jugea, d'après le son, que cela se situait à l'entrée de l'égout, devant le temple de Vénus Cloacine. Les Vieux Campaniens et les Oubliés du Vésuve y avaient engagé leur combat. Mais la lueur, elle, était plus proche et, à cette distance, aucun bruit ne se faisait entendre. Il fit signe à sa compagne d'observer le plus grand silence et, ensemble, ils continuèrent à progresser...

Au bout d'un moment, Flaminius distingua deux hommes plus loin sur la berge. Ils étaient tous deux de dos, tournés vers l'affrontement. L'un d'eux était le Grand Maître, il ne pouvait pas se tromper. Il portait le vêtement qu'il lui avait vu dans le cratère du Vésuve : une sorte de cape noire avec un capuchon rabattu. L'autre était Mercure, il le sut parce qu'il venait de se retourner. Selena le vit aussi et le spectacle du frère jumeau de son mari la fit immédiatement réagir. Elle se lança contre lui, l'épée levée. Totalement pris par surprise, le second frère Aufidius s'écroula sur la berge en même temps que sa torche. L'autre homme riposta avec un geste stupéfiant : il s'empara de la torche et la lança vivement dans l'eau sale où elle s'éteignit aussitôt, ramenant l'obscurité absolue... Flaminius avait compris. Il se mit à crier :

— Fuis, Selena, fuis ! Tu n'as aucune chance !

Il était malheureusement trop tard. Un bruit métallique lui indiqua que le combat était engagé et, l'instant d'après, un cri de la jeune femme retentit, suivi d'un gémissement. À présent, il ne percevait plus rien. L'homme s'était arrêté ou alors il marchait si silencieusement qu'il ne l'entendait pas...

Le Grand Maître était un andabate : Flaminius en avait la certitude. Seul un andabate pouvait choisir de se battre dans le noir contre un adversaire. Mais, lequel ? Ils étaient deux à avoir combattu dans l'arène de Pompéi et, en apparence, en apparence seulement, il les avait tués tous les deux. Mais il n'avait regardé ni pour l'un ni pour l'autre lorsque Charon les avait frappés de son maillet et il n'avait pas vu leurs corps au spoliarium.

Il battit en retraite... Lequel ? Cette question était loin d'être une simple affaire de curiosité, elle était vitale, au contraire ! S'il s'agissait de Faventinus, il avait toutes ses chances, il était même pratiquement certain de l'emporter. Si c'était Longius, c'était l'inverse.

Tout en se faisant ces réflexions, Flaminius arriva à la corde qui pendait de la prison et il décida de remonter. Dans le doute, la prudence s'imposait. Il lui suffisait de regagner la cellule voûtée et de retirer la corde pour être à l'abri...

Il arriva peu après en haut, mais, avant qu'il ait pu ôter la corde, l'autre l'avait suivi et montait à son tour. Il tenta de l'en empêcher. En vain : ses coups d'épée étaient parés avec aisance et, peu après, ils se retrouvèrent tous les deux dans la pièce totalement obscure, de part et d'autre du trou circulaire en son centre. L'affrontement était inévitable !

Son adversaire, le Grand Maître des Vieux Campaniens, était Longius ! À présent, Titus Flaminius le savait. Avec l'imminence du combat, son oreille surentraînée s'était remise d'elle-même à fonctionner et il avait reconnu la respiration de l'ancien masseur ! Maintenant, il l'entendait se déplacer dans sa direction en suivant le rebord du trou. Il fit de même et, soudain, il n'entendit plus rien : Longius s'était prestement débarrassé de ses sandales et avait arrêté de respirer. Il l'imita. Ils étaient maintenant tous deux pieds nus, retenant leur souffle...

Flaminius éprouvait au moins un soulagement : en ne respirant plus, il était débarrassé de l'épouvantable odeur de pourriture qui s'exhalait au-dessous de lui. Mais pour le reste, il était plus tendu qu'il ne l'avait jamais été durant toute sa vie. Malgré tous ses efforts, malgré l'excellence de son ouïe, il ne percevait absolument rien, c'était le silence total... Que faisait son adversaire ? S'était-il mis en mouvement ? Et lui-même, que devait-il faire ? Tourner dans le même sens ? En sens inverse ? Rester immobile ? Il décida de ne pas bouger pour éviter de se trahir en se déplaçant. L'air commençait à lui manquer, les battements de son cœur s'amplifiaient et le bruit qu'ils faisaient le gênait beaucoup. Peut-être même ce combattant d'exception qu'était Longius était-il capable de les entendre !

Un son infime lui sauva la vie : un craquement d'articulation. Longius était juste à côté sur sa gauche. Il anticipa son coup, frappant le premier de toutes ses forces, puis, profitant de son avantage, il lança des attaques sous tous les angles avec autant de violence qu'il put. En même temps, il s'était remis à respirer, ce qui lui occasionna un soulagement immense, même si l'air qui lui parvenait était pestilentiel. Il s'arrêta pour ne pas s'épuiser et retint de nouveau son souffle, mais il était certain que Longius, trahi par le sort, s'était trouvé en difficulté. Il pensait même l'avoir touché.

Ce fut alors que se produisit le miracle : il voyait ! Ou plutôt il avait du mal à voir, tant il était ébloui. Une lumière très blanche et intense avait surgi au-dessous de lui, dans la Cloaca Maxima, et illuminait la cellule en forme de cloche. Ce n'était pas une torche ni même plusieurs, il en aurait fallu des dizaines pour arriver à une telle clarté et, de toute manière, ce n'était pas la même couleur, c'était beaucoup plus froid, beaucoup plus cru.

Il se souvint soudain avoir déjà vu une lueur semblable. C'était au cimetière, le soir, alors qu'il était allé se recueillir sur la tombe de son père : une flamme du même genre avait parcouru les tombes et s'était arrêtée au sommet d'un cyprès. Il avait, bien sûr, pensé aux âmes des morts, mais Brutus, à qui il en avait parlé, l'avait détrompé. Comme à son habitude, il avait lu un livre à ce sujet et il y était dit qu'il s'agissait d'un phénomène naturel dû à l'inflammation des gaz de décomposition. Brutus avait peut-être raison : des corps décomposés, il y en avait dans la poche non curée au-dessous d'eux. Mais, quoi qu'il en soit, qu'il s'agisse d'un phénomène naturel ou d'une intervention divine, il était sauvé !... Il eut une exclamation triomphante :

— Tu es perdu, Longius. Je vois !

Instantanément, l'andabate se rua en direction de sa voix, mais Flaminius para son coup avec aisance et se mit à contre-attaquer. Désormais, l'issue du combat n'était plus douteuse. Malgré toute sa science aux armes, l'ancien masseur ne pouvait rien contre un voyant. Flaminius éprouva même une gêne subite à se battre ainsi contre un infirme, lui qui était en possession de toutes ses facultés. Mais il ne devait pas oublier à qui il avait affaire. Cet homme était un monstre, il avait voulu incendier Rome, il avait ordonné des meurtres par dizaines. L'éliminer était un devoir !

Il n'eut pas à le faire. Longius poussa un cri de rage et, retournant son glaive contre lui, se le plongea dans le cœur. Titus Flaminius le vit osciller un instant au bord du trou et tomber la tête la première sur la berge de l'égout où il ne bougea plus.

Flaminius descendit à son tour et resta songeur en contemplant le corps sans vie... Pourquoi Longius était-il le chef de l'organisation ? Sans doute cet aveugle était-il une sorte de guide spirituel, peut-être un devin. Il avait payé pour tous ses crimes, même s'il n'avait pas été entièrement mauvais. D'abord, il était courageux, il avait choisi d'en finir de la même manière que son père et surtout ce fanatique avait aussi un cœur, puisqu'il l'avait pris en compassion et avait tenté, en lui enseignant son savoir, de le tirer de la gladiature.

Longius, Mirmilla... Pourquoi s'étaient-ils engagés dans ce mauvais combat, dans cette injuste cause ? L'être humain est complexe et il ne faut pas se hâter de le juger. Peut-être le masseur au grand cœur avait-il lui aussi un secret qui expliquait beaucoup de choses et qu'il ne connaîtrait jamais, pas plus qu'il ne connaissait celui de la gladiatrice...

Il se détourna. Des voix et des bruits de course se

faisaient entendre du côté de l'entrée de la Cloaca Maxima et, bientôt, les Oubliés du Vésuve apparurent, poussant des cris de victoire. Palinure allait en tête, mais il se tut et se figea en découvrant le corps de Selena. Il demanda d'une voix blanche :

— Que s'est-il passé ?

Flaminius lui désigna le Grand Maître des Vieux Campaniens.

— Longius l'a tuée. J'ai essayé de la prévenir, mais il était trop tard.

Palinure poussa alors un rugissement, se jeta sur le cadavre du Grand Maître et, le soulevant à deux mains, le projeta dans le canal. Il se mit à flotter dans l'eau sale et s'en fut lentement en direction du Tibre, où il allait disparaître au milieu des immondices de la ville qu'il voulait détruire.

Tout était fini. Les Oubliés du Vésuve vainqueurs faisaient demi-tour en direction de la sortie de la Cloaca Maxima, du temple de Vénus Cloacine et des rues de Rome sauvées de l'incendie. Tandis que Palinure prenait la morte dans ses bras, Flaminius ramassa le glaive de celle-ci. Il avait, dans la main droite, l'épée de Spartacus forgée avec les chaînes des esclaves qu'il délivrait, et dans la main gauche celle de son père, instrument de sa mort héroïque. S'il devait combattre à nouveau, il se servirait tantôt de l'une, tantôt de l'autre. Il était Titus Flaminius, membre d'une des plus illustres familles de Rome, et il était fier de ses ancêtres, mais il avait été aussi, pendant quelques mois, Flamma le gladiateur et il ne l'oublierait jamais !

TABLE

« Pour l'éditeur, le principe est d'utiliser des papiers composés de fibres naturelles, renouvelables, recyclables et fabriquées à partir de bois issus de forêts qui adoptent un système d'aménagement durable. En outre, l'éditeur attend de ses fournisseurs de papier qu'ils s'inscrivent dans une démarche de certification environnementale reconnue. »

Édité par la Librairie Générale Française - LPJ
(58 rue Jean Bleuzen, 92178 Vanves Cedex)

Composition Jouve
Achevé d'imprimer en France par CPI (134228)
Dépôt légal 1re publication juillet 2015
32.2761.8/07 - ISBN : 978-2-01-322761-2
Loi n° 49-956 du 16 juillet 1949 sur les publications destinées à la jeunesse
Dépôt légal : mars 2016

